D1928268

dtv

Ein schöner, heißer Sommer. Ferienzeit. Pharmavertreter Juan Pérez Pérez freut sich auf vier Wochen Strand mit seinen beiden Kindern. Doch just vor der Abreise erklären ihm seine Chefs, dass er seine Pläne ein wenig variieren muss: Sein Urlaubsziel sei nun ein luxuriöser FKK-Campingplatz am Meer. Juan Pérez Pérez kann sich ihnen nicht widersetzen – denn er hat eine zweite Persönlichkeit, von der sonst niemand weiß: Er ist die Nummer Drei einer internationalen Killer-Organisation. Wie üblich gibt man ihm die Autonummer des Opfers, das er zunächst nur observieren soll – und das bringt den hochkarätigen Killer in die Bredouille: Es ist der Wagen seiner Ex, der Mutter seiner Kinder. Warum hat man sie im Visier? Oder muss ihr neuer Lover sterben? Oder vielleicht er selbst, die erfolgreiche Nummer Drei?

Carlos Salem, 1959 in Buenos Aires geboren, wanderte 1988 nach Spanien aus und lebt seit 2000 in Madrid. Neben Erzählungen und Gedichten hat er bisher fünf Romane veröffentlicht, die gerade in mehrere Sprachen übersetzt werden. ›Wir töten nicht jeden‹ erhielt in Spanien den Premio Novepol 2009 und in Frankreich den Prix Paris Noir 2010 und wird demnächst verfilmt.

CARLOS SALEM

WIR TÖTEN NICHT JEDEN

Kriminalroman

Aus dem Spanischen von
Ilse Layer

Deutscher Taschenbuch Verlag

Ausführliche Informationen
über unsere Autoren und Bücher
finden Sie auf unserer Website
www.dtv.de

MIX
Papier aus verantwortungsvollen Quellen
FSC® C019821
FSC www.fsc.org

Deutsche Erstausgabe 2011
Deutscher Taschenbuch Verlag GmbH & Co. KG,
München

Titel der spanischen Originalausgabe:
›Matar y guardar la ropa‹
(Editorial Salto de Página S. L., Madrid 2008)

Umschlagkonzept: Balk & Brumshagen
Umschlagfoto: Markus Roost
Satz: Bernd Schumacher
Gesetzt aus der Scala 9,5/12,5·
Druck und Bindung: Druckerei C. H. Beck, Nördlingen
Gedruckt auf säurefreiem, chlorfrei gebleichtem Papier
Printed in Germany · ISBN 978-3-423-21302-8

Für meine Kinder África und Nahuel.
Für Hector Koenig, »Kona«, meinen ältesten Freund.
Für meine frühere Nummer Drei, Gonzalo Torrente Malvido.
Und für die grandiosen Spinner vom Bukowski-Club.

»Seien Sie mir nicht böse, aber wissen Sie was?
Sie können sich selbst bald nicht mehr ertragen.«
Osvaldo Soriano, ›Una sombra ya pronto serás‹

01

Der Aufzug ist hochmodern, so wie das ganze Gebäude. Die präzise geschliffenen Spiegel rundherum zeigen unzählige Klone von uns vieren. Als der Geschäftsmann im dunkelblauen Maßanzug und ich vorhin in der vierzehnten Etage eingestiegen sind, ist es mir wie ein gnadenloser Jahrmarktstrick erschienen, dass uns statt verzerrter Gestalten getreue Abbilder unserer selbst umringen. Und das ist schwer zu ertragen.

In der zwölften Etage hat der Lift dann gestoppt, und es sind diese Frau und ihre verkleinerte Kopie hereingekommen; die eine so überheblich wie die andere, nur eben in unterschiedlich großer Ausführung. Auf dem Weg nach unten belehrt die Supermami – denn sie ist garantiert keine mittelmäßige Mutter – das Töchterchen nun darüber, was es darf und was nicht, wenn sie Papa das nächste Mal auf der Chefetage besuchen. Das Wort »Chefetage« zieht sie dabei genüsslich in die Länge. Beim Betreten des Lifts hat sie mich nämlich mit Kennerblick gemustert und ist wohl zu dem Schluss gekommen, dass ich ein Untergebener ihres werten Herrn Gemahls sein muss: Der Mann um die vierzig mit dem altmodischen Schnäuzer und dem akkurat gescheitelten, glattgekämmten Haar, das womöglich erste kahle Stellen verbirgt, hat den Kopf eingezogen und macht einen krummen Buckel, so, als rechne er jeden Moment mit einem weiteren Schlag ins Genick oder erhole sich noch vom letzten.

Damit wir uns richtig verstehen: Ich mache keine klägliche Figur. Ich hebe mich nur in nichts vom Durchschnitt der Bevölkerung ab. Dabei könnte ich durchaus attraktiv sein, wenn ich mich bloß etwas temperamentvoller präsentieren würde, wie ein Mann voller Ambitionen, dem das Glück hold ist. Stattdessen stiere ich zu Boden wie ein Mondkalb, das keiner Fliege etwas zuleide tun kann.

Mein grauer Anzug ist noch nicht sonderlich abgenutzt – schließlich habe ich ihn erst ein Dutzend Mal angehabt –, doch wirkt er wie ich, irgendwie vorzeitig zerknautscht. Aufgeschreckt, weil das Töchterchen etwas in Papas Büro vergessen hat, bedenkt Supermami mich deshalb mit einem Blick, der mir zu verstehen geben soll, dass die Arbeit eines kleinen Angestellten längst nicht so ermüdend ist wie das, was eine so tolle Mutter wie sie alles leisten muss. Zwar kann ich nicht verstehen, was sie dem Geschäftsmann im dunkelblauen Einreiher zuflüstert, er schüttelt aber sofort zuvorkommend den Kopf und stoppt den Fahrstuhl mit einer kaum merklichen, gebieterischen Bewegung seines Zeigefingers. Nach einem weiteren Knopfdruck fahren wir wieder nach oben.

Er hat mich nicht um mein Einverständnis gebeten.

Wozu auch.

Ein Mann wie er bittet nie um etwas, er hat das nicht nötig, seine goldenen Ringe, die schwere Armbanduhr und die Schlüssel eines Mercedes in seiner rechten Hand rechtfertigen jeden Alleingang.

In der zwölften Etage steigen Supermami und Töchterchen wieder aus, nachdem sie dem Gentleman gedankt, mich hingegen völlig ignoriert haben.

Dann geht es erneut abwärts. Der Geschäftsmann zieht jetzt eine Zigarre aus der Tasche und zündet sie an. Auch dieses Mal fragt er mich nicht um Erlaubnis. Wozu auch. Er begnügt sich damit, mir in einem der Spiegel vertraulich zu-

zuzwinkern – jetzt sind wir ja unter Männern, soll das wohl heißen –, rückt seine goldenen Manschettenknöpfe zurecht und inhaliert dann genießerisch den Rauch.

Ich tue es ihm gleich und starre zudem bewundernd auf sein – natürlich goldenes – Feuerzeug, das er aus genau diesem Grund mit einstudierter Lässigkeit auf- und zuklappt. Mein Spiegelbild deutet mit dem Kinn darauf. Diese schüchterne, respektvolle Bitte gefällt ihm: Jovial nickt er mir zu, und noch während ich in meine Tasche greife, lässt er das goldene Ding vor mir aufflammen. Versonnen blickt er dabei auf seine Havanna; wahrscheinlich schließt er gerade mit sich selbst eine Wette ab, was für Zigaretten ich wohl aus der Tasche ziehen werde, so wie er womöglich auch im Spielkasino mit sich selbst wettet, wenn er die Jetons auf den Spieltisch regnen lässt. Sicher tippt er bei mir auf die billigste amerikanische Marke und wappnet sich insgeheim, damit sich in seiner Miene gleich kein Mitleid spiegelt. Möglicherweise erwägt er sogar, mir gönnerhaft eine seiner Havannas anzubieten. Ihm ist anzusehen, dass er mit sich, seinen Geschäften und der Welt zufrieden ist, die für ihn und seinesgleichen, der zwangsläufig kleinen, dafür aber umso reicheren Oberschicht, funktioniert, wie sie soll. Deshalb guckt er auch ziemlich dumm aus der – garantiert teuren – Wäsche, als die Welt auf einmal doch nicht mehr so funktioniert, wie sie soll, und ich anstelle einer Zigarettenschachtel eine kleine schwarze Pistole mit einem phallischen Schalldämpfer aus der Sakkotasche ziehe, ziele und abdrücke.

Zwei Mal.

Wie vom Donner gerührt steht er da und starrt in den Spiegel vor sich, scheint mehr auf sein Erscheinungsbild zu achten als auf die roten Zwillingslöcher in seiner Stirn – bis er eine Sekunde später tot zusammensackt.

In der dritten Etage stoppe ich den Aufzug. Das Stockwerk ist verwaist, denn die Büros werden zurzeit renoviert, und die Handwerker machen gerade Mittagspause. Genau wie es mir mein Chef vorhergesagt hat. Innerlich danke ich dem Toten für seine festen Gewohnheiten und Supermamis Töchterchen für seine Vergesslichkeit, weswegen ich jetzt nicht Plan B verfolgen muss. Ihm spätnachts auf dem Nachhauseweg vor seinem Club aufzulauern wäre nicht nur ein Vabanquespiel gewesen, es hätte mich zudem auch mehr Zeit gekostet. Zeit, die ich nicht habe.

Mit dem teuer beschuhten Fuß der Leiche blockiere ich die Fahrstuhltür; wenn sie dagegenprallt, scheint er in der Luft zu tanzen.

Danach nehme ich die Treppe hinunter ins Erdgeschoss. Meinen Instruktionen zufolge ist zwischenzeitlich Schichtwechsel gewesen, sodass am Empfang nun ein anderer Mann arbeitet als der, der mich hat hinaufgehen sehen.

Ich bin jetzt aber auch ein anderer. Das graue Jackett trage ich leger über der Schulter, mein Haar ist zerzaust, und der altmodische Schnauzer leistet in meiner Hosentasche der Pistole Gesellschaft: Ich wirke nun wie ein junger, vielversprechender Manager, einer dieser Informatikcracks, die in den New-Economy-Firmen der obersten Stockwerke das Sagen haben. Mit einem herablassenden Wink grüße ich im Vorbeigehen und trete dann durch die Drehtür hinaus auf die Avenida Castellana.

Draußen brennt die Sonne erbarmungslos vom Himmel herab. Während ich meine topmodische Sonnenbrille aufsetze, kommt mir die Supermami wieder in den Sinn. Durch ihr Auftauchen im Lift hätte ich beinahe Überstunden machen müssen. Aber die Frau hatte recht mit ihrem abfälligen Blick. Mein Job verdient wirklich nicht sonderlich viel Anerkennung.

Auftragskiller zu sein ist leicht.

Verdammt schwer hingegen ist es, ein guter Vater zu sein.

02 **Zwei unaufschiebbare Anrufe.**

Der eine ist reine Routine.

Zu dem anderen werde ich mich zwingen müssen.

Vorrang hat der für mich weniger wichtige. Ich mache mich auf die Suche nach einem öffentlichen Telefon. In den besseren Vierteln, wo man es am wenigsten braucht, findet man immer eins, das funktioniert. Aber ich suche natürlich nicht irgendein Telefon, sondern genau das, das man mir zu diesem Zweck genannt hat.

Es ist besetzt. Eine junge Frau erzählt einer Freundin gerade von ihren neuesten Eroberungen. Sie ist hübsch; im Sommer füllt sich Madrid immer mit hübschen Mädchen. Als ich in gebührendem Abstand vor ihr stehen bleibe, mustert sie mich verstohlen. Anscheinend gefalle ich ihr, denn sie lächelt mir kokett zu.

Oje, wo war ich nur mit meinen Gedanken? Da habe ich doch tatsächlich vergessen, mich wieder in Juan Pérez Pérez zurückzuverwandeln, ich wirke immer noch wie Nummer Drei. Und in gewisser Weise ist das auch richtig so. Bis ich Bericht erstattet habe, bleibe ich Nummer Drei. Und außerdem ist es schon ziemlich lange her, dass ein hübsches Mädchen mich so angesehen hat.

Im Bewusstsein, dass ich ihr unwillentlich zuhöre, zieht sie das Gespräch in die Länge und lenkt es auf schlüpfrigeres Terrain. Sie wirkt aber dennoch nicht ordinär: Obwohl sie ungeniert die deftigsten Wörter benutzt, hört es sich so an, als spreche sie über Haushaltsgeräte. Und so erfahre ich, dass ein gewisser Tony zwar einen beachtlichen Schwanz hat (sie sagt tatsächlich »beachtlich«), aber nichts damit anzufangen weiß und er ihm auch nicht besonders lang steht, was aber immer noch besser ist als das harte Gerammel von Hardy (logisch, dass man hart drauf ist, wenn man Hardy heißt, sage ich mir), der ihr zufolge nur einen hochkriegt, wenn er vorher ein paar Viagra eingeworfen hat.

»So schlecht sehe ich nun auch wieder nicht aus, dass einer auf die Apotheke angewiesen ist, um es mir zu besorgen, oder?«

Bei diesem letzten Satz sieht sie mir in die Augen, worauf ich energisch den Kopf schüttele: Nein, solche Hilfsmittel braucht es wirklich nicht, sie hat mehr als genug zu bieten.

Nachdem sie aufgelegt hat, zögert sie einen Moment. Vielleicht hofft sie, dass ich sie anspreche. Was ich jedoch nicht tue, weil es ein Fehler wäre. Mit meinem schönsten Lächeln entschuldige ich mich und blicke ihr noch bewundernd hinterher, denn das erwartet sie von mir, und sie hat es wirklich verdient. Hardy kann einem echt leidtun.

Dann wähle ich.

Meine Nummer. Meine ganz spezielle.

Wenn es am anderen Ende klingelt, wird sie abnehmen und mit ihrer artigen, sinnlichen Stimme »Guten Tag, Nummer Drei« sagen. Manchmal frage ich mich, ob sie eigentlich weiß, was wir tun. Ob sie weiß, dass ich jedes Mal, wenn ich anrufe und nach Nummer Zwei frage, einen neuen Mord zu vermelden habe.

Aber natürlich kann ich ihr diese Frage nicht stellen. Das wäre absolut fehl am Platz, geradezu ein Unding.

Ja es wäre sogar äußerst riskant.

Außerdem meldet sich diesmal nicht sie, sondern gleich die tiefe, phlegmatische Stimme von Nummer Zwei.

»Grüß dich, Nummer Drei. Alles klar?«

»Hallo, Nummer Zwei. Ja, Auftrag ausgeführt.«

»Und es gab keine Reklamationen?«

»Mir gegenüber hat der Kunde jedenfalls keinen Ton verlauten lassen ...«

»Lass die Scherze, Nummer Drei, das ist nicht witzig. Es ist also alles planmäßig gelaufen?«

»Ja, natürlich. Und heute Abend fahre ich in Urlaub.«

»Was das betrifft ... da haben wir ein kleines Problem.«

»Du vielleicht. *Ich* habe jetzt frei. Und zwar einen ganzen Monat lang. So wie abgemacht.«

Nummer Zwei räuspert sich. So, als würde jemand mithören – was mich nicht weiter wundern würde. Jedenfalls hat er verlegen geklungen. Und das ist wirklich außergewöhnlich. Nummer Zwei ist nämlich von einem Kühlschrank zur Welt gebracht worden. Mitten im Winter und am Pol, heißt es, wenn ich auch keine Ahnung habe, ob am Nord- oder Südpol.

»Du weißt, ich würde dich nicht darum bitten, Nummer Drei, aber ...«

»Kommt nicht in Frage!«, schneide ich ihm entschieden das Wort ab. »Heute Abend fahre ich ans Meer, daran ist nicht mehr zu rütteln.«

»Ich will sehen, was ich für dich tun kann. Ruf mich in einer halben Stunde noch mal an.«

»Okay.«

Ich knalle den Hörer auf die Gabel. Und atme dann tief ein. Wut ist vollkommen fehl am Platz. Ich muss freundlich, aber bestimmt bleiben.

Als ich mich umsehe, entdecke ich die junge Frau, die sich über Hardys hartes Gerammel beklagt hatte, in einem Café auf der anderen Straßenseite. Vor sich einen Campari, lächelt sie mir zu. Ich lächle zurück. Das brauche ich jetzt einfach. Die Wartezeit werde ich damit überbrücken, mit der Hübschen etwas Rotes, Starkes zu trinken. Und ich mache ein Date mit ihr aus – zu dem ich natürlich nicht gehen werde.

Aber ich habe noch einen Anruf vor mir. Und um den komme ich nicht herum.

Ich wähle. Grüße. Nenne meinen Namen.

»Ah, du bist's, Juanito.« Leticias Stimme klingt misstrauisch. »Du kommst mir jetzt hoffentlich nicht mit irgendwelchen Sperenzien.«

»Ehrlich gesagt, es ...«

»O nein, Juanito, diesmal nicht!«, fährt sie mir in die Parade. »Heute Abend holst du deine Kinder ab. Die denken nämlich bald, sie hätten gar keinen Vater. Und ich warne dich: Wenn du mich hängenlässt, siehst du sie nie wieder. Hast du mich verstanden?«

»Ja, natürlich, Leticia. Aber es würde sich nur um einen, maximal zw...«

»Nicht mal 'ne halbe Stunde, Juanito! Ich verreise heute Abend. Damit du es nur weißt!«

»Das klingt mir sehr nach einem Kerl ...«

»Genau. Und er ist ein absoluter Traummann. Wir fahren zusammen in den Urlaub. Für einen ganzen Monat.«

»Okay, okay, ist ja schon gut. Was machen die Kinder?«

»Oh, die sind ganz aus dem Häuschen, weil sie glauben, superaufregende Ferien mit dem langweiligsten Phantomvater der Welt zu verbringen.«

»Du hast dich nicht immer mit mir gelangweilt, Leticia.«

»Das waren noch andere Zeiten, Juanito. Damals hattest du noch Ambitionen, wolltest etwas aus deinem Leben machen und konntest auch mal Nein sagen. Was ist es denn diesmal? Eine Eillieferung Windeln für ein Krankenhaus in

Barcelona? Oder vielleicht ein Posten Slipeinlagen, den du vorher noch nach Asturien bringen musst?«

Sie verspottet mich. So wie immer in letzter Zeit. Ich weiß nicht mal mehr, wann sie damit angefangen hat.

»Keine Bange, Leticia. Ich werde dir deinen Liebesurlaub nicht verderben.«

»Das kannst du gar nicht, Juanito. Nicht mehr. Um neun stehst du hier auf der Matte, verstanden? Und wehe dir, wenn nicht! Dann kriegst du den Stress deines Lebens, das schwör ich dir!«

Sie legt auf. Und ich sehe rot.

Camparirot.

Die Kleine sagt, sie heiße Montse, sei Designerin und ungebunden und stamme ursprünglich aus Bilbao. Vielleicht lügt sie aber auch, so wie ich, denn ich stelle mich ihr als Tony vor, Manager in einem großen Forschungslabor, geschieden und aus Valladolid. Ich flirte ein wenig mit ihr und frage sie irgendwann, ob sie am Abend schon etwas vorhat, ich fände Madrid im Sommer nämlich ziemlich rammdösig. Sie kapiert es nicht gleich. Es dauert fast eine Minute, bis bei ihr der Groschen fallt. Das ist für mich eindeutig zu lang, selbst bei solch klasse Beinen.

Während sie eifrig einen Plan malt, wie ich in ihre Lieblingsbar im Huertas-Viertel komme, wo sie mich um Mitternacht treffen will, bitte ich den Kellner um die Rechnung.

Ein dringendes Telefonat, sage ich entschuldigend und stehe auf. Worauf sie verwundert fragt, warum ein Manager wie ich kein Handy benutzt.

»Ich hab schon eins, aber ich mag es nicht besonders«, entgegne ich. »Sie klingeln immer im falschen Moment.«

Da blinzelt sie mir zu, als hätte ich eine sexuelle Anspielung gemacht, steht dann ebenfalls auf, nimmt ihre Handtasche und geht mit wiegendem Gang davon.

Ihre Skizze in der Hand, sehe ich ihr diesmal nur noch aus purer Höflichkeit nach. Der nächste Papierkorb steht direkt neben dem öffentlichen Telefon.

Nummer Zwei wirkt erleichtert.

»Alles in Ordnung, Nummer Drei. Du kannst ruhig in Urlaub fahren. Nur vergiss nicht, dein Handy mitzunehmen.«

»Und die Badehose.«

»Natürlich. Pack aber auch die Musterkollektion ein. Kann sein, dass wir dich in der Zeit doch brauchen.«

Die »Musterkollektion« ist ein Koffer mit zwei Waffen, einer langen und einer kurzen, jeweils mit Schalldämpfer, sowie jeder Menge tödlichen Zubehörs, das die FIRMA uns für unsere Aufträge zur Verfügung stellt.

Die Sommerferien werden folglich nicht so, wie ich sie mir erträumt habe.

Träume sind Schäume.

03 **Die Kinder schlafen auf der Rückbank ein, während** wir Madrid auf einer kurvigen Ausfallstraße verlassen. Überall im Auto liegen Plastikspielsachen und bunte Pappschachteln verstreut: Wir haben in einem dieser Fastfood-Restaurants zu Abend gegessen, für die im Fernsehen immer Werbung gemacht wird.

Leti wird diesen Sommer fünfzehn. Nur ... in welchem Monat? Sosehr ich mein Gehirn anstrenge, es will mir nicht einfallen. Sie ist ihrer Mutter sehr ähnlich, weshalb ich mich in ihrer Gegenwart immer unbehaglich fühle.

Antoñito ist zehn. Und ganz der Papa, wie Leticia behauptet, wobei sie immer die Nase rümpft.

Manchmal glaube ich, dass sie mich hassen. Oder ich bin ihnen völlig gleichgültig. Letzteres würde ich eindeutig vorziehen. Ich werde auch sonst von niemandem beachtet und ziehe durch nichts Aufmerksamkeit auf mich. Und das ist gut so.

Es ist der erste Sommer, den wir zusammen verbringen, seit der Scheidung vor zwei Jahren. Bei ihrem Auszug aus unserer gemeinsamen Wohnung nahm Leticia unsere Kinder mit, als wären sie zwei ihrer Koffer. Ich habe nicht um sie gekämpft. Ich wusste einfach nicht, wie.

Jetzt aber schlafen Leti und Antoñito satt und erschöpft in meinem Wagen, der voll beladen über den Asphalt gen Mittelmeer rollt. Wir geben eine typische Mittelstandsfamilie ab, die die Nachtstunden nutzt, um ohne Stau an ihr Feriendomizil zu gelangen.

Das Handy auf dem Beifahrersitz hat Leticias Rolle übernommen.

Zumindest kann ich es stumm schalten.

Das heißt, nein, kann ich nicht. Darf ich nicht. Das Kabel, mit dem ich es am Zigarettenanzünder auflade, bindet mich wie eine Nabelschnur an das, was zu sein mir den Rest des Jahres keine Seelenqualen bereitet, diesen Monat aber sehr wohl was ausmacht, diese vier Wochen Ferien mit meinen Kindern.

Und mit Zelten. Die beiden wollten unbedingt auf einen Campingplatz, ganz egal, wo, obwohl ich am Strand auch einen Bungalow hätte mieten können. Nein, es mussten Zelte sein. Und zwar zwei. Darauf hatte Leti bestanden, denn sie wünscht sich, dass ich bald wieder heirate; *du schläfst besser in einem eigenen Zelt*, sagte sie, *falls du dich verknallst.*

Antoñito wollte erst protestieren, hielt dann aber den Mund. Es war ihm anzusehen, dass er sich darauf gefreut hatte, bei seinem Vater zu schlafen. Er traute sich jedoch nicht, seiner großen Schwester zu widersprechen.

Er erinnert mich an mich, als ich noch nicht der war, der ich jetzt bin.

Eine Zigarette im Mundwinkel, die Autobahn vor mir und keine Eile – herrlich! Wie ich das Alleinsein genieße!

Es ist das Schlimmste, aber auch das Beste an meinem Beruf. In der Schlange beim Bäcker trifft man nämlich nicht auf viele Kollegen, weshalb Auftragskiller bei einem Einsatz zu mehreren oft allzu vertraulich werden. Ob man der sei, der XY liquidiert habe, wollen sie dann wissen, was man von Nummer X' grobem Schnitzer in dem und dem Fall halte, welche Waffe man bevorzuge und wie man zu dem Job gekommen sei.

Deshalb arbeite ich gern allein.

Trotzdem gibt es natürlich Fakten, Gesichter und Geschichten, die man sich besser merkt, auch wenn man sie am liebsten aus dem Gedächtnis streichen würde.

Für den Fall, dass man eines Tages selbst auf der Abschussliste steht.

Von allen Kollegen, die ich kenne, bin ich jedenfalls der Einzige, der zu diesem Job kam, weil er vor langer Zeit mal danebengeschossen hat.

Tony war mehr als ein Freund. Er war für mich wie ein kleiner Bruder. Und das, obwohl wir gleich alt waren und sogar am selben Tag Geburtstag hatten. Wir waren unzertrennlich und träumten beide davon, Pirat zu werden. Mit vierzehn ging es im Leben nämlich noch darum, ob man später Pirat oder Astronaut werden wollte. Damals sahen sich fast alle Jungen schon ins All fliegen, nur Tony und ich wollten die Meere unsicher machen. Piraten wie Astronauten holten sich zwar bereits voller Begeisterung einen runter, aber unsere Kinderträume blieben davon noch unberührt.

Tony würde mein Steuermann sein. Er selbst bezeichnete sich allerdings lieber als höchster Offizier an Bord nach dem Kapitän. Der natürlich ich sein würde. Von dem Geld, das ich zum Geburtstag bekommen hatte, hatte ich in einem Laden für Karnevalsartikel eine Augenklappe aus echtem Leder gekauft, und nachmittags studierten wir in unserer Höhle im Wäldchen hinter der Schule Seekarten. Bei den chinesischen Namen gerieten wir regelmäßig ins Träumen: Ja, in China, da gab es noch Piraten ... nur war die Sprache ein Problem. Tony hatte sich deshalb angeboten, Chinesisch zu lernen. Er würde sich um die Verständigung kümmern, meinte er, und ich mich um den richtigen Kurs.

Tony war klein und von zarter Konstitution. Und er war

schüchtern und vollkommen unsportlich. Ich hingegen war groß gewachsen und verwegen, so wie ein Piratenkapitän zu sein hatte. Und in der Schule war ich der Klassenbeste. Meine Schulkameraden akzeptierten ganz selbstverständlich meine Führernatur. Es war also nur eine Frage der Zeit, bis Soriano, der Stärkste der mit uns rivalisierenden Schule, mich herausforderte.

Ich antwortete nicht sofort, weil es mir in dem Moment wie Schuppen von den Augen fiel, dass es mir völlig egal war, ob ich mit ihm raufte oder nicht, sein Gesicht vergaß oder ihm den Schädel mit einem Stein zertrümmerte, und das verblüffte mich dermaßen, dass ich ihn nur anstarrte.

Tony interpretierte mein Zögern jedoch als Angst. Darum baute er sich vor Soriano auf und erklärte ihm, er sei nicht wichtig genug, um mit mir zu kämpfen, weshalb er, Tony, ihn an meiner statt am Nachmittag auf dem unbebauten Gelände hinter der Schule erwarte.

Zum Einschreiten war es zu spät, ich konnte nur noch die wenigen Schaulustigen, die uns vor dem Schultor umrundeten, mit einer Drohgebärde verscheuchen. Auf dem Heimweg verlor Tony dann kein Wort darüber. Wahrscheinlich wollte er mich nicht beschämen. Und ich schwieg ebenfalls, denn ich war stocksauer auf ihn. Niemand, nicht einmal mein bester Freund, hatte das Recht, einen Piratenkapitän um seine Zweikämpfe zu bringen!

Aber ich musste ihn retten. Kurz vor der vereinbarten Zeit holte ich deshalb die Augenklappe und die Steinschleuder aus unserem Versteck. Monatelang hatten wir unser Taschengeld für diese Wunderwaffe aus Japan gespart, auf Kino und Süßigkeiten verzichtet, bis wir sie uns leisten konnten. Aber die Schleuder war jeden Cent wert. Sie war aus Edelstahl, mit einer Stütze für den Unterarm und einem speziellen Gummi, das innen hohl war wie der Schlauch eines Stethoskops.

Auf einer Anhöhe in fünfzig Meter Entfernung zum Kampfplatz legte ich mich damit auf die Lauer und wartete.

Mein Plan war ganz einfach: Tony hatte zwar nicht die geringste Chance gegen Soriano, aber er würde ihm auf jeden Fall den ersten Fausthieb versetzen. Das gelang ihm immer, denn er war flink wie ein Wiesel. Allerdings war's das dann aber auch, denn ihm fehlte einfach die nötige Rauflust. Mir ging es im Übrigen genauso: Wenn ich mich in der Pause auf dem Schulhof mit jemandem balgte, geriet ich auch nicht genug in Rage – bloß machte mich das noch gefährlicher. Tony hingegen verlor immer. Doch er würde als Erster zuschlagen, so viel war sicher. Ich würde also warten, bis Soriano auf ihn losging, und dann würde ich auf dessen Hals oder Kopf schießen, worauf er kurz zurücktaumeln würde und mein bester Freund so noch eine zweite Chance bekäme. Das war ich ihm schuldig.

Sie erschienen fast gleichzeitig, wobei sich Tony unauffällig umsah, als hoffte er insgeheim, dass ich ihm zu Hilfe käme. Wie zwei wütende Kampfstiere senkten der bullige Soriano und der kleine Tony dann die Köpfe, was ziemlich komisch aussah, sodass ich echt an mich halten musste, um nicht prustend loszulachen. Ich zog mir die Klappe übers linke Auge und spannte das Gummi.

Wie vorherzusehen überraschte Tony seinen Gegner mit einem schwachen Schlag ins Gesicht und einem zweiten in die Rippen. Soriano taumelte kurz, fing sich aber schnell wieder und holte schon aus, als sich Tony noch einmal auf ihn stürzte, statt sich wie gewohnt zu ducken. Ich lockerte kurz meine Muskeln, während die beiden erbittert miteinander rangen. Tony würde jedoch sicher bald schlappmachen.

Ich zielte also noch einmal, der Stein flog los – und mein Freund ging mit einem Schmerzensschrei zu Boden.

Während Soriano erschrocken die Beine in die Hand

nahm, verscharrte ich hastig die Schleuder, riss mir die Klappe herunter und rannte in einem großen Bogen zu Tony, als käme ich gerade von zu Hause.

Zusammengerollt lag er im Dreck und hielt sich jammernd die Hand vors linke Auge. Als ich sie ihm behutsam wegzog, sah ich nur eine blutige Masse. Ohne ein Wort zu sagen, stülpte ich ihm die Klappe über das verletzte Auge und brachte ihn auf dem schnellsten Weg ins Krankenhaus.

Er verlor das Auge. Ich die Klappe des Piratenkapitäns. Und Soriano flog von der Schule.

Während seiner gesamten Genesung wurde Tony nicht müde, voller Begeisterung zu erzählen, dass er den Zweikampf beinahe gewonnen hätte; er strahlte dabei über beide Backen, wodurch die Klappe auf seinem Auge etwas von einer Tapferkeitsmedaille hatte.

Ein paar Monate später zog er mit seinen Eltern aus unserem Viertel weg.

Und ich zog mich vollkommen zurück. Nie würde ich Piratenkapitän werden. Weder das noch sonst etwas. Fortan glänzte ich nicht mehr in der Schule, legte mich mit niemandem mehr an, wurde immer verschlossener.

Heimlich trainierte ich jedoch mit der Schleuder, später mit einem Luftgewehr, schließlich mit richtigen Waffen. Bis ich ein hundertprozentig treffsicherer Schütze war. Doch ich bildete mir nichts darauf ein, denn wenn's wirklich drauf ankam, würde ich garantiert wieder danebenschießen. Fern meinem Heimatort nahm ich deshalb unter falschem Namen an Preisschießen teil, nur um mich immer wieder daran zu erinnern.

Vor meiner Mutter hielt ich meine Erfolge allerdings geheim, ich warf die Trophäen stets in den nächsten Müllcontainer, bevor ich nach Hause fuhr. Zwar sah sie mich manchmal durchdringend an, als würde sie mich gleich fragen wollen, wo ich mich herumtrieb und wieso ich neuerdings so in mich gekehrt sei, doch letztlich sagte sie nie etwas.

Für Nachbarn, Lehrer und Schulkameraden war ich sowieso nur Juanito, der Sohn der Familie Pérez, ein ganz gewöhnlicher, etwas schüchterner und wortkarger Jugendlicher.

Und das blieb ich fünf Jahre – bis zu jener feuchtfröhlichen Nacht, als Leticia zu mir sagte, ich wirke auf sie wie ein Piratenkapitän.

Mein Handy klingelt. Ich hasse das Ding. Auf dem Rücksitz bewegen sich die Kinder unruhig im Schlaf. Ohne die Straße aus den Augen zu lassen, gehe ich schnell dran. Nicht dass sie noch aufwachen.

»Tut mir leid, Nummer Drei«, sagt Nummer Zwei, dem es sicher überhaupt nicht leidtut, ist er doch so kalt wie eine Hundeschnauze. »Du musst zumindest einen Teil des Auftrags übernehmen. Ich weiß, du bist mit deinen Kindern unterwegs, aber es geht bedauerlicherweise nicht anders. Ich verspreche dir jedoch, dass wir dir nicht ...«

Hilflos stammele ich irgendwas, denn mir ist vor Schreck die Spucke weggeblieben. Er weiß von den Kindern! Aber wieso wundere ich mich eigentlich darüber?

Das war doch klar. Sie wissen alles. Oder fast alles.

Nummer Zwei redet indessen unbeirrt weiter, er hat sich bestimmt jedes Wort zurechtgelegt.

»... den Urlaub vermasseln werden. Soweit ich weiß, wolltet ihr irgendwo bei Valencia campen. Da kannst du doch genauso gut nach Murcia fahren, oder? Die Provinz liegt auch am Meer, nur ein paar hundert Kilometer weiter südlich. Wir haben euch einen Stellplatz auf einem Luxuscampingplatz reserviert. Du musst den ›Kunden‹ auch nur beobachten und uns Bescheid geben, wenn dir irgendwas seltsam vorkommt.«

»Aber ich kann unmöglich ...«

»Keine Sorge, Nummer Drei, den Auftrag führt schließlich jemand anders zu Ende. Das wird auch erst nach der Abreise des ›Kunden‹ und in mehreren Kilometern Entfernung passieren. Niemand wird dich damit in Verbindung bringen.«

Ich kann mich nicht weigern. Aber ich fürchte, das Ganze ist reine Hinhaltetaktik, und in ein paar Tagen muss ich den Auftrag doch noch erledigen.

Ich muss es wissen, auch wenn eine solche Frage eigentlich nicht zulässig ist.

»Und wer wird es tun?«

»Nummer Dreizehn. Er hat sich freiwillig gemeldet.«

»Nummer Dreizehn ist ein jämmerlicher Stümper. Er tötet aus purer Mordlust. Und das weißt du.«

»Willst du den Auftrag lieber selbst übernehmen?«

Dann gibt er mir noch die Adresse des Campings durch und eine Nummer.

Es ist das Autokennzeichen des »Kunden«. Wenn sie einem eine Autonummer nennen, muss man den Fahrer umlegen. Ich habe das Gefühl, Nummer Zwei kostet mein Schweigen aus, obwohl ich bezweifle, dass er überhaupt etwas wirklich genießen kann.

»Es ist natürlich all-inclusive«, informiert er mich noch. »Amüsier dich gut. Und hab einen schönen Urlaub.«

Er legt auf.

Und ich?

Ich brauche mir die Wagennummer nicht aufzuschreiben.

Ich kenne sie auswendig.

Denn das Auto habe ich selbst bezahlt.

Es gehört Leticia.

04 **»Dein Problem ist, dass du gern schwimmst, dich** dabei aber nicht nass machen willst«, sagte die ehemalige Nummer Drei des Öfteren zu mir. Auf seine Weise mochte er mich. Eine Weise, die ziemlich beschissen war.

Er warb mich an und brachte mir das Töten bei.

Und er war es auch, der mir erklärte, dass man ein schlechter Schütze sei, wenn man zweifele, weil die Kugeln das spüren würden.

Er hatte so viele Leute umgebracht, dass er, als er selbst an der Reihe war, noch die Professionalität seines Mörders benotete.

»Neun...ein...halb Punkte von ... zehn ...«

Das waren seine letzten Worte.

Ich weiß das, weil ich ihn selbst erschossen habe.

Manchmal vermisse ich ihn.

Er legte den Finger gern in die Wunden und war ein ausgefuchster Killer, dem absolut nichts entging.

»Töten, mein Junge, töten kann jeder. Die wahre Kunst besteht darin, einen kühlen Kopf dabei zu bewahren. Wer eine wilde Lust verspürt und einen Steifen kriegt, wenn er jemanden abknallen kann, ist kein guter Killer. Weil dann Gefühle mit im Spiel sind, verstehst du?«

»Du meinst ein körperliches ...«

»Nein, nein, ich meine eine seelische Regung, Nummer

Dreiunddreißig. Wenn *ich* einen Steifen kriege, bricht meine Frau in Tränen aus.«

Dreiunddreißig war damals vermutlich meine Position in der Rangordnung der FIRMA, manchmal nannte er mich aber auch spöttisch »Doc«, in Anspielung auf mein abgebrochenes Medizinstudium.

Zum Arzt habe ich es nämlich nie gebracht.

An jenem Abend, als ich Leticia kennenlernte, vernarrte ich mich sofort in ihre unbeschwerte, überschäumende Lebensfreude. Und natürlich in ihren Hintern, an dem ich mich nicht sattsehen konnte.

Ich lernte sie in einer Diskothek in einer dieser Vorstädte von Madrid kennen. Obwohl mehrere Mädchen mich umschwirrten, da ich am Nachmittag die Meisterschaft im Scheibenschießen gewonnen hatte, saß ich allein an der Theke. An diesem Abend fühlte ich mich jedoch anders als sonst: Ich war seltsam erregt. Wahrscheinlich wegen der Glückshormone: Zum ersten Mal seit langem hatte mich ein Sieg wieder berauscht, auch wenn ich es nicht zeigte. Deshalb trank ich. Beobachtete die Leute. Trank immer weiter.

Ich sah Leticia und den Blonden nicht kommen. Der Blonde war ebenfalls betrunken und zudem stinkwütend. Es war seine Heimatstadt, und er war als Favorit in den Wettkampf gegangen, aber als er sah, wie mühelos ich ihn überflügelte, ärgerte ihn das so, dass er mehrmals danebenschoss und zum Schluss gerade mal Sechster wurde.

»Sechster zu werden ist wirklich das Letzte!«, schrie er das Mädchen mit dem wundervollen Hintern an diesem Abend nun ein ums andere Mal an und verdrehte ihr dabei grob den Arm, weil sie versuchte, sich aus seiner Umklammerung zu befreien, während seine Kumpel so taten, als würden sie es nicht bemerken.

Und da geschah es: Die Theke der Disko verwandelte sich für mich plötzlich in das Deck eines Zweimasters und der Blonde in einen widerlichen englischen Offizier. Von hinten packte ich ihn an der Hand, sodass er sich zu mir umdrehen musste. Voller Verachtung sah er mich an – worauf ich ihm von meinem Barhocker aus einen solchen Kinnhaken verpasste, dass er nach hinten fiel. Sogleich stürzte sich einer aus seiner Clique auf mich, den ich mit einem kräftigen Tritt in die Eier außer Gefecht setzte. Beim nächsten verlor ich allerdings das Gleichgewicht, sodass ich mich an ihn klammern musste, um nicht zu Boden zu gehen. Ich war echt ziemlich besoffen.

Weil einige sich dann auf meine Seite schlugen, hielten sich die Kräfte bei der darauffolgenden Massenschlägerei jedoch in etwa die Waage. Leticia zufolge war ich von einem zum anderen geflogen und hatte, dreckig lachend wie ein Freibeuter beim Kapern eines englischen Schiffes, mit meinen Fäusten und mit Flaschen heftig ausgeteilt.

Das hatte sie zumindest früher immer behauptet, wenn wir auf die Schlägerei zu sprechen kamen, von der ich selbst nicht mehr viel wusste.

Das letzte Mal, dass sie mir das in Erinnerung gerufen hat, ist allerdings schon Jahre her.

Der Rest steht mir noch klarer vor Augen: Leticia, die mich gerade noch rechtzeitig aus dem Gewühl rausholte und nach draußen zerrte, bevor die Polizei anrückte; die Wohnung einer Freundin, wo wir uns zum ersten Mal liebten, und zum zweiten und zum dritten Mal, bis wir in dieser Nacht nicht mehr mitzählten; das Gefühl, alles um mich herum würde schwanken, wie es einem eben geht, wenn man auf hoher See ist und alle Segel gesetzt hat.

Leticia war die Tochter eines Halbgotts in Weiß, eines berühmten Chirurgen, der seine Praxis in jener Kleinstadt aus purer Sentimentalität behalten hatte, selbst aber schon lange in den besten Madrider Kliniken arbeitete.

Der Blonde, dem ich die Fresse poliert hatte, war Leticias Freund und studierte im zweiten Jahr Medizin.

Heute ist der Blonde ein angesehener Neurochirurg.

Ich hingegen brachte es nur bis zum Pharmareferenten.

Oder so was Ähnlichem.

»Dein Problem ist, Doc, dass du gern schwimmst, dich dabei aber nicht nass machen willst«, sagte die frühere Nummer Drei immer zu mir. »Wenn du jemanden ins Jenseits beförderst und es anschließend bereust, bist du wie eine Hure, der die Tränen kommen, nachdem sie kassiert hat. Ein guter Killer muss jedoch alles um sich herum vergessen und sich ganz auf seine Kugel konzentrieren. Okay, die Zielscheibe bewegt sich. Aber es ist nur eine Zielscheibe. Wenn du anfängst, darüber nachzudenken, ob sie vielleicht Familie hat, schießt du garantiert daneben. Und das macht es für die Zielscheibe nur noch schlimmer: Da sie nun mal dran glauben muss, stirbt sie entweder einen langsamen, qualvollen Tod, oder du musst ihr noch eine zweite Kugel in den Kopf jagen. Nein, das Beste ist, sich nicht ablenken zu lassen, zu zielen und es kurz und schmerzlos zu machen.«

»Und wo liegt mein Schwachpunkt?«, fragte ich ihn einmal.

»Du hast keinen, mein Junge, das ist ja das Schlimme. Du triffst eine Fliege noch auf hundert Meter Entfernung mitten in die Eier. Aber ich sehe dein Gesicht, kurz bevor du abdrückst. In dem Moment bist du nicht mehr du selbst, so als würde der Finger am Abzug einem anderen gehören. Und das kann böse enden, Nummer Dreiunddreißig. Man kann nicht schwimmen, ohne sich nass zu machen. Du zielst, denkst, gleich wird er umkippen und nicht wieder aufstehen, und schießt. Und er fällt tot um. So einfach ist das.«

Wenn man ein anderer sein will als der, der man ist, oder wieder der werden will, der man einmal hätte sein können, zieht man am besten in eine fremde Stadt. Bereits zwei Monate nachdem ich Leticia kennengelernt hatte, lebte ich in Madrid und hatte mich für Medizin eingeschrieben. Es war ganz einfach. Auf einmal war ich wieder der brillante, von allen bewunderte junge Mann, den alle mochten: die Dozenten, die Kommilitonen, ja sogar Leticias Vater.

»Dieser junge Mann wird es noch weit bringen«, sagte er zu seiner Tochter, als sie mich ihm vorstellte.

Leticias Vater verschenkte kein Lob. Nie.

Die Prüfungen am Ende des erstes Studienjahrs bestand ich mit guten Noten. Ich wollte gerne glauben, dass die Medizin mein Ding war. Dass ich dazu geboren war.

»Manche Menschen sind einfach dazu bestimmt, Menschenleben zu retten, und du bist einer davon«, sagte Leticias Vater damals.

Wenn der wüsste.

Im zweiten Jahr setzte sich mein vielversprechender Start fort, und Leticias Vater legte uns nahe, zu heiraten; dann könne er auch das Studium seines Schwiegersohns finanzieren, meinte er, es sei nämlich ein Jammer, dass ein so brillanter Kopf nebenher jobben müsse, anstatt sich auf seine Karriere zu konzentrieren.

»Betrachte es als Investition«, sagte er und klopfte mir väterlich auf die Schultern.

Das dritte und vierte Jahr absolvierte ich daraufhin mit Auszeichnung, im fünften – unsere Tochter war soeben zur Welt gekommen – ging ich jedoch von der Fakultät ab und begann als Vertreter für ein großes Pharmaunternehmen zu arbeiten. Und das, obwohl ich eigentlich vorgehabt hatte, mich hinter mein Studium zu klemmen und mich vorzeitig zu den Prüfungen der höheren Semester anzumelden.

Mein Entschluss kam für alle völlig unerwartet. Leticia suchte in meinen Augen zwar noch nach dem Piratenkapitän, in den sie sich fünf Jahre zuvor verliebt hatte, doch vergeblich – von heute auf morgen war aus dem Überflieger wieder der unscheinbare Durchschnittstyp geworden, dem die Supermami heute Mittag im Fahrstuhl gegenübergestanden hat.

Seit dem unglücklichen Zweikampf hinter der Schule waren zehn Jahre vergangen.

Ich hatte Tony in der medizinischen Fakultät wiedergetroffen.

Er trug eine Klappe über dem Auge.

Ich hätte schwören können, dass es noch immer dieselbe Klappe war.

»Dein Problem ist, dass du gern schwimmst, dich dabei aber nicht nass machen willst«, sagte die ehemalige Nummer Drei immer zu mir. »Du bist der einzige Mörder, den ich kenne, der noch Scham besitzt. Nur ist die völlig fehl am Platz, mein Junge, denn unser Geschäft ist der Tod. Und dabei geht es unweigerlich um die nackte Existenz, genau wie im Leben.«

Ich hatte ihn gerngehabt, die alte Nummer Drei. Aber wenn ich ihn nicht damals, als es mir befohlen wurde, umgebracht hätte, müsste ich es jetzt tun.

Damit er endlich aufhört, sich über mich lustig zu machen.

Denn wir sind am Ziel, bald wird es hell, und der Ort, zu dem sie mich geschickt haben, um die nächste Todeskandidatin zu observieren, ist ein FKK-Camping.

Die Kinder schlafen tief und fest. Ich fahre auf den Besucherparkplatz. Der Campingplatz wirkt wie ein Waldstück mit riesigen bunten Pilzen, und ich könnte schwören, dass ich von hier aus die FKK-Zwerge, die sie bewohnen, rhythmisch schnarchen höre. Ob Nudisten nackt schlafen? Es sieht Leticia ähnlich, mit ihrem neuen Lover auf einen Fünf-Sterne-FKK-Campingplatz zu fahren.

Wie er wohl ist? So wie ich früher, nehme ich an. Auch wenn ich nicht mehr recht weiß, wie ich früher einmal war.

Als wir noch zusammen waren, hat sie mir irgendwann einmal von so einem Camping erzählt. So ein Urlaub passt einfach zu ihr.

Was allerdings nicht passt, ist, dass jemand sie umbringen will.

Jemand, der nicht mit ihr verheiratet war, meine ich.

Und es passt ebenso wenig, dass es diesem Jemand gelingt, dass sich meine Firma seiner Sache überhaupt annimmt.

Wir töten nämlich nicht jeden.

Und wir sind auch nicht gerade billig.

Leise steige ich aus, um die Kinder nicht zu wecken. Gegen die Kühlerhaube gelehnt, zünde ich mir eine Zigarette an und blase den Rauch in Richtung Osten; vielleicht geht die Sonne so schneller auf. Es muss ein Versehen sein. Bestimmt gibt es irgendwo einen Zahlendreher in dem Autokennzeichen, das Nummer Zwei mir diktiert hat. Modell und Farbe stimmen allerdings. Und Nummer Zwei vertut sich bei so etwas eigentlich nie.

Und wenn es ein makabrer Scherz ist? ... Nein, ausgeschlossen: Nummer Zwei weiß ja nicht einmal, was ein Scherz ist. Er hat keinerlei Sinn für Humor. Und für die Liebe sowieso nicht.

Ich habe ihm nie von Angesicht zu Angesicht gegenübergestanden. Meine Aufträge hatte ich immer von der alten Nummer Drei erhalten. Bis Nummer Zwei mich eines Tages persönlich anrief und mich beauftragte, ihn zu töten.

Manchmal frage ich mich, wie Nummer Zwei wohl aussieht. Dann stelle ich ihn mir als einen Holzklotz vor, mit einem ausgemergelten Gesicht und Armen so dick wie Äste. Wurzeln hat er jedoch keine, er ist ein abgestorbener Holzklotz, der über gewinnbringende Leichen und über einen Pool an stets abrufbereiten Profikillern Buch führt. Ich glaube, die Morde sind für ihn nicht mehr als erledigte Aufträge, simple Posten in einer Bilanz, in der Blut, Leid und Trauer nicht vorkommen.

Nummer Zwei hätte die Sache im Retiro-Park nie gutgeheißen.

Obwohl die FIRMA dadurch überhaupt erst auf mich aufmerksam wurde.

Ohne die Augenklappe hätte ich Tony an jenem Vormittag in der Fakultät nicht wiedererkannt. Seit ich ihn aus den Augen verloren hatte, waren zehn Jahre vergangen, und plötzlich stand er vor mir, vierundzwanzig Jahre alt und kugelrund. Und das wunderte mich. Als Kinder hatten wir uns nämlich geschworen, nie dick zu werden und auch nie korpulente Piraten anzuheuern. Weniger überraschte mich, ihn bei den Medizinern anzutreffen, denn früher wollte Tony nicht nur Erster Offizier auf meinem Piratenschiff werden, sondern er hatte auch von einer Karriere als Arzt geträumt.

Doch Tony studierte nicht.

»Wer würde schon einem einäugigen, fetten Chirurgen vertrauen?«, erklärte er damals vor nun fast schon fünfzehn Jahren.

Nein, Tony arbeitete für einen internationalen Konzern, der Krankenhäuser, Ministerien und Universitäten in ganz Europa mit Arzneimitteln und Sanitärartikeln belieferte. Mein Freund aus Kindertagen erzählte es ohne Verbitterung: Er verkaufe die Papierservietten, mit denen sich die hübschen Studentinnen die Lippen abtupften, und das Toilettenpapier, das mit ihren knackigen Hintern in Berührung käme, die er leider nie würde anfassen dürfen.

Leticia war kurz vor Letis Geburt von der Fakultät abgegangen und war mit der Kleinen gerade ein paar Tage ins Landhaus ihrer Eltern gefahren. Nachdem Tony mir zur Vaterschaft gratuliert hatte, lud ich ihn zum Mittagessen ein, und dann feierten wir das Wiedersehen und redeten und tranken bis tief in die Nacht hinein.

Es ging ihm eigentlich nicht gut. Dennoch strahlte er übers ganze Gesicht. Er war ganz der Alte und doch auch wieder nicht. Irgendwie ein Tony im Quadrat.

Als wir beim sechsten Whisky angelangt waren, packte er aus.

»Erinnerst du dich noch an meinen Großvater? Als er vor fünf Jahren starb, fing alles an. Der Ärmste war jahrelang ein Pflegefall, musst du wissen. Am demütigendsten war für ihn in all den Monaten aber nicht das Warten auf den Tod, sondern das Angewiesensein auf andere, wenn er mal musste. Er hasste Bettpfannen und Urinale; wenn er schon sterben müsse, wetterte er jedes Mal, solle man ihm wenigstens seine Würde lassen. Am Morgen seines Todes nahm er mir deshalb das Versprechen ab, etwas Praktischeres und Menschenwürdigeres zu erfinden. Ich bin handwerklich sehr geschickt, wie du weißt. Jahrelang habe ich getüftelt. Bis ich schließlich eine brauchbare Idee hatte und alles passte.«

Ich brachte einen Toast auf ihn aus, und wir stießen darauf an.

Ich begriff nicht genau, wie es funktionierte, obwohl er mir seine Erfindung auf ein paar Papierservietten skizzierte. Es sah aus wie ein luftdicht verschlossenes Chemieklo, das der Kranke ohne fremde Hilfe benutzen konnte. Tonys Augen strahlten, während er mir davon erzählte. Das Neue daran sei das kleine, unauffällige Format und die automatische Vernichtung der Exkremente. Alte und Kranke hätten so ein Problem weniger. Und es sei ökologisch und spottbillig.

»Alle alten Leute könnten sich so eine ›Teo-lette‹ leisten!«

Sein Großvater hatte Teófilo geheißen, und im Gedenken an ihn hatte Tony die Erfindung mit seinem Namen patentieren lassen.

Wir stießen darauf an. Beim achten – oder zehnten? – Glas rückte er dann mit der ganzen Wahrheit heraus. Er wusste nicht mehr weiter. Um den Prototyp seiner Erfindung zu fertigen, hatte er seine Firma um finanzielle Unterstützung gebeten, war aber nur auf Ablehnung gestoßen. Deshalb hatte er bei einem Kreditbüro einen Kredit aufgenommen. Urplötzlich wollte der Gläubiger nun aber sein Geld zurück, ja, er hatte ihn sogar mit dem Tod bedroht, wenn er nicht zahle. Und obendrein wollte sein Konzern ihm die Erfindung auf einmal doch abkaufen. Für einen stattlichen Betrag.

»Aber dann ist doch alles geritzt! Mit dem Geld kannst du deine Schulden bezahlen und hast immer noch genug Kohle, um dich selbständig zu machen. Komm«, sagte ich und hob erneut mein Whiskyglas, »das muss begossen werden!«

»Du verstehst nicht, Juan. Sie wollen das Patent für die ›Teo-lette‹ doch nur kaufen, damit sie nicht in Produktion geht! Weil sie so billig und stabil ist! Dann wär's nämlich vorbei mit dem kräftigen Reibach, den sie mit all den Harnflaschen und Einlagen machen, die die Krankenhäuser jedes Jahr bestellen müssen.«

Tony tat mir leid.

Ich begriff, dass ich etwas für ihn tun musste.

Der windige Typ hatte ihn für den nächsten Tag kurz vor Einbruch der Dunkelheit an den Teich im Retiro-Park zitiert. Jetzt, da er mich getroffen habe, erklärte Tony tapfer, hätte er jedoch keine Angst mehr davor, er fühle sich wieder wie ein Pirat und würde ihn einfach zum Teufel schicken.

Mir war sofort klar, dass der Kredithai nicht mit sich reden lassen würde, denn die Verbindung zu Tonys Pharmakonzern war offensichtlich. Einer von Tonys Vorgesetzten hatte ihm nämlich den Kontakt zu dem Halsabschneider vermittelt. Da würde der dicke Tony mit seiner Augenklappe nicht viel ausrichten können. Aber ich hielt den Mund.

Noch in der Nacht legte ich mir einen Plan zurecht.

Am nächsten Nachmittag schwänzte ich die Vorlesung und ging eine Stunde vor dem Treffen in den Retiro. Der Typ kam ebenfalls früher. Er musste es sein: ein grobschlächtiger, gefährlich aussehender Kerl, der finster die Enten beobachtete, die gelangweilt im Teich herumschwammen. Er erinnerte mich an Soriano zehn Jahre zuvor.

Die Mütze tief ins Gesicht gezogen setzte ich mich auf eine Parkbank und verschanzte mich hinter einer Zeitung, als Tony erschien.

Mein Plan war ganz simpel: Sobald sie auseinandergingen, würde ich dem Typen unauffällig folgen und ihn auf einem der unbeleuchteten Parkwege hinterrücks erschießen.

Erst jetzt wird mir klar, dass ich in dem Moment keinerlei Bedenken oder Skrupel hatte, obwohl ich bis dahin noch niemanden getötet hatte. Vielleicht hatte die alte Nummer Drei wirklich recht: Du bist zum Auftragskiller geboren, hatte er immer behauptet.

Niemand würde Tony jedenfalls mit dem Tod des Kredithais in Verbindung bringen. Und sollte seine Firma dahinterstecken, würden sie meinen Freund sowieso in Ruhe lassen: Die »Teo-lette« mochte eine großartige Erfindung sein, aber so viel war sie denn auch nicht wert, um mit einem Mordfall in Verbindung gebracht zu werden.

In der Tasche hatte ich meine Wettkampfpistole, frisch gereinigt und geölt. Seit einem Jahr hatte ich an keinem Preisschießen mehr teilgenommen. Meine Treffsicherheit hatte jedoch nicht darunter gelitten. Das wusste ich, weil mein Schwiegervater in seinem Landhaus immer mal wieder ein Scheibenschießen veranstaltete, um mein Talent zur Schau zu stellen.

»Er hat die sichere Hand eines Chirurgen«, prahlte er dann vor seinen Bekannten, und alle applaudierten.

Ich war etwa hundert Meter von den beiden entfernt. Sie diskutierten. Tony wirkte ziemlich nervös, dennoch setzte er ihm erhobenen Hauptes seine Lage auseinander, um zu zeigen, dass er keine Angst vor ihm hatte.

Der Koloss lachte ihm jedoch nur hämisch ins Gesicht.

Keine Ahnung, was Tony in dem Moment geritten hat.

Er holte aus und gab dem unverschämten Kerl eine Ohrfeige.

Und dann noch eine.

Und noch eine.

Der Typ war völlig verdattert. Aber er fing sich gleich wieder. Kurz sah er sich im menschenleeren Park um und zückte dann ein langes Messer.

Ob meine Hand in die Jackentasche flog oder die Pistole mir regelrecht in die Hand sprang, weiß ich nicht mehr. Als er mit dem Messer auf Tony losging, drückte ich ab.

Zuerst dachte ich, ich hätte nicht getroffen, denn nicht der Typ ging zu Boden, sondern Tony. Deshalb schoss ich noch einmal, woraufhin der Koloss augenblicklich zusammenbrach, und spazierte dann ohne Eile zum Ausgang am anderen Ende des Parks.

Als ich zehn Minuten später auf der gegenüberliegenden Seite wieder hineinging, war der Rettungswagen bereits da, und unzählige Schaulustige drängten sich um den Unglücksort. Kurz vorher schien der Retiro noch menschenleer gewesen zu sein, die Tragödie hatte die zig Liebespärchen, Studenten und Rentner jedoch aus allen Winkeln gelockt. Niemand achtete auf mich.

Der Koloss wurde in einem verschlossenen Sack davongetragen. Er würde niemanden mehr bedrohen.

Ich betete, dass der Messerstich, den er Tony versetzt hatte, nicht sehr tief war.

Es war jedoch kein Messerstich.

Mein erster Schuss war nicht ganz danebengegangen.

Er wurde mit einer Kugel im linken Bein abtransportiert, und obwohl er ohnmächtig war, hätte ich schwören können, dass er mich ansah, bis sich die Tür des Krankenwagens hinter ihm schloss.

Das Bein war nicht mehr zu retten, doch während seiner ganzen Rekonvaleszenz wurde Tony nicht müde, zu behaupten, dass er den Kerl ohne die Einmischung des unbekannten Mörders mit Sicherheit kleingekriegt hätte.

»Weißt du, Juan, ich hatte ihn richtig in der Mangel!«

Wie vorauszusehen, brachte die Polizei Tony nicht mit dem Tod des Kredithais in Verbindung. Der war wegen Diebstahls und Erpressung vorbestraft, und man ging davon aus, dass Tony rein zufällig in das Schussfeld von Kleinganoven geraten war, die mit dem Halsabschneider noch eine Rechnung offen hatten.

Kurz bevor mein Freund aus dem Krankenhaus entlassen wurde, stellte ich meine Besuche ein.

Ich sah ihn nie wieder.

Sein Schicksal verfolgte ich aber schon noch eine Zeitlang.

Am Ende verkaufte er seinem Konzern das Patent für einen Betrag, der viermal so hoch war wie das erste Angebot. Und seine Chefs schenkten Tony eine erstklassige Beinprothese und stellten ihm während der gesamten Reha einen ganz besonderen Rollstuhl zur Verfügung.

Das Neueste vom Neuesten. Mit Motor.

Ein Unikat.

Er besaß nämlich eine Vorrichtung, die nie auf den Markt kommen würde.

Eine »Teo-lette«.

»Auf Regen folgt stets Sonnenschein«, pflegte die frühere Nummer Drei zu sagen. Die Kinder schlafen noch immer tief und fest.

Ich werde es nicht tun.

Und ich werde auch nicht zulassen, dass es einer meiner Kollegen tut.

Schon gar nicht dieser Rambo von Nummer Dreizehn.

Ich rauche. Warte. Denke nach. Sehe mich um, wobei ich mir ein Auge zuhalte. Ich kann das Meer riechen.

Ob Leticia mit ihrem mysteriösen Lover schon da ist?

Bestimmt. Sie ist immer gern schnell gefahren.

Und wenn sie es gar nicht auf sie, sondern auf mich abgesehen haben? Leticia entstammt zwar der Oberschicht, aber eigentlich ist sie doch ein Nobody. Jedenfalls kein Mensch, dem irgendwer nach dem Leben trachtet. Außer ich vielleicht.

Kaum zu glauben, dass sie nicht wissen, wer ihre Todeskandidatin ist. Außer, das Ganze ist eine Falle, in die ich gelockt werden soll und die meine ganze Familie mit einbezieht ... Nein, ausgeschlossen! Das passt nicht zu meiner FIRMA. Und ich habe in all den Jahren, in denen ich schon für sie arbeite, keinen einzigen Fehler begangen.

Das Vernünftigste wäre eigentlich, mich mit den Kindern über die Grenze abzusetzen. Nur würde ich dann nie herausfinden, ob das alles nur ein gigantisches Missverständnis oder ein makabrer Scherz ist. Zudem würden sie mich finden, egal, wo ich mich verstecken würde. Zumindest sind die Kinder bei mir in Sicherheit.

Leti und Antoñito schlafen immer noch friedlich. Im Tiefschlaf gibt man sich so, wie man ist, ganz unverstellt. Leti hat sich breitgemacht, während ihr armer Bruder sich ganz in eine Ecke drückt, um sie so wenig wie möglich zu stören.

Mein kleiner Sohn weiß noch nicht, dass manche Menschen sich trotzdem gestört fühlen können. Und einen deshalb kurzerhand umbringen. Da sie sich aber nicht selbst die Finger schmutzig machen wollen, wenden sie sich an Spezialisten wie mich. Der Daumen nach unten genügt.

Die Sonne geht auf.

Die Entscheidung ist gefallen. Ich werde hierbleiben und mich der Sache stellen, was auch immer dahinterstecken mag.

Als Profi, der ich bin, ertappe ich mich plötzlich bei der Frage, wo zum Teufel ich meine Pistole verstecken soll, wenn ich splitterfasernackt am Strand spazieren gehe.

Da meine ich in der Ferne das betrunkene Lachen der alten Nummer Drei zu hören.

Aber es ist nur das Unheil verkündende Krächzen eines schwarzen Raben.

05

Es ist alles geregelt. Wir wurden bereits erwartet. Die Reservierung per Internet geht auf meinen Namen. Und bezahlt ist auch schon alles. Sie haben sogar das Kennzeichen meines Wagens und wissen, wie meine Kinder heißen. Das macht mir zu schaffen, aber ich kann nichts dagegen tun. Noch nicht. Es beruhigt mich aber auch irgendwie. Wenn sie vorhätten, mich in einen Auftrag hineinzuziehen, hätten sie irgendeinen meiner vielen Decknamen angegeben.

Ich frage nach Leticia. Im Computer findet sich jedoch keine Reservierung auf ihren Namen. Insgeheim drücke ich mir selbst die Daumen: Hoffentlich hat die clevere Nummer Zwei sich einmal im Leben vertan. Um mich zu vergewissern, bin ich versucht, nach dem Kennzeichen ihres Wagens zu fragen, lasse es im letzten Moment aber bleiben. Ich muss vorsichtig sein.

Die Kinder sind zwar noch etwas verschlafen, aber in Hochstimmung, als wir zu unserer Parzelle fahren, wo Leti sofort bestimmt, wo mein Zelt stehen soll und wo ihres. Sie fordert einen gebührenden Abstand: *Falls wir eine Freundin für dich finden.*

Über die paar Leute, die zu dieser frühen Stunde vollkommen nackt mit Handtuch und Kulturbeutel zu den Waschräumen schlendern, scheint sie sich nicht zu wundern. Antoñito zögert kurz und zieht sich dann aus.

»Jetzt doch noch nicht, du Dummkopf!«, belehrt ihn Leti. »Wir gehen doch gleich frühstücken, und im Restaurant muss man immer was anhaben.«

Sie hat die Platzordnung des FKK-Campings bereits gründlich studiert, die man uns bei der Anmeldung in die Hand gedrückt hat. Ich schließe meinen Wagen ab, und wir machen uns auf den Weg zum Restaurant. Unterwegs begegnen wir zwei Frühaufsteherinnen, die zum Strand wollen. Nackt. Ich weiß nicht, wo ich hinschauen soll, und grüße etwas zu förmlich, worauf eine der Blondinen lachend ihr Käppi abnimmt, sich verbeugt und mir auf Deutsch einen wunderschönen guten Morgen wünscht. Sicher amüsiert sie sich über mein hochrotes Gesicht. Vielleicht aber auch über die Erektion, die meine für einen Familienvater typische kurze Hose leicht ausbeult.

»Was hat sie gesagt?«, fragt Antoñito, kaum sind sie weg.

»Keine Ahnung. Sie hat Französisch gesprochen, nehme ich an«, erwidere ich.

»Das war doch kein Französisch, Papi«, erklärt Leti altklug. »Sie hat uns bestimmt gegrüßt.«

Meine Kinder wissen nicht, dass ich außer Spanisch und Englisch noch vier weitere Sprachen spreche. Das gehört zu meinem Doppelleben, zu all den Kenntnissen und Fertigkeiten, die ich mir angeeignet habe, während sie dachten, ich verkaufe Arzneimittel, Toilettenpapier und Slipeinlagen an Krankenhäuser in halb Europa. Meine Auslandstermine sind nämlich immer mit einer Geschäftsreise zu den großen Kliniken verknüpft, wobei diesen bürokratischen Part dann mein Assistent erledigt – der als Juan Pérez Pérez reist und den ich nie kennengelernt habe.

Offiziell bin ich nämlich beim selben Pharmaunternehmen angestellt, für das Tony gearbeitet hat. Diese Tarnung haben sie mir vor acht Jahren verschafft; ich habe sie nicht selbst ausgesucht, aber eigentlich war es nur folgerichtig, denn im Grunde habe ich es Tonys früherem Arbeitgeber zu verdanken, dass ich Auftragskiller der FIRMA wurde.

Bis heute weiß ich nicht, für wen ich tatsächlich arbeite. Das Pharmaunternehmen ist nur ein Rädchen im Getriebe der mysteriösen FIRMA. Hinter der sich womöglich ein multinationaler Konzern mit einer Abteilung für Hinrichtungen verbirgt. Oder eine Regierung. Vielleicht ja sogar unsere eigene.

Aber das kann mir egal sein, sie zahlen pünktlich, und ich beziehe das Gehalt eines Topmanagers. Und das vollkommen legal, wie jeder andere auch führe ich die Steuern an das Finanzamt ab. Ich habe sogar ein eigenes Büro, auch wenn ich dort nur ein- oder zweimal pro Woche aufkreuze. Und ich habe eine spitzenmäßige Lebensversicherung, die den Unterhalt und die Ausbildung der Kinder sichert, falls mir etwas zustoßen sollte. Zudem deponiert jemand jeden Monat auf einem Schweizer Nummernkonto noch einmal das Dreifache meines offiziellen Gehalts – und eine saftige Prämie für jeden der erfolgreich ausgeführten Aufträge, die sich in meinem Fall auf dreizehn beziffern.

Stopp, vierzehn, ich habe den Geschäftsmann gestern im Fahrstuhl vergessen.

Strenggenommen sind es sogar fünfzehn, aber die frühere Nummer Drei rechne ich nie mit. Und der Kredithai im Retiro zählt ebenso wenig. Zumindest nicht für meinen beruflichen Werdegang. Das war ein Freundschaftsdienst. Und obendrein ein hundsmiserabler.

Leticia hat sich nie gewundert, dass ein Loser wie ich so viel Geld verdient. Bevor wir uns trennten, sagte sie, dass sie lieber mit einem Draufgänger verheiratet gewesen wäre, auch wenn er keinen Cent in der Tasche gehabt hätte. Ein selbsternannter Verfechter der Naturheilkunde hätte aber nicht ihr

Fitnessstudio, ihre Designerklamotten oder die Privatschule der Kinder finanzieren können. Und auch nicht ihren Unterhalt, das Haus, in das sie ein paar Monate nach der Trennung wieder einzog, da ich mir ein Apartment gekauft hatte, und natürlich auch nicht das Auto, das ich jeden Moment durch das Fenster des Restaurants zu sehen fürchte.

Auf einmal lenken mich hellblaue Augen ab. Sie gehören einer blonden Frau, die ungefähr Mitte zwanzig ist. Mit einem fröhlichen Lächeln beobachtet sie uns. Genauer gesagt die Kinder. Plötzlich sieht sie jedoch mich an, und erneut verspüre ich ein heißes Pochen in meinen Lenden. Ich lächle zurück. In ihrem Blick liegt keine Koketterie, zumindest keine billige. Aber ich ahne, dass sie sich fragt, ob die Mutter meiner Kinder noch schläft oder ob es keine Mutter mehr gibt. Auf diesem Campingplatz macht nämlich vornehmlich die progressive obere Mittelschicht Urlaub. Das heißt, viele Geschiedene und viele blonde, hellhäutige Europäer.

»Ich glaube, Papi hat schon eine Freundin gefunden«, flüstert Leti ihrem Bruder halb amüsiert, halb entrüstet zu.

Schnell senke ich den Kopf, denn ich fürchte, ich habe mich gerade unwillkürlich wie Nummer Drei benommen. Deshalb der interessierte Blick des Mädchens: Juanito Pérez Pérez würde sie nie so ansehen. Aber die Fensterscheibe und meine antrainierten Reflexe, die Gewohnheit, Juanitos Persönlichkeit zu tragen wie einen ausgeleierten Lieblingspullover, sagen mir, dass ich mich nicht verraten habe. Also sehe ich noch einmal zu ihr hinüber, und sie lächelt freundlich zurück. Sie hat Shorts und ein pinkfarbenes T-Shirt an, und obwohl wir uns am Strand irgendwann nackt begegnen werden, empfinde ich diesen fast unschuldigen Anblick mit ihrem zu einem Pferdeschwanz zusammengebundenen Haar und den sanften Rundungen, die sich unter der Kleidung abzeichnen, als extrem erotisch.

Antoñito verkündet laut, dass er mehr Butter braucht, aber ich kann nicht aufstehen und ihm welche holen. Diesmal würde meine Erektion wirklich von allen bemerkt werden. Mir schwant, dass mein Aufenthalt in diesem Nudisten-Paradies die reinste Folter wird.

Kann sie meine Gedanken lesen? Denn auf einmal steht sie auf, holt am Büffet ein paar in Stanniol eingepackte Butterwürfel und kommt zu uns an den Tisch. Sie stellt sich vor, aber ihr Name bleibt mir nicht im Gedächtnis haften, weil ich gerade meine ganzen mentalen Kräfte mobilisieren muss, um die Erektion abklingen zu lassen und gleichzeitig die Einfahrt des Campings zu beobachten. Deshalb kann ich auch nur mit halbem Ohr zuhören, als sie mich, aber noch mehr die Kinder, über die für diese Woche vorgesehenen Aktivitäten informiert. Daraus schließe ich, dass sie hier arbeitet, wahrscheinlich als Animateurin. Ich will etwas Nettes sagen, doch zu spät: Sie hat sich schon von den Kindern verabschiedet.

Normalerweise mag ich es nicht, wenn man mir verzeiht. Aber sie bedenkt mich mit einem verständnisvollen Lächeln, verzeiht mir so meine Unaufmerksamkeit und auch die Ausbuchtung in meiner kurzen Hose, die sie mit einem flüchtigen Blick taxiert hat. Noch nie ist meine Konzentration so schlecht und mein männlicher Stolz so groß gewesen. Zum Glück hat sie im Gehen noch etwas gesagt, das sich für mich angehört hat wie ein »Wir sehen uns«. Vielleicht haben mir das aber auch nur ihre Augen zu verstehen gegeben ...

Antoñito reißt mich aus meinen Gedanken. Er will noch mehr Marmelade haben. Und Leti stöhnt, ich sei so lahm wie eine Ente, so würde ich nie zu einer Freundin kommen.

Nach dem Frühstück baue ich unsere Zelte auf. Die einfache, mechanische Tätigkeit ist irgendwie beruhigend, sodass ich mich schon fast ausschließlich wie ein geschiedener Vater fühle, der die Sommerferien mit seinen Kindern verbringt. Die meisten der Camper liegen noch im Tiefschlaf, nur bei einigen zeigen sich bereits die Auswirkungen eines naturverbundenen, textilfreien Lebens. So wie in unserem großen Nachbarzelt zum Beispiel. Geflüster, lustvolles Lachen, gedämpftes Stöhnen, das kaum merkliche Erbeben des Gestänges: Ein sicherlich junges, kinderloses und frischverliebtes Pärchen beim frühmorgendlichen Liebesakt.

Ihre Leidenschaft macht mich wegen der Kinder ein wenig verlegen, aber Antoñito ist sich noch nicht bewusst, was da passiert. Bei Leti hingegen bin ich mir da nicht so sicher, denn ich ertappe sie dabei, wie sie immer wieder verstohlen hinüberschielt und schließlich kaum merklich nickt, als ordne sie ein theoretisches Wissen der entsprechenden Kategorie in der Praxis zu. Genau wie ihre Mutter denkt meine Tochter nämlich in Schubladen. Seufzend bedeutet sie mir dann mit ihrem Kinn, dass sie sich um den Kleinen kümmert. Sie bugsiert Antoñito in ihr Zelt und unterzieht ihn der leidigen Tortur, ihm zu erklären, wer von ihnen wo schlafen wird.

Das nutze ich für einen Blick in den Kofferraum meines Wagens. Der Campingplatz ist riesig, und sobald ich kann, muss ich Leticias Auto suchen. Vorsichtshalber sehe ich mich noch einmal um, bevor ich den Musterkoffer öffne.

Die ganze Palette an Mordinstrumenten bietet sich meinen Augen dar. Ich nehme das Handy heraus, in dessen Gehäuse ein Springmesser verborgen ist. Ich habe es bisher nur einmal benutzt, es ist wirklich solide. Sie wissen echt nicht mehr, was sie noch erfinden sollen: Ich muss bloß die SIM-Karte von Juanitos Handy einlegen, schon kann ich mich mit jemanden in der Ferne unterhalten und gleichzeitig mein Gegenüber ermorden.

Die Diskussion der Kinder nimmt an Lautstärke zu. Wahrscheinlich habe ich Letis Intuition überschätzt, als ich dachte, sie wolle ihren Bruder und mich vom Liebesakt der Nachbarn ablenken. Womöglich habe ich aber auch meinen Sohn unterschätzt, der sich dem Diktat seiner Schwester nicht beugen will. Super, Antoñito, mach weiter so! Wenn du groß bist, musst du so vielleicht keine zwei parallelen Leben führen, die beide eine große Lüge sind.

Halt, stopp, was ist los mit mir, wieso denke ich so, seit wann bin ich in meinen Selbstgesprächen so verbittert?

Ich habe nie gern getötet.

Aber auch nicht ungern.

Es war einfach mein Job.

Es *ist* mein Job.

Und dieses Mal muss ich besonders auf Zack sein, denn es geht um mehr als einen erfolgreich ausgeführten Auftrag: Dieses Mal steht Leticias Leben auf dem Spiel.

Vielleicht sogar mein eigenes.

Oder das unserer Kinder.

Dieser Gedanke lässt mich einen Entschluss fassen, und ich nehme den »Taschenrechner« aus dem Musterkoffer. Ich nenne ihn so, weil das flache Etui der mit winzigen Pfeilen geladenen Luftpistole eine ähnliche Form hat. Auf den Flughäfen löst er keinen Alarm aus, das habe ich ausprobiert, keine Ahnung, aus welchem Material er ist. Was für mich ungewöhnlich ist: Früher hätte ich alles über diese Waffe herausfinden wollen, die exklusivste der FIRMA und nur ihren allerbesten Leuten vorbehalten. Ich bezweifle, dass dieser blutrünstige Rambo von Nummer Dreizehn sie in seiner Kollektion hat. Als Nummer Zwei sie mir vor ein paar Monaten zukommen ließ, schärfte er mir jedenfalls ein, keinem meiner Kollegen davon zu erzählen, sollten wir einmal einen gemeinsamen Einsatz haben. Ich verstehe nicht ganz, wie die Waffe funktioniert, aber ich kenne ihre exakte Reichweite und die Treffsicherheit der Zwergpfeile, die schon beim bloßen Hautkontakt tödlich sind und in flachen Kartuschen stecken, die an eine digitale Speicherkarte erinnern. Auch deshalb heißt sie für mich »Taschenrechner«, denn von der Kapazität der Speicherkarte hängt ab, wie oft man schießen kann.

Als ich die beiden Waffen in meinem Zelt unter der aufblasbaren Matratze verstecke, wird mir bewusst, dass die Kinder nicht mehr streiten. Leti muss gewonnen haben, denn ich höre durch die Zeltwand, wie sie ihrem Bruder nun gnadenlos befiehlt:

»Du ziehst dich aus, Kleiner, und das ohne Widerrede! Es reicht schon, wenn dieses verklemmte Landei von Papa den ganzen Monat im Jogginganzug verbringt.«

Seufzend stopfe ich den Jogginganzug, in den ich tatsächlich gerade schlüpfen wollte, zurück in meine Reisetasche und überlege. Vielleicht wäre ein Handtuch um die Hüfte ja ein guter Kompromiss ... Nein, es hilft alles nichts, ich muss mich ebenfalls hüllenlos präsentieren, mir bleibt gar nichts anderes übrig, sonst ist es meiner Tochter unerklärlich, warum ich für unsere gemeinsamen Ferien einen FKK-Campingplatz ausgesucht habe.

Zumal es noch einen weitaus triftigeren Grund gibt, die Verhaltensregeln genau zu befolgen: *Man darf nie die Aufmerksamkeit der anderen erregen,* hatte die frühere Nummer Drei mir gleich zu Anfang eingeschärft, *tu immer genau das, was die anderen tun, damit sich später bei den Befragungen der Polizei niemand mehr an irgendetwas Auffälliges erinnern kann.*

Die rhythmischen Geräusche aus dem Nachbarzelt haben inzwischen ebenfalls aufgehört. Nur noch ein unverständliches Gemurmel ist zu hören, dessen Inhalt am Tonfall zu erraten ist: Das naturverbundene Liebespaar fragt sich offenbar kichernd, ob es zu laut war. Kurz gebe ich der Verlockung nach – sie überkommt einen immer, wenn man weiß, dass man eigentlich gar keine Zeit dafür hat –, strecke mich auf meiner Luftmatratze aus und stelle mir das blonde Mädchen aus dem Restaurant vor, sie ist nackt ... und ihr Pferdeschwanz wippt auf und ab, wenn ...

Ich hole tief Luft. Das hat mir gerade noch gefehlt: Ich mache Urlaub mit meinen Kindern auf einem FKK-Camping und bekomme eine Erektion nach der anderen wie ein Student. Und obendrein weiß ich nicht, ob ich bald meine Ex umbringen soll oder diesmal selbst der »Kunde« bin.

Entschlossen krieche ich zum Ausgang, wo ich sehe, wie am Nachbarzelt langsam der Reißverschluss hochgezogen wird.

Ihre Wangen sind vor Erregung noch leicht gerötet. Sie ist nackt und hat ein Handtuch in der Hand. Hinter ihr, wie um die Vertrautheit während des Liebesspiels in die Länge zu ziehen, hat ihr Lover ihr offenbar gerade noch den Hintern geküsst oder sanft hineingebissen. Das verrät sein Blick.

In meinem ganzen Leben habe ich nur drei Männer wirklich bewundert.

Der eine war Tony, dessen offen eingestandene Feigheit ich bewunderte, aber auch dessen Mut: Obwohl er wusste, dass er verlieren würde, schlug er immer als Erster zu. Und zudem konnte er so dreckig grinsen wie ein waschechter Pirat.

Der zweite Mann war die frühere Nummer Drei, obwohl er ein wahrer Hurenbock und Schluckspecht war. Er war einfach der Beste in unserem Metier, das er sogar mit einem romantischen Nimbus zu umgeben wusste. Außerdem war er ein Perfektionist gewesen und hatte mich als sein Werk und seinen legitimen Erben betrachtet. Sogar als ich ihn umbrachte, betrachtete er mich in seinen letzten Momenten noch voller Stolz. Bedauerlicherweise erhielt meine Bewunderung einen Knacks, weil er sich von mir hatte überrumpeln lassen.

Fehlt noch der dritte Mann, den ich glühend bewundere und dessen Werdegang ich seit Jahren nicht ganz neidlos verfolge, weil ich immer wieder denke, dass ich auch so hätte werden können wie er: Und das ist Gaspar Beltrán, ein junger, furchtloser Jurist, der sich im Sumpf von illegalem Drogenhandel, Terrorismus und politischer Korruption so weit vorgewagt hat wie keiner vor ihm. Nichts und niemand entgeht der hartnäckigen Verfolgung dieses unbestechlichen Richters.

Zigmal habe ich ihn schon in der Zeitung und im Fernsehen gesehen und einmal sogar leibhaftig aus zehn Metern Entfernung, als ich auf einen Zeugen in einem seiner Waffenschmuggel-Prozesse angesetzt war.

Aber ich hätte nie gedacht, dass ich ihn hier treffen würde: Mit einem Lächeln auf den Lippen kriecht er splitterfasernackt aus dem Nachbarzelt.

Hinter der Frau her, der er soeben einen Kuss auf den Hintern gedrückt hat.

Meine Ex.

06

Leticia Menéndez-Brown, Exfrau von Juanito Pérez Pérez, die immer nur die exklusivsten Privatschulen von Madrid besucht hat und sich stets gewählt ausdrückt, reißt vor Staunen ihren dezent mit Kollagen aufgepolsterten Mund auf.

»Ach du Scheiße, was machst du denn hier?«

Die Jubelschreie der Kinder über das unerwartete Zusammentreffen ersparen mir zum Glück die Antwort. Gaspar Beltrán streckt mir die Hand entgegen, denn er hat die Situation sofort erfasst. Auch wenn ich nicht glaube, dass er mein Gesicht kennt: Die Familienfotos, auf denen ich zu sehen bin, sind schon lange aus der Villa verschwunden, die einmal mein Zuhause war. Er trägt wie ich ein Handtuch um die Hüfte, ein Detail, das uns verbindet.

Während Leticia die Kinder an den Pool schickt, wechseln wir ein paar Sätze über den Zufall und wie komisch es doch ist, uns so kennenzulernen, wobei ein Augenzwinkern mir verrät, dass er nur Leticia zuliebe hier Urlaub macht. Als hinter ihm ein Handy klingelt, greift er sich instinktiv an die Hüfte, wo er aber natürlich nur den Knoten des Handtuchs findet, worauf wir beide losprusten.

Mit einem entschuldigenden Blick hechtet Beltrán ins Zelt, um sich das beharrlich klingelnde Telefon zu schnappen, und verschwindet dann damit zwischen den Bäumen. Meine Ex sieht ihm verliebt nach, und als sie sich wieder zu mir dreht, entdecke ich in ihrer Miene nicht einen Hauch des Unmuts, mit dem sie früher auf das Klingeln *meines* Handys reagiert hat. Was nur logisch ist: Der Richter muss sich um wirklich wichtige Dinge kümmern, während ich ja nur Slipeinlagen in halb Europa verkaufe.

Wer behauptet, die Haut hätte kein Gedächtnis, hat noch nie jemanden geliebt. Der Körper vergisst nicht. Der Kopf schon.

Leticias prachtvoller Körper ist wohlgeformt durch das jahrelange Aerobic in diversen Fitnessstudios, das ich mit dem Gehalt für einen Job bezahlt habe, den sie verachtet, ohne von dem anderen zu wissen. Er weckt widersprüchliche Gefühle in mir. Denn ich muss zugeben, dass die Scheidung ihr bestens bekommen ist. Wüsste ich es nicht besser, würde ich sie gut fünf Jahre jünger schätzen, als sie ist.

Ihr anerkennender Blick zeigt mir, dass sie das Kriegsbeil wenn nicht begraben, so doch wenigstens aus der Hand gelegt hat. Zumindest vorläufig.

»Alle Achtung, Juanito, früher warst du nicht so gut in Form.«

Das ist einer der Vorteile der Scheidung: Seit ich allein bin, kann ich so viel Krafttraining machen, wie ich will, weil ich nicht mehr darauf achten muss, dass sie was merkt.

»Dein Richter ist aber auch nicht schlecht.«

»Ja, er ist klasse, nicht wahr?«, erwidert sie stolz, während sie eine stylische Thermoskanne aufschraubt.

Gewisse Leute sind da sicher anderer Meinung. Die Drogenbarone, denen Gaspar Beltrán zugesetzt hat; die Terroristen, denen er den Schlaf raubt, weil sie jeden Moment mit einer Großrazzia rechnen müssen; die Frauenhändler; die korrupten Politiker: Jeder von ihnen könnte von heute auf morgen seine Liquidierung beschließen.

Leticia reicht mir eine Tasse, und noch bevor ich sie an die

Lippen setze, weiß ich, dass das Verhältnis von Kaffee und Milch genau so ist, wie ich es mag. Sie hatte schon immer ein gutes Gedächtnis. Mein eigenes hingegen lässt mich im Stich. Ich bin unzählige Male in ihrem Körper gewesen, denn sogar während es mit unserer Ehe bergab ging, hatte uns der Sex immer noch verbunden. Wenn ich sie aber jetzt so nackt in freier Natur sehe, kommt sie mir völlig fremd vor, die eines anderen.

»Was guckst du so? Es ist doch nicht das erste Mal, dass du mich nackt siehst.«

»Tut mir leid, das ist es nicht ... Es ist ... Hast du das Auto verkauft?«

»Ah, ja, vor einer Woche. An eine große, sehr sympathische Blondine. Sie hat nicht mal zu feilschen versucht. Es macht dir doch nichts aus, oder?«

Ich schüttele den Kopf, worauf sie mir von den Kindern zu erzählen beginnt, die sich mit Gaspar anscheinend gut verstehen. Irgendwann schweifen meine Gedanken jedoch ab: Als mir nämlich aufgeht, dass der gefährdetste Richter des Landes bestimmt nicht ohne Leibwächter auf dem Campingplatz ist. Aber das weiß Leticia wahrscheinlich nicht. Wer sind wohl seine Begleiter? Und wo verstecken sie ihre Waffen? Es müssen mindestens zwei sein, aber nicht die üblichen Gorillas, die man sofort erkennt.

»He, Juanito, träumst du? Ich hab dich gefragt, ob es wieder jemanden in deinem Leben gibt. Oder lässt dir dein verantwortungsvoller Beruf keine Zeit für Privates?«

»Ich ... Mir ist es lieber, den Dingen ihren Lauf zu lassen, weißt du.«

»Ich weiß bloß, dass ganz bestimmt was laufen wird, wenn du die ganze Zeit so über den Campingplatz spazierst«, sagt sie mit einem anzüglichen Lachen, während sie hinunter auf mein Handtuch blickt.

Flirtet Leticia etwa mit mir? Ausgerechnet mit mir?

Da hören wir auf einmal Kindergeschrei, und zwei Sekunden später macht Leti eine Vollbremsung einen halben Meter vor uns, sodass Antoñito gegen ihren Rücken knallt. Mit einem väterlichen Lächeln drehe ich mich zu den beiden um – und blicke in die blauen, strahlenden Augen der Animateurin.

Aufgeregt erzählt Antoñito irgendwas von einem Wettbewerb, den er zweimal gewonnen hat, und dass ich Yolanda fragen soll, wenn ich ihm nicht glaube, worauf die Animateurin lächelnd bestätigt, dass er gesiegt hat, mich dabei aber die ganze Zeit ansieht. Diese Freikörperkultur macht mir echt zu schaffen, dabei kann ich es mir nicht leisten, in so einem Moment die Konzentration zu verlieren. Aber sie sieht mich unentwegt an.

Leti, die einen feinen sozialen Instinkt besitzt, den sie von ihrer Mutter geerbt hat, hat sie vermutlich über die Situation aufgeklärt, weshalb Yolanda nun sagt, sie würde gern kurz mit mir sprechen, worauf ich wie ein Roboter nicke, während Leticias Augen beleidigt funkeln, weil eine andere Frau sich dem Loser nähert, den sie in die Wüste geschickt hat.

Schweigend gehen wir ein paar Schritte, und zum ersten Mal seit Beginn dieser Reise werde ich ruhig. Ich atme tief ein und sehe sie dann an – und schon ist es wieder vorbei mit meiner Ruhe. Zum Teil jedenfalls.

Zu einem beträchtlichen Teil. Sie bemerkt es ebenfalls und lacht.

»Keine Sorge, am Anfang geht es allen so. Aber du wirst sehen, nach ein paar Tagen ist dir egal, wie man hier rumläuft.«

»Nicht, wenn ich dich sehe«, erwidere ich.

Moment mal! Nicht ich habe das geantwortet, sondern

Nummer Drei! Das ist seine Stimme, sein Lächeln und sogar sein Gang.

Sie sieht mich interessiert an und schlägt dann die Augen nieder.

»Ich hoffe, ich bin dir damit nicht zu nahegetreten«, sage ich, in meiner Stimme liegt jedoch keinerlei Bedauern.

»Nein, nein«, entgegnet sie, wechselt dann aber schnell das Thema. »Hör mal, deine Tochter hat mir von dem Zufall erzählt. Wenn du willst, kann ich euch eine andere Parzelle besorgen.«

»Nicht nötig, wir sind zivilisierte Menschen ... auch wenn ich nicht so wirke.«

Laut prustet sie los und biegt dann in einen schmalen Pfad ein, der sich einen Felsen hinaufwindet.

»Seid ihr schon lange getrennt?«

»Zwei Jahre. Die Welt geht davon aber nicht unter ...«

»Wem sagst du das?«, seufzt sie und sieht mich dann an. »Heute Abend steigt hier übrigens eine Party, zur Eröffnung der Saison.«

»In Gala muss man sich aber sicher nicht werfen, oder? Ich habe in Madrid nämlich meine Fliege vergessen ...«

Noch ein Lacher. Beim dritten garantiere ich für nichts mehr.

»Zerbrich dir darüber nicht so den Kopf. Wenn ich dir einen Rat geben darf: Je eher du dich ausziehst, desto eher vergisst du, dass du nackt bist. Es sei denn, du willst einen ganzen Monat lang mit dem Handtuch um die Hüfte rumlaufen ...«

Sie weiß, wie lange wir bleiben. Gehört das zu ihrem Job? Oder beweist es ihr Interesse an mir? Was aber noch viel komischer ist: Warum hat die FIRMA die Parzelle für einen ganzen Monat reserviert, genau die Dauer meines Urlaubs? Seit wann haben sie das alles schon geplant?

Yolandas Nähe hindert mich daran, einen klaren Gedanken zu fassen.

Im Grunde will ich das auch nicht.

»Wie ich sehe, befolgst du deine eigenen Ratschläge nicht«, sage ich und deute auf ihre knappe Bekleidung: kurze Shorts und ein Trägerhemdchen, unter dem ihre Brüste elegant auf und ab hüpfen.

»Das liegt an der Platzordnung«, entgegnet sie schulterzuckend. »Die Gäste dürfen überall nackt rumlaufen, bis aufs Restaurant, die Cafeteria und den Supermarkt. Das Personal muss aber immer angezogen sein, außer bei einigen Aktivitäten.«

Unterdessen sind wir an einer kleinen Bucht mit tiefblauem Wasser angelangt. Yolanda entledigt sich mit zwei Handgriffen ihres Tops und der Shorts. Darunter trägt sie nichts.

»Und was ist mit der Platzordnung?«

»Ich habe heute frei. Kommst du?«

Ohne eine Antwort abzuwarten, rennt sie auf die Wellen zu, und ich folge ihr.

Im Laufen werfe ich mein Handtuch weg, so, als wäre es auf einmal eine Last.

Keine Ahnung, wie lange wir lachend im Meer herumgetollt haben, die Wellen über uns zusammengeschlagen sind und wir uns von ihnen an den Strand haben spülen lassen. Ich habe die Zeit vergessen, und es ist mir vollkommen egal. Nicht einmal das schlechte Gewissen wegen der Kinder und die Vorahnung, dass Leticia mir bei meiner Rückkehr garantiert eine Szene machen wird, können dieses wohlige Gefühl trüben, das mit einer Erektion einhergeht, die auf einmal so natürlich ist wie das Salz im Wasser. Natürlich und unbändig und umschmeichelt von den Wellen.

Zurück am Strand perlt das Wasser ohne Eile von Yolandas Körper ab, so, als löse es sich nur ungern von ihr, was ich gut verstehen kann.

Sie greift nach meinem Handtuch, noch bevor ich mein Geschlecht damit bedecken kann, und trocknet sich ab. Dann reicht sie es mir, und als ich mich auch abgetrocknet habe, ist es nass und schwer.

Ich lasse es fallen.

Yolanda hat sich unterdessen schon in den Sand gelegt und guckt hinauf in die Sonne, die sie ihrerseits begehrlich ansieht.

Ich tue es ihr gleich, und eine Weile liegen wir stumm da – bis sich die Sonne auf einmal hinter einer weißen Wolke verkriecht. Yolanda gluckst vor Vergnügen. Fragend sehe ich sie an, und sie blickt schmunzelnd an mir hinunter. Der Grund für ihre Heiterkeit befindet sich zwischen meinen Beinen und zielt senkrecht nach oben.

»Kein Wunder, dass die Sonne sich versteckt, wenn du sie so bedrohst.«

Rasch setze ich mich auf und versuche es mit meinen Händen zu verbergen, aber das macht es nur noch schlimmer.

Und Yolanda grinst nur noch mehr, und ich weiß nicht mehr ein noch aus, weiß nur, dass ich kurz davor bin, den Kopf zu verlieren. Dutzende Meter entfernt spazieren nackte Paare am Strand entlang, Senioren räkeln sich in der Sonne, und drei oder vier Kinder spielen im Sand.

»Es ... es tut mir leid, ich ...« Innerlich rufe ich Juanito zu Hilfe, aber er will einfach nicht zum Vorschein kommen.

»Was tut dir leid?« Sie hat sich nun ebenfalls aufgesetzt und sieht mir in die Augen. Ich versuche, ihrem Blick standzuhalten. »Dass du lebendig bist? Gefühle hast? Wie alt bist du, Juan? Vierunddreißig? Fünfunddreißig?«

Mein Alter steht also nicht im Anmeldeformular. Neununddreißig, stammele ich, und sie wirkt ehrlich, als sie versichert, dass sie mich ohne die Kinder deutlich jünger geschätzt hätte.

»Aber das Alter ist mir nicht wichtig. Du hast einen klaren, offenen Blick, Juan, und das gefällt mir. Du hast seit fast zwei Stunden einen Ständer. Na und? Wenn du wüsstest, wie viele Gäste mir mit philosophischen Ergüssen über die unverdorbene Freikörperkultur kommen, bloß weil sie mich bei der erstbesten Gelegenheit flachlegen wollen ...«

Ich verkneife mir die Frage, wie viele es schon geschafft haben. Stattdessen stammle ich nur, sie möge mir »das« jedenfalls verzeihen.

Langsam senkt sie die Augen, mit absehbarer Wirkung.

»Da gibt's nichts zu entschuldigen, Juan. Ich nehm's als Kompliment. Ein ziemlich beachtliches Kompliment.«

Damit ist alles gesagt.

Zumindest alles, was in diesem Augenblick gesagt werden kann.

Und um die allerletzten Zweifel auszuräumen, erinnert sie mich noch einmal an die Party am Abend.

»Das ist bei uns zu Saisonbeginn schon Tradition. Damit die Camper sich kennenlernen. Und für die Kinder wird draußen auch was geboten.«

»Ich weiß nicht, ob ich ...«

»Ich gehe auf jeden Fall hin«, unterbricht sie mich sanft. »Und das nicht, weil ich arbeiten muss. Das muss ich erst morgen wieder. Du kommst doch, oder?«

Nachdem jeder Zweifel nun ausgeschlossen ist, plaudern wir ein bisschen über uns. Sie ist siebenundzwanzig, wie ich geschätzt habe, und hat Sprach- und Literaturwissenschaft in Madrid studiert, aber da sie bisher nur zeitlich befristete Arbeitsverträge hatte, jobbt sie im Sommer auf FKK-Campingplätzen oder an Nacktbadestränden. Sie sei schon seit ihrer Jugend FKK-Anhängerin, erzählt sie mir mit leichtem andalusischen Akzent, und als ich sie danach frage, antwortet sie »Málaga«. Sie spricht nicht über ihre Familie oder über irgendjemand Besonderen in ihrem Leben. Und sie fragt wenig, was ich sehr schätze, denn so brauche ich nicht so viel zu lügen.

Dann müssen wir los. Der Strand leert sich allmählich, und auch wenn wir insgeheim bedauern, uns nicht schon früher begegnet zu sein, wollen wir beide lieber gehen, bevor die Einsamkeit uns noch auf Ideen bringt.

Sie springt auf und während sie wieder in ihre Shorts schlüpft, sieht sie an mir herunter. Meine Erektion ist zurückgegangen, wenn auch noch nicht ganz.

»Nach wie vor ein beachtliches Kompliment«, sagt sie verschmitzt und prustet los, als mein Geschlecht sofort wieder nach oben schnellt. Auch ich muss nun lachen.

Wir machen uns trotzdem auf den Rückweg.

Wie sie so neben mir hergeht, ist sie mir ganz nahe. Und sie wirkt ein wenig nervös, als bräuchte sie eine Antwort auf ihre Einladung, die Gewissheit, dass ich zur Party komme. Ihr Interesse schmeichelt mir, sodass ich all meinen Mut zusammennehme und sage, dass ich mich sehr darauf freue, sie am Abend wiederzusehen ... auch wenn sie dann bedauerlicherweise angezogen ist.

»Alles zu seiner Zeit«, entgegnet sie mit einem erleichterten Lächeln.

Es hört sich an wie ein Versprechen.

Leider kann ich nicht weiter flirten.

Ich beschleunige meine Schritte und versuche, mir nicht anmerken zu lassen, dass ich schnell zu unseren Zelten zurückwill. Kurz vor den Waschräumen schütze ich ein dringendes Bedürfnis vor und verabschiede mich.

Sobald sie außer Sichtweite ist, mache ich um unsere Parzelle einen großen Bogen – mittlerweile ohne jede Spur einer Erektion – und gehe den Weg noch einmal zurück.

Hundert Meter Richtung Strand habe ich zwischen den Bäumen neben einem großen Wohnwagen ein Auto stehen sehen.

Es ist das Auto, das Leticia gehört hat – und dessen Fahrer jeden Moment ermordet werden kann.

07

Er erkennt mich nicht gleich wieder. Ich hingegen weiß sofort, wer er ist, auch wenn er inzwischen noch dicker ist als das letzte Mal. Er trägt geblümte Bermudas und eine hochwertige Augenklappe. Sonst nichts – sieht man einmal von seiner Beinprothese ab.

Fragend sieht er mich an, während aus dem Wohnwagen eine hochgewachsene, schlanke Blondine steigt, deren Brüste zu groß sind, um ihre eigenen zu sein. Sie ist splitterfasernackt und überall depiliert. Dennoch zolle ich ihr nicht die Bewunderung, an die sie gewöhnt ist, weil meine Überraschung, Tony auf dem FKK-Camping zu sehen, weitaus größer ist.

»Juan?«, stammelt mein Freund aus Kindertagen mit großen Augen.

»Hallo Tony«, erwidere ich, wobei es klingt, als wünschte ich mir, er wäre es nicht.

Wir umarmen uns linkisch, denn nackt, wie ich bin, komme ich mir ziemlich lächerlich vor.

Die Arme in die Hüften gestemmt, hat uns die Blondine dabei feindselig beobachtet. Sie heiße Sofía, sei vierundzwanzig und Tonys Freundin, stellt sie sich dann übellaunig vor, und erspart mir so, den offensichtlichen Altersunterschied schätzen zu müssen.

Tony hat mir derweil einen Campingstuhl hingeschoben und Bier aus dem Kühlschrank geholt und erklärt ihr nun strahlend, ich sei sein bester Freund, sein Piratenkapitän, sein verlorener und nun endlich wiedergefundener Bruder.

Am liebsten würde ich jetzt die Flucht ergreifen, aber ich muss der Sache mit dem Wagen auf den Grund gehen, auch wenn eigentlich klar ist, dass Tony ihn Leticia abgekauft hat, ohne zu wissen, dass er einmal meiner war.

Ich habe nicht viel zu berichten. Tony schon.

Er hätte einige Zeit gebraucht, um die auf die Amputation folgende Depression zu überwinden. Danach habe er aber neue Patente entwickelt. Den Erlös aus ihrem Verkauf habe er geschickt investiert und reinvestiert, bis er ein beachtliches Vermögen zusammengehabt hätte, erzählt er, worauf ich lächeln muss, weil sein »beachtlich« mich an Yolanda erinnert.

Jeder achtet nun mal auf das, was ihn am meisten interessiert.

Ich höre ihm sowieso nur mit halbem Ohr zu, denn eigentlich ist meine Aufmerksamkeit auf Sofía gerichtet, auch wenn ich sie dazu nicht ansehen brauche: eine Fähigkeit, die mich mein geheimer Beruf gelehrt hat. Natürlich nehmen meine Sinne ihre Nacktheit wahr. Aber auch etwas noch Gefährlicheres: Diese Frau ist scharf wie eine Klinge. Oder die vorderste Kugel eines Magazins. Oder die Hand, die dir mit einer zärtlichen Geste den Hals umdreht.

»Für einen fetten Krüppel habe ich also mehr als genug«, sagt Tony nun lachend und gibt Sofía einen Klaps auf den knackigen Po, ganz beseelt von seinem vollkommenen Glück, diese toughe Frau – die sich von ihm wahrscheinlich anbeten lässt wie eine Göttin – lieben zu dürfen und seinen Piratenkapitän wiedergefunden zu haben, dem er unwissentlich ein Auge und ein Bein geopfert hat.

Seine Euphorie registriere ich indessen nur am Rande, denn mich fesseln nicht nur Sofías Kurven, sondern auch das, was die Frau unter ihrer perfekten Hülle verbirgt.

Dabei ist sie nicht einmal mein Typ.

Schon viele Jahre zergrübele ich mir nicht mehr das Hirn darüber, ob ich ein Ungeheuer bin oder nur ein ganz normaler Typ mit einem anomalen Beruf.

Was ich in all der Zeit aber herausgefunden habe, ist, dass mir Frauen gefallen, die etwas Sanftes an sich haben, sogar noch in den Momenten der Leidenschaft.

So wie womöglich Yolanda.

Frauen mit Herz.

So wie Leticia, bevor sie so verbittert wurde – zumindest hielt ich sie lange für so eine Frau.

Bei Sofía hingegen entdecke ich hinter ihrem Lächeln die Kälte eines Menschen, der sich nicht durch irgendwelche Skrupel oder etwaiges Mitgefühl beirren lässt, sondern voller Ehrgeiz einen Plan verfolgt. Einen Plan, über den man sich besser nicht den Kopf zerbricht, um nicht die eigene Treffsicherheit zu gefährden.

Und auf einmal frage ich mich, wie mein eigenes Lächeln wohl wirkt.

»Du bist ein verdammt guter Schütze, mein Junge«, lobte der Fremde mit dem verlebten Gesicht und den wachen Augen. Er hatte genau auf meine Atmung, meine Nasenflügel, die Pupillen geachtet, auf jedes noch so kleine Anzeichen von Emotion, wenn ich mitten ins Schwarze getroffen hatte. Er würde nichts finden, aber ich überlegte doch, warum ihn das so brennend interessierte.

»Willst du es dir nicht noch mal ansehen?«, hakte er nach, während er den Knopf drückte, mit der man den Pappkameraden mit den sauber platzierten Einschusslöchern im Kopf heranholen konnte. »Nein? ... Du hast echt ein gesundes Selbstvertrauen.«

Wenn mir jedoch etwas fehlte, dann war es genau das.

Vielleicht ließ ich mich deshalb auch von ihm zu einem Drink einladen, und dann zu noch einem und noch einem, und dabei ausfragen, auch wenn mich immer mehr der Verdacht beschlich, dass er längst alles über mich wusste.

In jener Nacht kam ich erst gegen Sonnenaufgang nach Hause, sturzbetrunken und in der Hoffnung, Leticia so irgendwie wachzurütteln, die Gleichgültigkeit zu durchbrechen, die sich seit einiger Zeit bei uns eingenistet hatte.

Leticia schlief jedoch seelenruhig weiter, sie bekam nichts von dem für mich ungewöhnlichen Vollrausch mit.

Worauf die Apathie sich in unserem Leben noch ein wenig breiter machte.

Deshalb nahm ich seine neuerliche Einladung auch an, als er mich Tage später im Büro anrief: Ich wollte mir meine Unabhängigkeit beweisen.

Noch heute könnte ich jedes Wort des pseudophilosophischen Geschwafels wiedergeben, mit dem er mich an jenem Abend zu umgarnen versuchte. Und ich kann mich auch noch gut daran erinnern, was für einen Beruf er angeblich ausübte.

Aber ehrlich gesagt wusste ich von vornherein, dass alles gelogen war. Der untrügliche, wenn auch eingerostete Instinkt des Piraten, der ich nie war, riet mir jedoch, ihm nach dem Mund zu reden, um der Sache auf den Grund zu gehen.

Und so kam es, dass die frühere Nummer Drei mir am Ende der Nacht ein Angebot machte, das meinen grauen Alltag verändern sollte. Zumindest hoffte ich das damals noch.

Ich muss zurück zu unseren Zelten. Ich muss nachdenken. Und vor allem muss ich Prioritäten setzen. Sie haben Tony im Visier, so viel ist klar, denn Leticias Auto ist jetzt *sein* Auto. Kurz bin ich versucht, ihm zu erzählen, wer die Vorbesitzerin war, lasse es dann aber bleiben: Er kennt meine

Familie nicht und braucht nichts weiter zu wissen. Deshalb lobe ich das Auto für seine vielen PS und den guten Zustand, worauf Sofía die perfekte Nase rümpft und mit wackelndem Hintern verärgert davonrauscht.

»Sie ist immer noch sauer auf mich«, erklärt Tony mit einem entschuldigenden Lächeln. »Sie hält mich für einen Geizhals, weil ich ihr nur einen gebrauchten Mercedes geschenkt habe und nicht einen von meinen Neuwagen. Aber sie fährt nun mal wie eine Verrückte und hat schon diverse Blechschäden verursacht ...«

Seine Sorge ist vollkommen verständlich. Dagegen verstehe ich nicht gleich, warum Tonys Miene sich verdüstert, kaum ist die Blondine aus unserem Blickfeld.

»Außerdem kennen sie das Kennzeichen dieses Autos noch nicht. Ich habe es nämlich gerade erst gekauft.«

Ich komme nicht drum herum, nachzubohren. Und es ist so wie befürchtet: Mein Freund aus Kindertagen ist mal wieder in Gefahr.

Er deutet es nur vage an, aber die wenigen Hinweise reichen schon, damit ich mir Sorgen mache. In seinen Firmen gibt es Kompetenzgerangel, und ein ehrgeiziger Kompagnon, der einen MBA und nur wenige graue Zellen hat, will partout die Henne schlachten, die Tonys goldene Eier legt.

»Eigentlich sollte mir das egal sein, denn seit ich Sofía kenne, überlege ich mir, ob ich mich nicht zur Ruhe setzen und das Leben in vollen Zügen genießen sollte, weißt du? Aber alles hat seine Grenzen. Ich habe mich jedenfalls geweigert, die Pflegeheime zu verkaufen. Wer weiß, wie diese undurchsichtigen Typen die armen Alten behandeln würden ...«

Mein Freund sorgt sich also nach wie vor noch um die Bedürfnisse der alten Leute, und da er ihnen bei der Darmentleerung nicht behilflich sein konnte, hat er von seinem

Vermögen eine Kette von Vorzeige-Pflegeheimen bauen lassen.

»Mit dieser kategorischen Weigerung fing alles an, Juan. Ich bekomme anonyme Anrufe, und ich hatte ein paar Unfälle, die auch gut Anschläge gewesen sein können. Ja sie haben mir sogar offen gedroht, mich umzubringen, sollte ich nicht unterschreiben.«

Ich frage ihn nach der Frist, die sie ihm gesetzt haben.

»Die ist abgelaufen«, erwidert er niedergeschlagen. Doch dann hebt er plötzlich den Kopf und sieht mich mit glänzenden Augen an. »Aber ich bin und bleibe ein Pirat und werde mich nicht ergeben, auch wenn ich nur noch ein Bein und ein Auge habe!«

»Töten, mein Junge, darum geht's. Für gutes Geld beförderst du ein paar Dreckskerle ins Jenseits. Ich nenn's dem Krebs die Arbeit abnehmen; die meisten sind nämlich Raucher und würden es sowieso nicht mehr lange machen.«

Die frühere Nummer Drei hatte die Maske des aufschneiderischen Nachtschwärmers fallen lassen, und seine Bewegungen waren nun nicht mehr länger ungelenk. Seine Worte hatten indes noch denselben kumpelhaften Ton wie in den Stunden zuvor.

»Töten. Sprich's ruhig aus. Je öfter du das Wort wiederholst, desto bedeutungsloser wird es für dich, bis es sich irgendwann wie ›essen‹ oder ›scheißen‹ anhört. Der Tod ist ein ganz normaler physiologischer Vorgang. Wir sorgen nur dafür, dass er eintritt, solange er noch jemandem nützt, und nicht erst, wenn es allen schon scheißegal ist, verstehst du? Du bringst die richtigen Fähigkeiten für diesen Job mit. Du bist kaltblütig und ein begnadeter Schütze. Und du ziehst dabei kein Gesicht wie ein Revolverheld in einem Italowestern. Dir ist es egal, ob du dabei eine gute Figur machst. Du schießt, wie andere pissen; ich beobachte dich seit Monaten, und dir ist noch nie auch nur ein einziger Tropfen danebengegangen. Also, was sagst du zu dem Job?«

Ich nickte und schlug ein.

In gewisser Weise war es für mich nur logisch. Es löste mein Problem: Ich konnte wieder ganz ich selbst sein, doch niemand würde es erfahren, denn nach außen hin konnte ich die graue Maus bleiben, die ich spielte, um niemandem mehr weh zu tun. So, als wäre ich ein Pirat: Ich würde den Feind anvisieren, ihn unter Beschuss nehmen und versenken. Und dann würde ich wieder auf meine Insel zurückkehren.

Ja, ich schlug ein.

Danach erzählte er mir ein bisschen von der FIRMA, wenn auch nur in Andeutungen. Mal glaubte ich schon, dass die Regierung ihre Finger im Spiel hatte, was er aber sofort mit einem lauten Lachen bestritt, weshalb ich im Laufe der Nacht zu der Überzeugung gelangte, dass nicht einmal er viel über die Hintermänner wusste.

Zunächst schickte man mich ins Ausland, wo einsilbige Männer mich in abgeschiedenen Gegenden trainierten, die nur dann ein wenig menschlich wurden, wenn sie mich schießen sahen. Und Nummer Drei brachte mir seine sämtlichen Tricks bei. Ich sei ihm direkt unterstellt, denn er sei der beste Killer der FIRMA, hatte er mir in jener entscheidenden Nacht erklärt, und ich solle alles dransetzen, um mindestens so gut, wenn nicht gar noch besser zu werden, damit er eines Tages seine Pistole beruhigt an den Nagel hängen könne.

Leticia seufzte bloß, wenn ich wieder einmal von einer Vertreterreise zu diversen Provinzkrankenhäusern oder einer mehrtägigen Tagung in Paris zurückkam.

»Wieso beraumt man eigentlich für Klopapierverkäufer

aus ganz Europa eine Konferenz an? Um herauszufinden, in welchem Land mehr verbraucht wird?«, fragte sie mich einmal, und ich wollte schon eine der Ausflüchte anbringen, die ich mir während meiner Ausbildung eingeprägt hatte, als ich begriff, dass sie mich nur verspottete.

Nicht einmal die beträchtliche Lohnerhöhung ließ sie stutzen. Wir zogen in ein größeres Haus, kauften ein neues Auto – keine Reaktion. *Offenbar scheißen die Leute neuerdings mehr,* war der einzige Kommentar, den ich sie einmal verächtlich zu einer Freundin sagen hörte. Sie hätte mich jedoch sicher genauso gehasst, wenn ich ein erbärmlicher Landarzt geworden wäre; sie hatte nämlich immer davon geträumt, dass aus mir ein richtig berühmter Arzt würde. So berühmt, dass ich ihren Vater in den Schatten stellte.

So zogen die Wochen, Monate und Jahre ins Land. Bis mich die frühere Nummer Drei eines Tages für einsatzbereit hielt.

An einem Dienstagabend erledigte ich meinen ersten Auftrag. Der dickschädelige Geschäftsmann mit dem knallroten Gesicht besaß mehrere Fabriken und betrieb unter fremdem Namen eine Kette zweifelhafter Nachtclubs, in denen traurige Nutten ihre Dienste anboten.

Er war auf dem Parkplatz gerade in seinen tollen Schlitten gestiegen, als mein Wagen direkt neben seinem hielt. Mein Lächeln entwaffnete ihn. Höchstwahrscheinlich verwechselte er mich mit einem seiner tüchtigen Angestellten.

»Verlassen Sie uns schon?«, fragte ich höflich.

»Sehen Sie das nicht, Sie Dummkopf?«, blaffte er zurück – und hatte in der nächsten Sekunde ein Loch in der Stirn und gleich darauf noch ein zweites, das mit dem ersten fast eine Schnittmenge bildete.

»Jetzt sehe ich's«, sagte ich zur alten Nummer Drei, die neben mir auf dem Beifahrersitz applaudierte und mir dann zufrieden die Hand schüttelte.

Eine halbe Stunde später war ich zu Hause und zündete die Kerzen auf Letis Torte an. Es war ihr siebter Geburtstag.

Unter dem Vorwand, mit ein paar Leuten verabredet zu sein, verabschiede ich mich von meinem alten Freund.

»Mit einer Frau, nehme ich an«, sagt Tony und grinst verständnisvoll. »Nur eine Frau kann einen zu so einem FKK-Urlaub überreden. Warum sonst laufe ich hier halb nackt rum, wo es doch so viele Luxushotels gibt? Aber Sofía war nicht davon abzubringen und …«

Schnell verspreche ich ihm, später wieder vorbeizuschauen, und zische ab, bevor der gefühlskalte Engel zurück ist, der im Bett womöglich heißer ist als jedes Feuer. Damit Tony nicht ahnt, in welche Richtung unsere Zelte stehen, mache ich einen kleinen Schlenker durch das Wäldchen, aber eigentlich ist diese Vorsichtsmaßnahme sinnlos: So groß ist der Campingplatz auch wieder nicht, irgendwann werden wir uns zwangsläufig über den Weg laufen.

Es ist eben schwierig, Angewohnheiten abzulegen, die man sich von Berufs wegen einmal antrainiert hat. Zumindest nutze ich den Umweg zum Nachdenken.

Alles deutet darauf hin, dass Leticia und die Kinder nicht die Zielscheibe sind.

Also geht es um den Richter.

Oder um Tony.

Sollte Gaspar Beltrán das Zielobjekt sein, werde ich nicht eingreifen. Sosehr ich ihn auch bewundere.

Aber ich werde nicht zulassen, dass sie Tony etwas antun.

Ich werde ihm helfen. Und diesmal wird alles gut gehen.

Es ist das dritte Mal, dass mein Freund in Gefahr ist.

Und aller guten Dinge sind drei, besagt das allbekannte Sprichwort.

08 **Ich hatte völlig vergessen, was für einen** Medusenblick Leticia manchmal haben kann. Folglich erstarre ich zu Stein, als ich zu unseren Zelten komme, wo sie, der Richter und die Kinder einen auf perfekte Familie machen, nur dass sie dafür wenig Kleider anhaben. Besser gesagt: gar keine Kleider. Beltrán trägt inzwischen nämlich auch kein Handtuch mehr um die Hüfte. So ist es unvermeidlich, Größe, Länge und Aussehen zu vergleichen. Das tun alle Männer, selbst schon die kleinen Jungs, auch wenn Antoñito dabei rot wird und ich insgeheim froh bin über die wiedererlangte Spannung, da ich vorhin von Weitem Yolanda in Richtung Restaurant laufen sah. In diesem Wettstreit bin ich Beltrán jedenfalls überlegen, nicht um viel, aber immerhin – und ich bin so dumm, mir etwas darauf einzubilden.

Meine Tochter ist allerdings schon reifer, als ich dachte, und ähnelt ihrer Mutter mehr als befürchtet.

»Aber *er* ist ein berühmter Richter, Papi«, flüstert sie mir ins Ohr. während Beltrán Bierdosen holen geht, um das Eis zu brechen.

Ich glaube, ich spreche für alle, wenn ich sage, dass wir angezogen im Restaurant verkrampfter sind als eine halbe Stunde zuvor nackt vor unseren Zelten. Beltrán hat darauf bestanden, dass wir zusammen zu Mittag essen, wogegen

Leticia nichts einwenden konnte, weil sie sich noch unschlüssig ist, was sie von dieser unfreiwilligen Familienzusammenführung halten soll.

Als Yolanda mit einem Tablett vorbeikommt, grüßt sie so unbefangen, dass meine Hormone in Aufruhr geraten. Was natürlich alle merken. Antoñito flüstert seiner Schwester zu, dass sein Papa letztlich *doch nicht so langsam ist, wie du immer sagst*, und ihre Mutter verschluckt sich an einem Stück Kotelett, das sie sich gerade mit der Gelassenheit derjenigen zu Gemüte führt, die wissen, dass ihre gute Figur nicht in Gefahr ist, solange es auf dieser Welt Fitnessstudios gibt.

Ich zeige es nicht, aber ich gäbe wer weiß was drum, wenn das Essen endlich vorbei wäre und die Kinder zu irgendeiner organisierten Freizeitaktivität aufbrechen würden. Denn ich muss dringend nachdenken. Doch vorher muss ich erst noch den obligatorischen Espresso hinter mich bringen.

Beltrán ist ziemlich verlegen, als meine Ex danach laut verkündet, dass sie sich auf eine schöne lange Siesta freut, und ihn mit Schlafzimmerblick zurück den Zelten zieht.

Erleichtert atme ich auf, als ich auf der Terrasse des Restaurants als Einziger zurückbleibe. Im Supermarkt habe ich mir vor dem Essen eine der letzten Gürteltaschen gekauft, die hier ein offenbar sehr begehrter Artikel sind, da sie einen zusätzlichen Vorteil haben: Wenn man die Tasche nach vorn dreht, kommt man sich etwas weniger nackt vor – allerdings auch ein bisschen lächerlicher. Darin befinden sich mein präpariertes Handy, der tödliche Taschenrechner und ein Päckchen Zigaretten. Vor mir auf dem Tisch steht außerdem noch ein Bourbon, und in den Händen habe ich ein Buch, das mir als Tarnung dient, damit ich als beliebiger Tourist durchgehe. Und ich bin halb angezogen. Es fällt mir nämlich ziemlich schwer, scharf nachzudenken, wenn ich nackt bin. Vor allem, wenn mir Yolanda wieder in den Sinn kommt.

Zu viele Zufälle.

Die frühere Nummer Drei sagte immer: *Nimm dich in Acht vor merkwürdigen Zufällen. Und vor Nutten, die kleine Titten haben.*

Letzteres habe ich nie begriffen, weil ich zu Nutten nur im Rahmen meines Killerjobs gegangen bin und sonst eher auf vollbusige Frauen stehe. Auf Frauen wie Yolanda.

Aber das mit den Zufällen sehe ich genauso. Als Killer muss man immer vor ihnen auf der Hut sein. Und noch nie sind mir so viele aufs Mal untergekommen.

Die ehemalige Nummer Drei hat mir allerdings auch beigebracht, dass man sich für die Analyse einer unklaren Situation immer den genauen Sachverhalt vor Augen führen muss, sämtliche Fakten mitsamt der Zweifel, die sich daraus ergeben.

Beginnen wir also mit den Fakten.

Von heute auf morgen hat man mich mit einer ungewöhnlichen Aufgabe betraut. Das ist zunächst nichts Besonderes: Ich muss immer wieder einmal einen Auftrag kurzfristig erledigen, und sie haben dabei noch nie Rücksicht auf Urlaubszeiten oder Sonn- und Feiertage genommen – was Leticia früher immer auf die Palme gebracht hat, weil man ihrer Meinung nach so keine echte Führungskraft behandelte. Nichtsdestotrotz liegt selbst diesen Eilaufträgen stets ein sorgfältig ausgearbeiteter Ablaufplan zugrunde, und auch die Gewohnheiten, Eigenheiten und tagtäglichen Fahrtrouten des »Kunden« sind vorher ausgekundschaftet worden.

Es ist allerdings schon Jahre her, dass *ich* einen »Kunden« observieren sollte. Das machen normalerweise andere, die in der Rangliste weiter unten stehen. Und außerdem hat sich Nummer Zwei so schwammig ausgedrückt, dass ich nicht weiß, was ich als Nächstes zu tun habe. Und das, wo sie genau wissen, dass die Kinder bei mir sind. Wirklich seltsam.

Sonst lassen sie nicht die kleinste Kleinigkeit außer Acht, die uns von unserem Job ablenken könnte. Es kursiert sogar das Gerücht, dass Nummer Zwei einmal einen Auftrag um eine Woche verschoben hat, damit die Tochter des Kollegen ihre schwere Lungenentzündung auskurieren konnte. Dasselbe Gerücht, irgendwann aufgeschnappt, als ich mit ein paar Kollegen in einem leeren Apartment auf einen Einsatz wartete, geht allerdings noch weiter: Wenn das Mädchen in den sieben Tagen nicht gesund geworden wäre, hätte Nummer Zwei sie umbringen und es wie ein ärztliches Versagen aussehen lassen.

Ein Mörder, der sich Sorgen macht, schießt daneben.

Einer, der um einen nahestehenden Menschen trauert, trifft noch besser.

Diese Gedanken gefallen mir ganz und gar nicht.

Was mir hingegen sehr wohl gefällt, ist der Bourbon vor mir auf dem Tisch.

Und Yolanda, die mir gerade im Vorbeigehen zuwinkt. Sie hat wirklich einen üppigen Busen, so wie ich es in Erinnerung hatte.

Kommen wir zum nächsten Punkt: Der Wagen, dessen Fahrer ich anfangs liquidieren, jetzt aber bloß noch observieren soll, hat meiner Exfrau gehört. Kann es sein, dass sie das nicht wissen? Oder mich damit beauftragt haben, gerade *weil* sie es wissen?

Nein, ausgeschlossen. Am nützlichsten bin ich ihnen so wie jetzt, Single und alleinwohnend, sodass ich niemandem eine Erklärung schuldig bin, wenn ich für mehrere Tage verreise. Aber meine Exfrau deshalb kaltmachen? Um eine – sowieso völlig illusorische – Versöhnung zu verhindern? Nein, das kann ich mir absolut nicht vorstellen.

Zudem würden sie sicher einen anderen damit beauftragen, wenn sie Leticia wirklich umbringen wollten, der sich dann auch einer der Vorgehensweisen aus Artikel 25 des Handbuchs (Tod durch vorgetäuschten Unfall) bedienen müsste.

Nächster Punkt: Der Richter. Gaspar Beltrán ist wirklich eine erstklassige Zielscheibe. Doch auch hier gilt: Wenn sie wissen – und sie wissen es ganz bestimmt –, dass er mit meiner Ex zusammen ist, warum setzen sie mich dann auf ihn an? Ein schlechtes Gewissen oder aber die Freude darüber, es dem neuen Lover der Ex heimzuzahlen, können den besten Coup zum Scheitern bringen. Es sei denn, sie wollen, dass es wie ein Mord im Affekt aussieht und ich für schuldig befunden werde.

Weiter im Text: Leticia hat das Auto verkauft. Jetzt gehört es Tony, der von einem unersättlichen Kompagnon bedroht wird. Schon möglich, dass sie nichts von unserer Kinderfreundschaft wissen. Ich habe nie ein Wort darüber verloren. Tony ist jedoch nur wegen seiner schlanken, gefährlichen Freundin hier, die riesige Brüste hat. Und ich könnte schwören, dass sie ursprünglich klein waren. Sehr klein.

Fakt ist außerdem, dass sich hier irgendwo Beltráns Bodyguards rumtreiben müssen. Wer sind sie, und wie viele hat er?

Jedenfalls werde ich mir jetzt noch einen Bourbon bestellen. Auf dem Campingplatz herrscht eine wohltuende Ruhe, und von diesem Tisch aus habe ich einen hervorragenden Überblick.

Kommen wir zum nächsten Punkt.

Es sind einfach viel zu viele Zufälle. Womöglich ist es eine Falle, und sie wollen in Wirklichkeit mich ins Jenseits befördern, denn umringt von meinen Kindern, meiner Ex und meinem Freund aus Kindertagen kann ich keine der Vorkehrungen treffen, die sie mir für Notfälle nahegelegt haben. Nur: Warum sollten sie mich kaltmachen wollen?

Und schließlich ist es leider auch eine Tatsache, dass ich vor lauter Nervosität nicht bemerkt habe, dass ich schon eine ganze Weile mit meinem Handy herumspiele. Als es klingelt, zucke ich deshalb zusammen und schneide mir mit der scharfen Klinge fast ein Ohr ab, weil ich mechanisch die entsprechende Tastenkombination gedrückt habe.

»Hallo, Nummer Drei«, begrüßt mich eine unbekannte Stimme.

»Falsch verbunden«, erwidere ich, wie es das Handbuch in solchen Situationen vorsieht.

»Warten Sie einen Moment!«, befiehlt mir da die Stimme, deren nüchterner, keinen Widerspruch duldender Tonfall mir auf einmal irgendwie vertraut vorkommt.

»Hallo ... Ah, jetzt geht's. Hallo, Nummer Drei«, sagt fünf Sekunden später die Stimme, die sich nun wie die Frau anhört, die ich gut kenne. »Ich verbinde Sie mit Nummer Zwei.«

Sicher benutzt die FIRMA irgendeinen hochtechnisierten Schallwandler, der ihre Stimme transformiert, je nachdem, mit welchem Killer sie gerade spricht. Und wahrscheinlich ist der zuständige Techniker gerade in Urlaub und wird von irgend so einem Stümper vertreten. Vor denen sind also nicht einmal die im organisierten Verbrechen tätigen Multis sicher.

»Ich habe eine gute Nachricht für Sie«, erklärt mir Nummer Zwei mit phlegmatischer Stimme. »Die Operation wird verschoben. Nummer Dreizehn kommt nicht zum Einsatz. In ein paar Tagen können Sie abreisen.«

»Und warum nicht gleich?«

»Weil sie verschoben wird, nicht gestrichen. Sie observieren den ›Kunden‹, notieren alles, was Ihnen auffällt, und nächste Woche schicken Sie mir Ihren Bericht.« Er stockt, bevor er weiterspricht. »Und entschuldigen Sie die Unannehmlichkeiten. Von uns aus können Sie auch bis Monatsende auf dem FKK-Camping bleiben, schließlich haben wir ja alles schon im Voraus bezahlt. Ach ja, und die Operation wird Ihnen natürlich gutgeschrieben, so, als hätten Sie den Auftrag erfolgreich zu Ende geführt.«

Er legt auf, ohne sich zu verabschieden.

Erleichtert seufze ich auf. Niemand wird in der Nähe meiner Kinder zu Tode kommen. Ich muss nur die Zielscheibe zwei Tage lang beobachten und Nummer Zwei am Montag aus irgendeinem Internetcafé eine chiffrierte E-Mail schicken, in der für denjenigen, der die Sache irgendwann übernehmen muss, meine Beobachtungen aufgelistet sind. Danach kann ich unseren Urlaub ungestört genießen.

Warum habe ich mich eigentlich nicht zu fragen getraut, wer die Zielscheibe ist?

Egal, ich kriege es auch so raus. Dafür bin ich schließlich auch ausgebildet worden.

Dass sie mir eine Erfolgsprämie für nichts und wieder nichts zahlen wollen, ist allerdings höchst seltsam.

Nummer Zwei zahlt gut, doch nie einen Cent zu viel.

Er schenkt einem nichts, einfach so.

Vor drei Jahren wurde zu Weihnachten ein Geschenkkorb mit einer Karte in meinem Büro abgegeben, die mit seiner Nummer unterschrieben war. Als ich der damaligen Nummer Drei davon erzählte, lachte er laut auf und warnte mich davor, das Präsent mit nach Hause zu nehmen. In den Sektflaschen war Nitroglyzerin, im *turrón* TNT, in den *polvorones* Splitterpatronen, und die Flasche mit dem zwölf Jahre alten Whisky enthielt Säure, mit der man das Sicherheitssystem eines ganzen Gebäudes deaktivieren konnte. Unter den Pralinen fand ich schließlich die Fotos des »Kunden«, dem ich an Silvester das Lebenslicht ausblasen sollte – Leticia rastete damals fast aus, weil ich das Familienessen mit ihrem Vater im Hotel Ritz absagte.

»Und was wäre gewesen, wenn ich aus Versehen was davon getrunken oder gegessen hätte?«, hatte ich meinen Mentor damals gefragt.

»Dann hätte er es dir noch vom Lohn abgezogen.«

Doch zurück zu den Fakten.

Ich weiß nicht, ob es an der Freikörperkultur, dem Bourbon oder meinen Toten liegt (fünfzehn, Juan, es sind fünfzehn, zähl die frühere Nummer Drei endlich mit), aber allmählich werde ich paranoid.

Dabei habe ich die Firma doch noch nie enttäuscht und bin einer ihrer besten Männer!

Und ich weiß zu wenig, um ihnen gefährlich zu werden. Ich weiß fast nichts!

Und deshalb schaffe ich jetzt vollendete Tatsachen und denke an Yolanda, worüber ich alles andere vergessen kann und mir nur noch wünsche, dass es schnell dunkel wird und das, was geschehen muss, erst morgen passiert.

Ich trinke mein Glas leer, schlage mein Buch auf und beginne zu lesen. Jeder, der mich so sieht, muss mich für einen ganz gewöhnlichen Camper halten, der Urlaub auf einem schicken FKK-Campingplatz macht. Und genau so fühle ich mich jetzt auch. Ich sehe mich richtiggehend vor mir, wie auf einem Foto, im Hintergrund ein grünes Wäldchen, völlig entspannt.

Wie auf einem Foto.

So habe ich schon viele Leute gesehen.

Auf einem Foto.

Durch das Visier eines Gewehrs.

Eine Sekunde später waren sie tot.

09

Die FKK-Willkommensparty ist ganz anders, als ich sie mir vorgestellt habe. Obwohl ... eigentlich weiß ich gar nicht, was genau ich erwartet habe. Yolanda zu sehen natürlich – die ich allerdings nirgends entdecken kann.

Ihr Chef macht gerade diejenigen Gäste, die sich nicht bereits von früheren Aufenthalten kennen, voller Eifer miteinander bekannt. Zwar glaubt er, man würde es nicht merken, aber er ist eindeutig vom anderen Ufer, so überspannt, wie er sich gibt.

Ich hole mir einen Drink. Yolanda lässt immer noch auf sich warten.

Also sehe ich mir die Leute an. So, als sähe ich einen Film im Kino. Das tue ich gern. Noch so eine Berufskrankheit.

Schon bald kann ich die selbstsicheren Stammgäste von den nervösen Neulingen unterscheiden. Allein aufgrund ihrer Kleidung.

Während die alten Hasen bequeme, leichte Kleidung tragen, viel weißes Leinen bei den Herren und locker fallende Kleider bei den Damen, lassen sich die Greenhorns in zwei Gruppen aufteilen: diejenigen, die wussten, dass es zu Saisonbeginn eine Begrüßungsparty geben würde, und diejenigen, die damit überhaupt nicht gerechnet hatten.

Ich weiß nicht, über welche Gruppe ich mehr schmunzeln muss.

Diejenigen, die vorbereitet waren, sahen nackt fast besser aus. Die Männer scheinen allesamt zu glauben, genau die goldene Mitte zwischen legerer und doch von Geschmack zeugender Kleidung getroffen zu haben – dabei unterscheiden sich ihre Polohemden nur durch das sattsam bekannte Krokodil, den Polospieler oder ein anderes Logo, das den astronomischen Preis des Kleidungsstücks verrät. Es gibt sogar einige, die einen Anzug tragen, und vermutlich steckt die dazugehörige Krawatte in der Hosentasche, für alle Fälle. Und auch bei den Damen hat das Lampenfieber Unheil gestiftet: Überraschenderweise sieht man dieselben Frauen, die den Nachmittag über nackt und in hochhackigen Sandaletten über den Campingplatz gestöckelt sind, auf einmal im Cocktailkleid – mit denselben Sandaletten, wie ich mal annehme.

Bei der anderen Gruppe von Neulingen, denjenigen, die absolut keine Ahnung hatten, dass man bei so einem Camping-Urlaub wie Debütanten in die verschworene FKK-Gemeinschaft eingeführt wird, rächt sich jetzt der fehlende Weitblick beim Kofferpacken: Sie tragen bunte T-Shirts, Bermudas und Strandkleidchen.

Mit seinem grellbunten Hawaiihemd gehört Tony eindeutig zur letzten Gruppe. Sofía, die eiskalte Sofía, hat sich für ein Kleid entschieden, das fast nichts bedeckt und auch bei einem Botschaftsempfang für großes Aufsehen gesorgt hätte. Vorn reicht das Dekolleté fast bis zur Scham, und hinten kann jeder, der will, den Ansatz ihres Hinterns erspähen. Und viele wollen – selbst ich riskiere einen Blick, als ich meinen alten Freund begrüße. Sofía hat zudem nichts darunter an, und obwohl das hier eigentlich nichts Besonderes sein sollte, macht es sie noch aufregender.

Umsichtig, wie sie ist, hat Leticia hingegen genau das Richtige getroffen, sodass ich mich kurz frage, ob es wirklich das erste Mal ist, dass sie Urlaub auf einem FKK-Campingplatz macht. Sie trägt ein schlichtes Kleid in Zartlila, einer Farbe, die ihr schon immer gut gestanden hat. Sie wirkt darin sehr sexy. Zwar ist meine Ex um einige Jahre älter als Sofía und auf den ersten Blick nicht ganz so spektakulär, auf den zweiten aber schneidet sie wesentlich besser ab. Was mich dummerweise mit einem seltsamen Stolz erfüllt.

Sie und Beltrán würden problemlos als alte Hasen durchgehen. Klug beraten von Leticia, hat der Richter eine helle Hose und ein Leinenhemd für diesen Anlass eingepackt.

Und ich? Nun, die jahrelange Ausbildung hat sich mal wieder ausgezahlt: Zwar ist die Grundausstattung von der zu spielenden Rolle abhängig, aber wie immer bin ich für alle Eventualitäten gerüstet. Deshalb brauchte ich vor der Party nur eine Runde über den Platz zu drehen, um nun in weißer Hose und weißem Hemd nicht aufzufallen.

Yolanda ist immer noch nicht erschienen.

Was sie wohl anhat? Ich schlendere zur Tür, von wo aus ich den Kindern bei ihrem eigenen Fest zuschauen kann. Bis auf die Sprösslinge der Fans von Designermode tragen alle kurze, sommerliche Kleidung, und manche tollen sogar nach wie vor nackt herum, munter wie die Fische im Wasser.

Sind die Fische im Wasser tatsächlich so gut gelaunt und aufgeweckt? Antoñito scheint sich jedenfalls in seinem Element zu fühlen, wie er da pudelnackt herumspringt und dabei johlt wie ein kleiner Pirat. Vielleicht hat er ja die Chance, das Leben zu leben, das ich hinter mir gelassen habe. Oder noch besser: ein eigenes, selbstbestimmtes Leben. Ich werde jedenfalls alles tun, um ihm dabei zu helfen – sollte ich noch einmal mit dem Leben davonkommen.

Als ich mich wieder den Erwachsenen zuwenden will, um zu sehen, ob Yolanda mittlerweile gekommen ist, stoße ich mit Sofía zusammen, die an mir vorbei nach draußen stöckelt, ohne mich eines Blickes zu würdigen. Ich sehe ihr nach: Irgendwas an ihr gefällt mir nicht, auch wenn mich ihr Körper und ihre eiskalte Schönheit durchaus locken könnten. Ihr Busen ist ganz sicher nicht echt. Sie hat das Gesicht einer Nutte mit kleinen Brüsten, vor denen mich die frühere Nummer Drei immer so eindringlich gewarnt hat.

Nachdenklich drehe ich mich um, doch statt Yolandas hellblauen Augen begegne ich dem grünen, weisen Blick eines älteren Herrn, den ich an diesem Tag schon ein paarmal gesehen habe. Sein Gesicht strahlt die heitere Gelassenheit eines Menschen aus, der das Leben zu genießen weiß. Mein Vater wäre sicher genauso, wenn er noch leben würde, schießt es mir kurz durch den Sinn, doch leider habe ich nur noch ein unscharfes Foto von ihm und die vage Erinnerung an die müden Kommentare meiner Mutter, die immer von seinem Mangel an Persönlichkeit und seinem schwachen Charakter gesprochen hatte.

»Extravagant, aber effektvoll«, sagt der etwa siebzigjährige Herr und deutet mit dem Kinn in die Richtung, in die Sofía und ihre Attribute verschwunden sind.

»Eine Frage des Geschmacks.«

»Eine Frage des *guten* Geschmacks, wollen Sie wohl sagen. Ich für meinen Teil finde ja an schönen Frauen nach wie vor großen Gefallen. Und nicht nur an ihrem Gesicht, wenn Sie verstehen, was ich meine. Leider geht es in meinem Alter inzwischen fast nur noch darum, sie wie ein Gemälde zu bewundern, und nicht mehr um das Vergnügen, selbst den Pinsel zu schwingen ...«

Er ist mir augenblicklich sympathisch. Und das passiert mir äußerst selten. Wenn ich jemanden kennenlerne, halte ich normalerweise Distanz, um bloß keine Zuneigung zu diesem Menschen zu fassen. Schließlich weiß ich nie, ob ich den Betreffenden nicht irgendwann umlegen muss.

»Und was wäre sie für ein Gemälde?«, frage ich ihn amüsiert.

»Oh, ein modernes, Kälte ausstrahlendes, perfekt gemaltes ... obwohl ... nein, sie wäre kein Gemälde, sie wäre ein gut retuschiertes Foto. Oder eine Videoinstallation. Oder ein computergenerierter Spezialeffekt. Man sieht keinen einzigen Pinselstrich bei ihr. Bei einer schönen Frau kommt es aber gerade auf die Pinselstriche an.«

Lächelnd nicke ich, weil ich seiner Meinung bin, auch wenn ich es nie so hätte ausdrücken können – und weil er sie im Grunde genau so beschrieben hat, wie dies auch die frühere Nummer Drei getan hätte, nur mit derberen Worten.

Der alte Herr streckt mir die Hand entgegen.

»Andrés Camilleri«, stellt er sich vor.

»Juan Pérez Pérez.«

Er lädt mich auf einen Drink ein, und da Yolanda immer noch nicht aufgetaucht ist, nehme ich gern an.

Vom Tresen aus beobachten wir dann gemeinsam unsere Campingnachbarn.

»Ist Ihnen aufgefallen, dass dieselben Leute, die sich tagsüber mit geheuchelter Unschuld anlächeln, sich jetzt, da wir alle angezogen sind, nicht ungezwungen in die Augen sehen können?«

Während wir an den einzelnen Grüppchen vorbeischlendern, blicke ich mich um und stelle fest, dass er recht hat. Alle mustern sich nur ganz verstohlen, besessen von dem Versuch, sich daran zu erinnern, wie ihr Gegenüber noch Stunden vorher nackt ausgesehen hat, wer angezogen besser wirkt und wer nicht. Auch Camilleri und ich bilden da keine Ausnahme. Dieser Frau Ende dreißig, die einen Großteil des Vermögens ihres hageren Ehemannes in Schönheitsoperationen investiert hat – mit einer exzellenten Rendite, wie ich heute Nachmittag gesehen habe –, stand das Evakostüm beispielsweise tausendmal besser als das rote Abendkleid, das sie nun zu der Party trägt. Gerade echauffiert sie sich darüber, dass eine der Angestellten sie am Nachmittag darauf aufmerksam gemacht hat, dass auf einem FKK-Gelände das Tragen von Unterwäsche nicht erlaubt ist.

»Das ist absolut lächerlich!«, sagt sie zu einer Gleichgesinnten. »Wie Gott uns schuf, darf man hier herumlaufen, aber nicht in einem entzückenden Tangaslip mit dazugehörigem BH. Er ist von Valentino! Wenn ich nur daran denke, was der gekostet hat ...«

Camilleri und ich bummeln weiter, denn der Preis ihrer Dessous interessiert uns nicht. Ich nutze die Gelegenheit, um mich nach den Bodyguards des Richters umzusehen. Vergeblich. Es ist schwieriger, als ich dachte. Ich entdecke keine besonders wachsamen Blicke, nur die immer gleiche Neugier in den Augen aller Gäste.

Mit unseren Gläsern treten wir auf die Terrasse hinaus und gehen ein paar Schritte, ohne uns absprechen zu müssen. Eigentlich will ich ja auf Yolanda warten, aber eine innere Stimme drängt mich, Camilleris Gesellschaft zu genießen, und beruhigt mich, dass die Animateurin mich garantiert suchen geht, sollte ich länger wegbleiben.

Andrés Camilleri ist emeritierter Professor. Laut lacht er auf, als ich darauf tippe, dass er einen Lehrstuhl für Kunst innehatte.

»Nein, mein Lieber, nein. Die Kunst ist nur eine Liebhaberei, der ich mich erst seit einigen Jahren widme; man beginnt genauer hinzusehen, wenn die Kräfte schwinden. Nein, ich war Literaturwissenschaftler.«

»*War?* Die Leidenschaft für Literatur lässt einen doch vermutlich nicht los, wenn man in den Ruhestand geht, oder?«

»Sie haben recht, Juan, sie lässt einen nicht los. Aber ich habe mein Leben lang versucht, Generationen von jungen

Leuten dafür zu begeistern. Die haben es jedoch heutzutage immer eiliger, ihren Abschluss zu machen, um das Gelernte entweder so schnell wie möglich zu vergessen oder um ihre Vorbilder mit ihrem allerersten Roman gleich zu überflügeln. Offenbar glauben viele, dass das Einzige, was man mit so einem Studium anfangen kann, das Schreiben ist, und vergessen, dass man zum Lesen genauso viel, wenn nicht gar noch mehr Begabung braucht. Vor meiner Emeritierung war die Literatur mein Ein und Alles. Jetzt ...«

»Jetzt?«

»Jetzt schreibe ich Bücher.«

Mit einem traurigen Blick lässt er die Schultern hängen, um gleich darauf in mein schallendes Gelächter einzufallen, und als wir uns wieder beruhigt haben, erzählt er mir, dass er seit über zehn Jahren Krimis verfasst, *mit mehr Erfolg, als ich verdient habe, und mehr Talent im Nachahmen der Meister als der Einsicht, dass ich sie nie erreichen werde.* Das klingt mir zwar sehr nach Koketterie, aber letztlich hat jeder seine kleinen Schwächen. Sogar in meinem Beruf klopft man sich für einen gut ausgeführten Job insgeheim auf die Schulter oder lacht sich ins Fäustchen, wenn ein Kollege einen Patzer macht.

Er schreibe unter Pseudonym, fährt Camilleri dann fort, in einer Anwandlung von Boshaftigkeit frage ich ihn jedoch nicht, welches er gewählt hat. Einen Moment lang bin ich auch abgelenkt, denn wir haben eine kleine Anhöhe erklommen, auf deren anderen Seite ein Dutzend Hütten L-förmig aneinandergereiht sind. Sie wirken nicht ganz so komfortabel wie die Bungalows, die Gäste mieten können, wenn sie nicht in Zelten oder Wohnwagen schlafen wollen. Am Nachmittag wären wir sogar beinahe in einen davon gezogen: Launenhaft wie ihre Mutter, schimpfte Leti mich einen Geizkragen, als sie sie entdeckt hatte: *Die Häuschen am Strand haben sogar Fernsehen und einen DVD-Player, Papi.* Dabei war sie es gewesen, die unbedingt zelten wollte!

Die Hütten hinter der Anhöhe dienen dem Campingpersonal als Unterkunft – in einer wohnt sicher Yolanda, vielleicht ja in der am kurzen Ende des L, der einzigen, in der Licht brennt und im Fenster eine weibliche Silhouette zu erkennen ist.

Sie ist nackt. Und obwohl das auf einem FKK-Campingplatz eigentlich keine besondere Aufmerksamkeit erregen sollte, hat Camilleri sie nun ebenfalls entdeckt und verstummt andächtig, so, als stehe er plötzlich vor einem Gemälde. Im selben Moment kommt die Silhouette eines athletisch gebauten Mannes ins Bild, der natürlich ebenfalls nackt ist. Ganz langsam nähert er sich ihr, es dauert eine Ewigkeit, und auf einmal bin ich sicher, dass es Yolanda ist. Und dass es mir weh tut. Sogar sehr – was für mich eigentlich völlig irrsinnig ist. Ich schicke ein Stoßgebet zum Himmel, dass die männliche Gestalt stehen bleibt, und glaube mich schon am Ziel, als er sich plötzlich auf sie stürzt und die beiden mit wilder Leidenschaft übereinander herfallen, miteinander verschmelzen wie zwei chinesische Schattenbilder. Ich kämpfe gegen die Wut an und den Schmerz, ich habe kein Recht dazu, aber nachdem ich meine Gefühle ein Leben lang unterdrücken konnte, scheinen sie seit Beginn der Reise in Aufruhr geraten zu sein. Vielleicht ist es von Berufs wegen, vielleicht spielt mir aber auch mein gekränktes Unterbewusstsein einen Streich, jedenfalls bilden die beiden für mich unversehens die perfekte Zielscheibe.

»Eine perfekte Zielscheibe«, murmelt Camilleri im gleichen Augenblick, als könne er meine Gedanken lesen.

»Wie bitte?!«

»Die beiden erinnern mich an den Anfang eines meiner Romane: Die Szene beginnt mit Einbruch der Dunkelheit.

Ein Liebespaar liebt sich an einem offenen Fenster. Die Gardinen vorgezogen, sodass man ihre Züge nicht erkennen kann, aber das Licht im Zimmer verrät, was drinnen vor sich geht. Auf einmal zielt jemand mit einem Gewehr auf sie, von einer Anhöhe wie dieser, und bringt sie um ...«

»Der Mann von ihr. Oder die Frau von ihm«, sage ich, ohne den Blick vom Fenster lösen zu können, wo der Mann Yolanda nun von hinten packt, sie hochhebt und ihren Körper dann gegen seinen eigenen drückt, als wolle er sie zerbrechen.

»Vielleicht. Vielleicht auch nicht. In einem Roman, aber auch in der Wirklichkeit ist nämlich fast nichts so, wie es zunächst scheint, Juan. Wer sagt Ihnen, dass die beiden sich heimlich treffen und nicht ein frischverheiratetes Pärchen sind, das seinen freien Abend genießt?«

Ich antworte ihm nicht, weil ich ganz genau weiß, wer sie ist. Und weil ich krampfhaft überlege, wer *er* sein könnte. So ein Schrank von einem Mann könnte ... ein Bodyguard sein! Der Bodyguard eines prominenten Richters, der in ein paar Stunden wieder meine Exfrau besitzen wird. Kurioserweise stört mich der Gedanke daran weniger, als dass Yolanda von einem anderen gevögelt wird. Was ist bloß los mit mir? Ich habe fast mein ganzes Leben damit verbracht, die Gefühle in meinem Herzen zu verschließen, und jetzt, wo ich es unbewusst geöffnet habe, bekomme ich sie offenbar nicht wieder hinter Schloss und Riegel.

Ich muss wohl eine ganze Weile meinen Gedanken nachgehangen haben, denn als ich mich wieder auf das Fenster konzentriere, sind keine Silhouetten mehr zu sehen, nur eine leichte Brise weht die Gardine noch hin und her. Camilleri hält die Luft an, genau wie ich.

Keine dreißig Sekunden später öffnet sich die Tür der Hütte, und die Frau kommt heraus. Es ist Sofía.

»Sehen Sie?«, flüstert der Professor. »Nur eine der Touristinnen, die glauben, das Personal sei im Preis inbegriffen.«

Sofía ist bereits Richtung Restaurant verschwunden, da kommt ihr Gespiele heraus. Es ist der Schwede oder Däne oder Finne, der am Pool als Bademeister arbeitet. Heute Nachmittag hätte ich ihn beinahe von meiner Liste möglicher Bodyguards gestrichen, weil er einen nicht besonders intelligenten Eindruck auf mich gemacht und wie ein Kalb geglotzt hat. Wenn nötig, kann ich allerdings auch den Harmlosen spielen. Und gerade dann bin ich am gefährlichsten.

Camilleri respektiert mein Schweigen; wortlos kehren wir zur Party zurück. Es ist, als hätte dieser simple Quickie unsere vorherige geistreiche Unterhaltung widerlegt.

Wahrscheinlich funktioniert so die Welt: Manche stellen sich unentwegt Fragen. Die anderen vögeln einfach. Keine Ahnung, was besser ist.

Ich für meinen Teil versuche jedenfalls schon mein ganzes Leben, mir keine Fragen zu stellen. Seit Tony sein Auge verlor und ich den Ehrgeiz, Piratenkapitän zu werden. Und was den Sex angeht, so ist es wie mit dem Preisschießen in meiner Jugend oder mit meinem Job als Auftragskiller: Ich bin darin sehr geübt, sodass bisher niemand etwas zu bemängeln hatte.

Außer vielleicht Leticia: *Du wärst der denkbar beste Liebhaber, wenn du beim Vögeln auch mal was falsch machen würdest: wenn deine Zärtlichkeiten vor lauter überbordender Leidenschaft auch mal unbeholfen sein würden, deine Bewegungen weniger von deinem Perfektionsdrang als von deinem Begehren gelenkt, und dein Stöhnen ein lustvolles Seufzen und nicht nur der Treibstoff für deine Sexmaschine wäre.* Es war ein ganzer Vortrag, den sie mir hielt, bevor sie mich verließ, und von den vielen Dingen, die sie mir vorwarf, von allen Argumenten, warum sie Schluss machte, trafen mich diese Sätze am meisten.

Und auf einmal habe ich Angst vor dem Ende dieses Abends.

Auf einmal wünsche ich mir, dass Yolanda nicht auf die Party kommt.

Aber sie ist da, und ihr Lächeln vertreibt die dunklen Wolken, der Himmel ihrer Augen ist strahlend blau, und ihr freudiges Lächeln ist echt.

Ich stelle sie Camilleri vor, und alle drei plaudern wir eine Weile äußerst angeregt, bis der Professor auf einmal aufsteht und sich verabschiedet. Er ist nicht einmal mehr zu einem letzten Gläschen zu überreden.

»Ich muss dringend ins Bett, und ihr müsst ja noch euer Gemälde malen.«

Yolanda versteht seine kryptische Bemerkung natürlich nicht, weiß aber wohl instinktiv, dass seine Worte nett gemeint sind, weshalb sie ihm zum Abschied ein fröhliches Lächeln schenkt.

»Ich würde sie irgendwo zwischen Klimt und Modigliani ansiedeln«, flüstert mir der Professor noch verschwörerisch ins Ohr, bevor er geht, »sie ist engelhaft zart und gleichzeitig sinnlich, sanft und doch farbenfroh. Sie haben einen exzellenten Kunstverstand, mein lieber Freund.«

10

Camilleri war bestimmt ein ausgezeichneter Hochschuldozent. Und er schreibt sicher auch intelligente Krimis. Auf jeden Fall ist an ihm aber auch ein phänomenaler Kunstkritiker verloren gegangen. Das beweist seine Beschreibung von Yolanda. Selbst wenn ich noch einige stilistische Nuancen hinzufügen würde: Sie hat außerdem noch etwas von der Sinnlichkeit eines Gauguin und dem Ewigweiblichen eines Botticelli, und hin und wieder umweht sie ein Hauch von Einsamkeit, wie dies nur Edward Hopper auf die Leinwand zu bannen vermochte.

Von Kunst verstehe ich mehr, als es auf den ersten Blick scheint. So wie von vielen anderen Dingen auch. Unsere Ausbildung ist nämlich äußerst vielseitig, denn in unserem Job ist es nicht immer damit getan, stundenlang irgendwo auf der Lauer zu liegen und dann im richtigen Moment abzudrücken. Oft werden wir zu irgendeinem Kurs geschickt, und dann vergehen Monate über Monate, bis man den Auftrag bekommt, bei dem man das erworbene Wissen gebrauchen kann.

»Wir sind wie Laienschauspieler, die im stillen Kämmerlein monatelang ein Stück einstudieren, ohne zu wissen, ob sie damit jemals an einem Theater vorsprechen dürfen«, pflegte die frühere Nummer Drei zu sagen.

Er selbst war außergewöhnlich gebildet und konnte stundenlang über Architektur und kulinarische Genüsse philosophieren. Das tat er jedoch nur mit mir oder wenn dieses Wissen zu seiner Rolle bei einem Auftrag passte. Dann hatte man wie durch Zauberei keinen Schluckspecht und Bordell-Stammgast mehr vor sich, sondern einen einfühlsamen Architekten oder ausgemachten Gourmet. Allen anderen gegenüber gab er sich als der einfach gestrickte, brutale Fremdenlegionär, der er in seiner Jugend gewesen war.

Ich habe mich oft gefragt, warum er sich mir gegenüber so anders verhalten hat. Aber das einzige Mal, dass ich ihn darauf anzusprechen wagte, erwiderte er nur:

»Wenn du noch mal so eine hirnrissige Bemerkung vom Stapel lässt, bringe ich dich um. Und zwar gratis.«

Eine Minute später traten ihm vor einem Gemälde von van Gogh die Tränen in die Augen.

»Dieses Gelb ... Wie hat der Teufelskerl das bloß hingekriegt?«, murmelte er verzückt.

Sieben Jahre ist das nun schon her, dass ich für diesen Auftrag im Louvre monatelang Kunstgeschichte büffelte. Zwei Wochen vor dem Termin schleuste man mich als Führer in das Museum ein, damit ich mich am fraglichen Tag dort gut zurechtfand. Ich sollte einen plötzlich erkrankten Kollegen vertreten, und am Ende ging ich so in meiner Rolle auf, dass die frühere Nummer Drei mich zur Ordnung rufen musste.

»He, Doc, hast du vor, den Beruf zu wechseln, oder was? Wenn du den Leuten etwas über die Bilder erzählst, hört es sich an, als wärst du damit groß geworden ...«

Am Nachmittag, an dem ich meinen Auftrag zu erledigen hatte, betrat ich den Louvre als ganz gewöhnlicher Tourist. Ich hatte nur die Gesichtsform und die Haarfarbe leicht verändert, gerade genug, um nicht mit meiner vorigen Persönlichkeit in Verbindung gebracht zu werden.

Mein »Kunde« musste jemand Bedeutendes sein, denn

er stand allein vor der ›Mona Lisa‹, um die sich normalerweise mehr Japaner versammelten als bei einem internationalen Karaoke-Wettbewerb. Ich musste ihn nur mit einem winzigen Pfeil treffen, dessen tödliche Wirkung sich erst nach einer Stunde zeigen würde. Doch als ich schon zur Tat schreiten wollte, ging mir auf, wie sehr ich das Gemälde bewunderte, und Tony kam mir in den Sinn. Und ich bekam kalte Füße: Ich fürchtete, danebenzuschießen, sodass der Pfeil sich in den Hals der Mona Lisa bohren würde anstatt in den des Waffenhändlers – oder was immer er auch war –, der sie so begehrlich ansah, als wäre sie eine käufliche Nutte. Ohne lange zu überlegen, löste ich deshalb den Pfeil aus dem als teuren Kugelschreiber getarnten Luftgewehr, fasste ihn ganz vorsichtig am Ende, an dem er vermutlich frei von Gift war, und ging damit rückwärts auf den »Kunden« zu, wobei ich so tat, als wollte ich das gewaltige Gemälde auf der gegenüberliegenden Seite des Saals in seiner ganzen Pracht bewundern. Einen halben Meter vor ihm stolperte ich dann so über meine eigenen Füße, dass ich mich einmal um meine eigene Achse drehte und im Fallen seine Hand streifte. Sofort wollten sich vier als friedliche Touristen getarnte Gorillas auf mich stürzen, aber ich hatte bereits mein einfältigstes Juanito-Pérez-Pérez-Gesicht aufgesetzt, weshalb der Typ sie mit einem herrischen Wink stoppte. Unbewusst rieb er sich den Kratzer an der Hand, während er mir aufhalf.

»Machen Sie die Augen auf, Sie Tollpatsch!«, herrschte er mich an und deutete auf da Vincis Gemälde. »So wie sie.«

Auch Nummer Drei hatte das Gemälde gegenüber der ›Mona Lisa‹ bewundert. In meinem Hotelzimmer setzte er mir dann eine Pistole mit Schalldämpfer an die Schläfe.

»Erklär mir, warum du das getan hast. In einem kurzen, knackigen Satz. Wenn du mich nicht überzeugst, bringe ich dich um!«

»Das Gemälde hätte beschädigt werden können.«

Da ließ er die Pistole sinken und brach in schallendes Gelächter aus.

»Okay, das kann ich verstehen, mein Junge. Mich macht Mona Lisas geiles Grinsen auch ziemlich an. Aber in Zukunft lässt du diese Spielchen, verstanden? Und noch was: Ich will dich nie wieder mit einer so lächerlichen Perücke sehen.«

Ich hatte rote Haare. Wie Vincent van Gogh.

»Was ist mit van Gogh?«, fragt Yolanda verwirrt.

Ich muss meinen letzten Gedanken wohl laut ausgesprochen haben. Keine Ahnung, warum mir ausgerechnet jetzt all diese Dinge einfallen, nachdem ich jahrelang nicht mehr daran gedacht habe. Aber Yolanda wartet auf eine Antwort, und sie bekommt sie in Form eines Kompliments.

»Ich habe gerade gedacht, dass er mir leidtut, weil er keine Gelegenheit hatte, dich zu malen.«

Lachend verzeiht sie mir meine kurzfristige Unaufmerksamkeit. Sie ist clever und wird wissen, dass ich das nur gesagt habe, um mich elegant aus der Affäre zu ziehen. Camilleri hat recht: Sie ist eine Mischung aus Klimt und Modigliani. Jetzt nimmt sie mich an der Hand und zieht mich von Grüppchen zu Grüppchen, stellt mir ein paar Leute vor, erzählt Anekdoten und gibt Freizeittipps. Sie hat ein beneidenswert kontaktfreudiges Wesen, so wie meine Ex, aber Yolanda nutzt es nicht, um zu bestimmen, was zu tun ist, sondern um dafür zu sorgen, dass die anderen sich wohl fühlen. Und so ist es unvermeidlich, dass wir bei unserer Runde auch irgendwann auf Sofía und Tony treffen. Yolanda ist überrascht, dass wir uns schon lange kennen, worauf mein Freund ihr erklärt, ich sei *der beste Piratenkapitän, der jemals die neun Meere bereist hat.*

»Sieben, du Dummkopf, es sind sieben Meere!«, berichtigt ihn Sofía sofort.

»Das weiß ich auch, Süße. Aber wir wollten mindestens noch zwei weitere entdecken, stimmt's, Juan?«

Er nimmt mich mit plötzlich verzagter Miene beiseite, während Yolanda sich wohl oder übel für ein paar Minuten Sofía widmet.

»Ich will dir nicht den Abend verderben, Juan, ich sehe ja, du hast was vor. Aber morgen, wenn du wieder fit bist, würde ich gern mal mit dir reden. Ich brauche deinen Rat.«

Ich schlage ihm ein Treffen im Restaurant oder in seinem Wohnwagen vor, aber ihm ist es lieber in der Bucht. Während wir zu den Frauen zurückkehren, gibt er sich wieder optimistisch und neckt mich ein bisschen wegen Yolanda. Er weiß, dass sie hier arbeitet, und findet, dass ich einen ganz schönen Zahn draufhabe: Ein Tag hätte mir genügt, um mir das hübscheste Mädchen weit und breit zu angeln.

»So wie früher, Juan. Dir ist schon damals alles in den Schoß gefallen.«

Ich entdecke so etwas wie Neid in seiner Stimme. Beinahe hätte ich ihm erzählt, was ich vorhin in der Hütte gesehen habe, verkneife es mir dann aber. Im Grunde weiß ich nämlich nichts über den erwachsenen Tony. Womöglich liebt er diesen Eiszapfen tatsächlich, und ich tue ihm wieder weh. Vielleicht haben sie aber auch einen Deal, der ihr die Freiheit lässt, sich so viele Liebhaber zu nehmen, wie sie will, solange sie nur diskret ist.

Yolanda rettet mich gekonnt davor, mit den beiden den Rest des Abends verbringen zu müssen.

»Ich habe schon warmherzigere Kühlschränke kennengelernt«, murmelt sie grinsend in Richtung Sofía, kaum sind wir in Sicherheit.

Plötzlich tauchen wie aus dem Nichts die Kinder auf und

hängen sich an Yolanda. Leti begutachtet anerkennend ihr Kleid und Antoñito will sie gleich nach draußen ziehen, damit sie am Pool seine Fortschritte im Springen vom Einmeterbrett bewundert. Ich fürchte schon, den Rest des Abends als Babysitter zu verbringen, da naht Hilfe von völlig unerwarteter Seite.

»Lasst Papa in Ruhe«, mischt sich Leticia ein. »Das Kinderfest ist draußen, und dort gibt's genug Animateure, die sich um euch kümmern.«

Bei mir hätte es viermal so lange gedauert, bis sie mir gehorcht hätten. Leti packt ihren Bruder und zwinkert mir im Gehen noch mal zu, während ihre Mutter die Gelegenheit nutzt, sich vorzustellen. Na großartig: Ich entkomme den Kindern, und muss dafür mit meiner Ex und ihrem neuen Freund Smalltalk machen.

Beltrán entpuppt sich allerdings als amüsanter, angenehmer Gesellschafter, der sich nicht in den Vordergrund drängen muss. Als die Musik lauter wird, zieht Yolanda mich jedoch augenblicklich auf die Tanzfläche, sodass ich nicht einmal dazu komme, ihr zu sagen, dass ich nicht tanzen kann. Zumal das auch gar nicht stimmt. Ja, auch Tanzunterricht habe ich bekommen, denn man weiß nie, ob man sich nicht irgendwann einmal als Tanzlehrer ausgeben muss, oder als Diplomat oder Manager, der gern einen draufmacht.

Der Discjockey wechselt zu Salsa, und ich gebe mich ganz ihrem Rhythmus hin. Eigentlich höre ich spätestens bei so was auf zu tanzen, aber jetzt, jetzt schiebe ich alle Bedenken beiseite und sage mir, ich habe Lust zu tanzen, und basta!

Yolandas Bewegungen sind äußerst sinnlich, und darum geht mir erst nach einer Weile auf, dass sie nur auf meine reagiert, dass trotz ihres tänzerischen Talents ich derjenige bin, der den Rhythmus vorgibt und sie führt. Zu spät merke ich auch, dass alle anderen aufgehört haben zu tanzen und einen Kreis um uns bilden. Jetzt bin ich die perfekte Zielscheibe, aber ich kann nichts dagegen tun, und so tanze ich weiter, ja ich erfinde sogar Tanzschritte, was ein paarmal schiefgeht, aber nicht weiter auffällt. Wie lange tanzen wir schon ohne Pause? Für mich ist es eine einzige Salsa, und pures Glück, ein Gefühl, an das ich mich kaum noch erinnern kann. In Yolandas Gesicht spiegelt sich Überraschung, aber sie ist garantiert so freudig erregt wie ich.

Der Remix geht dem Ende zu. Ein letztes Mal ziehe ich sie an mich und beuge den Oberkörper dann gekonnt über sie, worauf tosender Applaus ausbricht, sodass ich sie kaum verstehe, als sie mir ins Ohr flüstert:

»Wenn du bei allem so leidenschaftlich bist, wird das eine unvergessliche Nacht.«

Es regnet Komplimente von allen Seiten, als wir uns wieder zu Leticia und ihrem Richter gesellen. Der Blick meiner Ex ist voller Fragezeichen.

»Ich habe in den letzten Monaten Unterricht genommen«, rechtfertige ich mich, als sie mir mein Glas reicht.

»Es gibt Dinge, die lernt man bei keinem Lehrer, Juanito. Die hat man, oder man hat sie nicht. Und man lebt sie aus – oder auch nicht, je nachdem, mit wem«, murmelt sie.

Wir machen einen großen Bogen um das Kinderfest, das bereits auf sein Ende zusteuert. Die Erwachsenen werden sich wohl noch eine Stunde vergnügen, bis sich die meisten verziehen und nur noch die Nachtschwärmer übrigbleiben, die nie wissen, wann man von einem amüsanten Typen zur Nervensäge mutiert. Tony redete vorhin davon, die Nacht durchmachen zu wollen.

In den Händen zwei Flaschen Champagner, die sie aus der Restaurantküche organisiert hat, führt mich Yolanda zwischen den Bäumen hindurch zu meiner Parzelle. Nichts dagegen einzuwenden. Ich frage nicht nach den Gläsern, denn es ist klar, dass wir die selbst sein werden. Vor meinem Zelt zieht sie sich aus, und ich tue es ihr nach. Dann laufen wir Hand in Hand los, so wie am Vormittag, und jetzt ist meine Erektion gerechtfertigt und stört mich auch nicht mehr. Und sie kann wieder meine Gedanken lesen.

»Heute Mittag konnte ich nicht, aber jetzt sieht uns niemand. Und es ist immer noch mein freier Tag.«

Ich bleibe stumm, denn ich bin mit dem Spüren ihrer warmen Hand beschäftigt. In meiner linken Hand hält sich eine Champagnerflasche die Waage mit der zweiten in ihrer Rechten. Ich weiß, dass wir zur Bucht laufen, so wie am Morgen, aber alles ist nun anders. Ihre ins Licht des Vollmonds getauchte Nacktheit wirkt jetzt noch sinnlicher, zugleich aber auch gelöster. Und ich brenne erneut vor Begierde, nur dass ich das jetzt akzeptiere und genieße, so wie eben beim Tanzen.

Im Wasser trinken wir Champagner und tanzen, nackt und uns immer wieder zart berührend. Wir haben keine Eile, sondern alle Zeit der Welt. Es existieren nur der Mond, das Meer und unsere Haut. Prickelnde Haut.

Eine Welle bringt uns den ersten Kuss. Und dann kommen Wellen über Wellen, die uns emporheben und an den Strand spülen. Kurz kriege ich Panik: Was, wenn mich jetzt, da ich meine Gefühle endlich zulasse, die Technik im Stich lässt? Aber vielleicht hat Leticia ja recht, versuche ich mich zu beruhigen, und es kommt nicht auf die Geschicklichkeit an, sondern auf die Zärtlichkeiten. Und ich streichle sie und werde gestreichelt. Und ich stöhne, oder sie, oder wir beide gleichzeitig. Und dann dringe ich in Yolanda ein wie in ein neues Zuhause voller Überraschungen und erforsche jeden Winkel, immer wieder, denn die Räume ihrer Lust sind hell erleuchtet oder erhellen sich, wenn ich sie betrete.

Und dann, in einer Pause, während wir Atem schöpfen und die Wellen über den Strand rollen, so wie kurz zuvor die Wellen der Lust uns überrollt haben, sagt mir der Mond, dass die Nacht eben erst begonnen hat.

Und dass sie uns gehört. Uns ganz allein.

11

Noch bevor ich die Augen aufmache, spüre ich es. Mein Geschlecht.
Erleichtert.
Zufrieden.

Dankbar.

Und sie ist noch da.

Wir liegen im Zelt; keine Ahnung, wie und wann wir es hierhergeschafft haben. Es ist früher Morgen, und das Licht, das durch die Zeltwände dringt, ergießt sich über ihre wohlgeformten Kurven. Eine langsame Welle des Verlangens durchflutet mich von unten bis oben, wie ich sie so mit zerzaustem Haar neben mir schlafen sehe. Ihre Haltung hat nichts Katzenhaftes, so wie am Morgen danach in einem romantischen Film. Yolanda liegt auf dem Rücken, den Kopf mir zugewendet, Beine und Arme von sich gestreckt wie ein selig schlafendes Baby, und schnarcht. Ganz leise, aber sie schnarcht. Zärtlichkeit steigt in mir auf, legt sich über mein Begehren, füllt es ganz aus, lässt es sogar noch an Umfang und Festigkeit zunehmen. Auch ich liege da wie ein zufriedenes Baby, nur ist mein Geschlecht jetzt steif. Ein Kribbeln im Arm signalisiert mir, dass ich Yolanda im Schlaf in den Armen gehalten habe.

Dem Licht zufolge ist es Tag, aber in uns regiert weiter die Nacht.

Etwas erinnert mich daran, dass ich dringend nachdenken

muss über das, was passiert ist, um dessen wahre Bedeutung einschätzen zu können. Es war eine wundervolle Nacht – aber eben doch nur eine Nacht voller Sex. Davon hatte ich schon viele. Worin unterscheidet sich diese Nacht also von all den anderen?

Nach dem ersten Schock über die Trennung von Leticia hatte es Nummer Drei vollauf genügt, sich eine zweite Haut überzustreifen, um sich wie ein Raubtier ohne Hast auf die Jagd zu machen, egal ob in der Nacht oder am Tag, wenn auch immer unter der Prämisse, Bett und Schweiß fast nie zweimal und allerhöchstens dreimal mit jemandem zu teilen.

Und davor, als wir noch zusammenlebten, selbst als es zwischen Leticia und mir mit allem anderen längst Essig war, war der Sex, den sie später als seelenlos bezeichnete, schön und intensiv gewesen.

So intensiv wie mit den anderen Frauen, auch wenn diese zu Leticias Zeiten zu meinem Job gehört hatten. Nicht selten führt der kürzeste Weg zu einem »Kunden« nämlich in die Arme seiner Frau, der Geliebten oder der Sekretärin. Als ich mich anfangs einmal über diese spezielle Art der Vorsondierung beklagte, lachte die ehemalige Nummer Drei nur höhnisch auf.

»Ich an deiner Stelle wäre überglücklich, nur die scharfen Weiber unserer ›Kunden‹ rumkriegen zu müssen, anstatt deren Kompagnons einschüchtern, illoyale Angestellte unter Druck setzen oder mich als Bulle oder Mafioso ausgeben zu müssen, um an Informationen ranzukommen. Also halt die Klappe, Doc, oder ich lasse dich gegen Nummer Fünfzehn austauschen.«

Nummer Fünfzehn, schön wie ein Gott, tat dasselbe wie ich, nur mit Männern.

Ich beklagte mich nie wieder.

Ich habe wirklich ein hervorragendes Training genossen.

Ja, auch darauf bin ich vorbereitet worden. Alle möglichen Techniken, Tantra, Tao und Kamasutra: Bei den Kursen ging es neben dem Sex mit all seinen mechanischen und körperlichen Aspekten vor allem auch um die Kunst der Verführung, die manchmal viel effektiver ist als Sex, wenn man jemandes Sympathie und Vertrauen gewinnen will.

Yolanda gibt jetzt einen schnurrenden Laut von sich, streckt sich wohlig und drückt dann ein Bein an meins, bevor sie wieder in einen ruhigen Schlaf hinübergleitet.

Worin unterscheidet sich also der bisherige Sex vom Sex in der vergangenen Nacht?

Der Unterschied bin ich, der ich jetzt etwas dabei empfinde, während ich früher nur Gymnastik gemacht habe.

Und der Unterschied ist sie, die diese tiefen Gefühle in mir geweckt hat.

Und diese Gefühle sind nun nicht mehr zu unterdrücken. Da nützt es wenig, sich zu sagen, dass es nicht sein darf, dass mein Job, die verlorene Augenklappe eines Piratenkapitäns, mein Doppelleben, die Gefahr, in der Leticia oder ich gerade schweben, all meine verdrängten Zweifel dagegensprechen.

Vielleicht sollte ich es besser mal von ihrer Seite aus betrachten: Für sie ist es möglicherweise nur eine flüchtige Sommerromanze, ein One-Night-Stand zum Saisonbeginn, purer Sex und nichts weiter.

Oder auch nicht.

Das gibt mir aber noch lange nicht das Recht, mehr zu wollen.

Doch ich will mehr.

Ich will es so sehr, dass ich meine Stimme zu hören glaube, obwohl ich die Lippen gar nicht bewegt habe. Ich drehe mich auf die Seite und betrachte sie. Sie ist nicht vollkommen, auch wenn ihr junger, biegsamer Körper mir verrät, dass sie regelmäßig, aber nicht fanatisch Sport treibt. Sie wirkt auf mich wie ein Nest, ein warmes, kuscheliges Nest, das nach Champagner und Sex riecht. Sie ist wie das Leben selbst, und obwohl ich schon so lange von dem Geschäft mit dem Tod lebe, sehe ich sie an und sage mir im Stillen immer wieder, dass ich mehr will, dass ich mir noch eine Nacht mit ihr wünsche, nein, noch viele Nächte und, wenn möglich, auch den ein oder anderen Tag.

In diesem Moment schlägt sie die Augen auf, und ihr Blick ist wie eine zärtliche Berührung.

»Ich will mehr«, murmelt sie schlaftrunken. »Ich will noch eine Nacht mit dir, nein, noch viele Nächte und, wenn möglich, auch den ein oder anderen Tag.«

Da nehme ich sie in meine Arme, und wir machen dort weiter, wo wir vor Stunden aufgehört haben, atmen das Prickeln unserer Haut und schlürfen voller Hingabe den Likör unserer Wollust. Draußen klettert die Sonne immer höher, aber in irgend so einem Song hieß es einmal, es hänge von zwei Menschen ab, ob es am Morgen danach für sie weiterhin Nacht sei, man brauche dazu bloß die Rollläden herunterzulassen. Hier gibt es zwar keine, aber wir haben meinen Schlafsack, unter dem wir jetzt wieder in die Nacht eintauchen.

Der Schlafsack taugt indes nicht viel, denn wir wollen uns sehen. Wir sind heiß aufeinander, verspielt, erkennen Pfade des Verlangens wieder, die wir in der Nacht entdeckt haben, lieben uns mit offenen Augen und glücklichem Lachen, mit derselben Magie, die uns Stunden zuvor der Mond verliehen hat. Wenn unser lustvolles Stöhnen vor wenigen Stunden aufs Meer zurollte und wieder gegen die Küste brandete, steigt es jetzt auf zum First des Zelts, prallt daran ab und fällt auf uns zurück, um sich erneut zu erheben. Und auf einmal verlangsamt sich die Welt um uns herum, alles wird atemberaubend langsam, während ich mich auf sie lege und die aufblasbare Matratze zu einem fliegenden Teppich wird. Selbst das Ende schmeckt nach Anfang, als ich mich in sie ergieße, erfüllt mich mit unbändigem Glück, und als wir zur Ruhe kommen, haben wir etwas in Gang gesetzt, das man nicht sehen, aber spüren kann.

»Ich auch«, gestehe ich, während wir Atem holen. »Ich will auch mehr.«

Wohlig schnurrend kuschelt sie sich an mich, ihre zärtlichen Worte sind voller rollender R. Ich reiche ihr eine Zigarette und vergesse all meine Zweifel, als sie mich ansieht und urplötzlich ruft:

»Es ist so unglaublich schön, mit dir zu vögeln, Juan!«

Das macht mich stolz, schreckt mich aber auch auf: Mehr ist es nicht für sie?

»Aber noch viel mehr gefällst *du* mir, mir gefällt Juan Pérez Pérez, und das ist wirklich erstaunlich!«, flüstert sie da mit strahlenden Augen, und ich muss lachen.

Alle dunklen Wolken sind vertrieben. Zumindest vorläufig.

Eng umschlungen liegen wir eine Weile still da, bis sie sich mit einem Seufzer aus meinen Armen löst.

»Weißt du, wie spät es ist?«

Yolanda besitzt keine Uhr, und jetzt weiß ich auch, warum: Sie würde ihr nichts nützen. Die Zeit bemisst sie ausschließlich in Herzschlägen. Als ich ihr meine Armbanduhr hinhalte, auf der es kurz vor zehn ist, fährt sie erschrocken hoch.

»Verdammter Mist! Um Viertel vor zehn muss ich eine Gruppe Kinder übernehmen!«

Sie lässt kleine Küsse auf mich regnen und sucht ihre Kleider. Vergeblich. Uns fällt gleichzeitig ein, dass wir uns irgendwann in der Nacht vor dem Zelt wieder angezogen haben, weil wir uns gegenseitig die Kleider vom Leib reißen wollten. Die Knöpfe meines Hemds flogen über den Rasen, und an ihrem Kleid habe ich, glaube ich, mindestens einen Träger abgerissen.

Yolanda streckt den Arm aus dem Zelt und tastet blindlings danach. Es sind sogar beide Träger abgerissen, aber sie knotet sie rasch im Nacken zusammen, und späht dann durch den halb aufgezogenen Reißverschluss, um ihren Tanga zu finden. Vergeblich; allerdings war er auch das Erste, was ich in der Nacht zerfetzt habe.

»Ganz schön peinlich«, sagt sie grinsend und beauftragt mich, ihn nachher zu suchen. Und dann verabschiedet sie sich mit tausend Küssen, mit geflüsterten, feuchten Worten und dem Versprechen, am späten Abend wiederzukommen. Ich sehe ihr hinterher, wie sie die Anhöhe hinaufläuft, wobei sie alle zwei Schritte jemandem Guten Morgen wünschen muss.

Als sie nicht mehr zu sehen ist, ist auch für mich die Nacht vorbei. Plötzlich regiert der Tag. Bis gerade eben habe ich nur das Geräusch schäumender Wellen vernommen, die von hier drinnen und die draußen, so weit der Strand von meiner Parzelle auch entfernt sein mag. Jetzt sind auf einmal Stimmen zu hören, Schritte, eine ganze Sinfonie von Geräuschen, die an mein Ohr dringen.

»Warum kriege ich nicht mehr Marmelade auf meinen Toast?!«

»Weil du sonst zu dick wirst. Wenn du nicht aufpasst, siehst du als Erwachsener aus wie der Dickbauch mit dem Holzbein, der gerade vorbeigekommen ist.«

Es sind die Stimmen von Antoñito und Leticia. Nackt und auf allen vieren strecke ich den Oberkörper aus dem Zelt, und da sehe ich sie, wie sie keine fünf Meter von mir entfernt frühstücken. Ein Klapptisch und darum herum die vier, die mir einen guten Morgen wünschen.

Die perfekte FKK-Familie.

Ich muss ziemlich lächerlich aussehen, auch wenn ich mich nicht so fühle.

Der Richter grinst verschwörerisch.

Leti sieht mich mit einer Miene an, die einen Hauch von Achtung vor ihrem Vater erkennen lässt.

Antoñito strahlt, auch wenn er nicht recht weiß, warum.

Und Leticia umklammert das Messer, mit dem sie ihren Toast buttert, als wäre es ihr Kriegsbeil, das sie gerade frisch geschliffen zurückbekommen hat.

»Frühstückst du mit uns?«, fragt Beltrán einladend.

Ich nicke und krieche vollends aus dem Zelt, nachdem ich mir unpassenderweise wieder das Handtuch um die Hüfte geschlungen habe. Der heiße Kaffee schmeckt köstlich und stimmt mich optimistisch. Das ist aber auch nicht schwer: Denn das Glück ist mir heute hold, weil ich wieder fühlen kann.

Okay, sie haben Yolanda aus meinem Zelt kommen sehen; aber wenn ich so tue, als wäre nichts, werden sie sicher keine Fragen stellen.

»Ist sie jetzt deine Freundin, Papi?«, platzt meine Tochter heraus.

»Wenn sie das nach dem Konzert heute Nacht noch nicht ist, muss in der nächsten der ganze Campingplatz evakuiert werden«, murmelt Leticia bissig.

Missbilligend zieht der Richter eine Braue hoch, sagt aber nichts, sondern wirft mir nur einen entschuldigenden Blick zu: Frauen! Beltrán gefällt mir. Wobei mir heute Morgen sogar Nummer Zwei gefallen könnte.

Antoñito will nun mit mir Pläne für den Tag schmieden, aber in weiblicher Eintracht sagen ihm Mutter und Tochter, er solle mich in Ruhe lassen, Papa müsse noch ein bisschen Schlaf nachholen und im Kinderclub gäbe es doch unheimlich viele Aktivitäten für ihn.

Das Frühstück geht danach seinen geordneten Gang – bis ich oben auf Leticias und Beltráns Zelt Yolandas zerrissenen Tanga wie eine Fahne wehen sehe. Sie haben ihn zum Glück noch nicht entdeckt, denn sie sitzen mit dem Rücken zum Zelt. Wie soll ich es bloß anstellen, ihn unbemerkt von da runterzuholen?

Eine Viertelstunde später brechen die Kinder zu ihrem anstrengenden Freizeitprogramm auf, und mit ihnen verschwindet die zivilisierte Gelassenheit an unserem Tisch. Der Richter bemerkt es rechtzeitig und verdrückt sich unter irgendeinem Vorwand, nachdem er mich mit einem mitleidsvollen Blick bedacht hat. Ich kann ihn gut verstehen. Es ist eine Sache, es mit Drogenbossen, Terroristen und Mafiosi aufzunehmen, eine ganz andere aber, eine Diskussion mit einer gereizten Leticia zu überleben.

Denn meine Ex wird nie wütend. Sie wird nur gereizt.

»Glückwunsch, Juanito«, faucht sie, ihren Becher Kaffee in der Hand. »In einer einzigen Nacht hast du deinen Kindern gleich den Sexualkundestoff von mehreren Jahren beigebracht.«

Normalerweise hätte sich Juanito Pérez Pérez daraufhin hinter einem Panzer aus schuldbewusstem Schweigen verschanzt.

Heute nicht.

»Ich habe höchstens die Lektion vervollständigt, die du ihnen gestern mit dem Richter erteilt hast ...«

Sie wird rot, schlägt aber sofort zurück. »*Ich* wusste zumindest nicht, dass meine Kinder im Nachbarzelt sind. Vergiss nicht, *du* hast sie hergebracht ...«

Treffer, versenkt. Ich ändere meine Taktik und versuche sie milde zu stimmen, indem ich mich entschuldige, dass ich nicht daran gedacht habe, aber dass sie doch ein bisschen übertreibt.

»Ich übertreibe? Ich bezweifle, dass jemand in hundert Metern Umkreis auch nur ein Auge zugemacht hat!«

Ich will mich wieder entschuldigen, auch wenn das eigentlich gar nicht meinem Empfinden entspricht.

»So laut waren wir sicher nicht ...«, stammele ich.

»Das heute Nacht war ja gar nicht das Schlimmste, im Dunkeln weiß man schließlich nicht, wo das Gestöhne herkommt. Nein, viel peinlicher war die Nummer, die ihr vorhin geschoben habt, als der ganze Campingplatz schon auf den Beinen war.«

»Jetzt mach aber mal halblang! Ich glaube nicht, dass irgendjemand ...«

»Es ist so unglaublich schön, mit dir zu vögeln, Juan!«, äfft sie da Yolanda lautstark nach und fügt dann noch etwas leiser hinzu: »Und bitte hol die Fetzen von unserem Zeltdach, das sieht aus wie auf einem Schlachtfeld.«

Beltrán, der in zwanzig Meter Entfernung gerade mit seinem Handy telefoniert, ist bei ihrem Aufschrei zusammengezuckt und ein Stück weiter weggegangen. Ein kluger Mann, dieser Richter.

Nach diesem Ausbruch hat Leticia sich aber zum Glück wieder unter Kontrolle.

»Tut mir leid. Ich finde es ja eigentlich großartig, dass du dein Leben lebst und sich noch junge, hübsche Dinger für dich interessieren, auch wenn sie nicht sonderlich viel Grips im Kopf ...«

»Denkst du das wirklich?!«

»War bloß ein Scherz.« Leticia legt beruhigend ihre Hand auf meinen Arm. »Auf der Party habe ich mich ein bisschen mit ihr unterhalten, bevor du einen auf Ricky Martin gemacht hast. Eigentlich kam sie mir ganz intelligent vor ...«

»Wenn du willst, verlege ich mein Zelt an einen anderen Platz. Yolanda könnte das sicher arrangieren ...«

»Damit sie mitkriegt, dass es mich stört? Und denkt, ich wäre eifersüchtig?«

»Bist du das nicht auch ein bisschen?«

»Nicht die Bohne!« Sie schüttelt so heftig den Kopf, dass ich schon fürchte, sie verrenkt sich dabei den Hals. »Es ist bloß so, dass du seit gestern ... vor allem auf der Party ... und vorhin, als du aus dem Zelt gekrochen bist, irgendwie ... irgendwie ...«

» ... anders bin?«

»Nein. Nicht anders, sondern derselbe, derselbe wie früher, meine ich, nur ist das schon so lange her, dass ich manchmal glaube, ich habe es nur geträumt. Und das hat mich ein bisschen wütend gemacht, weil ... weil ...«

Die Richtung, die unser Gespräch nimmt, behagt mir ganz und gar nicht. Schnell stehe ich auf und erkläre, dass ich die Rezeptionistin für den Rest des Monats um eine andere Parzelle für unsere Zelte bitten werde – und zucke kurz zusammen, als mir klar wird, dass ich beschlossen habe, einen ganzen Monat zu bleiben, ohne zu überlegen, ob das auch vernünftig ist. Als meine Ex kurz abgelenkt ist, schnappe ich mir Yolandas schwarz-roten Tanga, der ihr Zelt krönt wie eine Standarte. Oder es markiert wie das Schwarze einer Zielscheibe ...

Leticia rettet mich vor meinen eigenen Gedanken, denn auf einmal ist sie wieder so souverän wie sonst.

»Lass mal, ihr braucht nicht umzuziehen. Nur fackle nicht den Camping mit deiner lodernden Leidenschaft ab und schraubt euren Lärmpegel runter. Außerdem kann ich euch so die Kinder vom Leib halten. Sie können einen nämlich ganz schön mit Beschlag belegen.«

»Und was wird aus deiner Romanze mit dem Richter?«

Sie seufzt. Große Männer haben große Aufgaben. Ständig.

»Kein Problem. Außerdem kann sich Gaspar nicht länger als drei Tage am Stück abseilen. Der Arme muss heute nach Madrid zurück und kommt erst am Mittwoch wieder. Es wird mir guttun, die Kinder um mich zu haben, sie lenken einen ab ...«

»Und sie beanspruchen deine ganze Aufmerksamkeit, Leticia. Tut mir leid, dass ich sie dir nicht öfter abgenommen habe ...«

»Das hätte ich gar nicht zugelassen, Juanito. Ich war so sauer auf dich und hätte sie dir keine Minute länger überlassen, als dir gesetzlich zusteht.«

»Wieso sauer?«

Noch ein Seufzer, aber nicht vor Ungeduld.

»Sogar wenn du wieder so bist wie früher, verstehst du nichts von Frauen, Juanito. Aber das geht wohl allen Männern so.« Ihr Kinn deutet in die Richtung, in die der Richter davongegangen ist. »Ich war sauer, weil du mich nicht abgehalten hast von etwas, das ich eigentlich gar nicht wollte.«

»Aber *du* hast mich doch verlassen!«

»Und du hast es mit dieser Gleichgültigkeit akzeptiert, die ich so an dir gehasst habe! Ich hab dir doch bloß gesagt, dass Schluss ist, damit du mich nicht gehen lässt! Damit der Juan von früher endlich wieder zum Vorschein kommt, der Mann, in den ich mich verliebt hatte und der so herrlich grinsen konnte wie ...«

» ... ein Piratenkapitän beim Entern.«

Sie muss lächeln, doch es ist ein trauriges Lächeln. Vielleicht sind bei ihr die Erinnerungen und die Wunden auch noch zu frisch.

Wenn ich ihr nur helfen könnte.

Aber das kann ich nicht.

12

Ich gebe es zu: Ich lasse mir schon den ganzen Vormittag absurde Gründe einfallen, damit ich um Yolanda herumscharwenzeln kann. Jeder Vorwand ist mir recht, sei es, dass ich mich auf einmal brennend für die Aktivitäten der Kinder interessiere, sei es, dass ich unbedingt wissen muss, ob sie wegen ihres Zuspätkommens bei der Arbeit Probleme bekommen hat. Als ich sie in einer Pause zwischen zwei Spielen danach frage, muss sie lachen.

»Probleme nicht, Juan, aber spöttische Bemerkungen hab ich mir schon anhören müssen. Und zwar jede Menge. Offenbar haben wir gestern für ein wenig Aufsehen gesorgt.«

»Hm, ja, beim Tanzen ...«

»Beim Tanzen? Nein, Juan, eher danach: Das weiß nämlich der ganze Campingplatz! Nach der Party kamen ein paar Nachtschwärmer auf die Idee, zur Bucht zu schlendern, um sich dort den Sonnenaufgang anzusehen. Erinnerst du dich noch daran, dass wir am Strand getanzt haben?«

»Getanzt?«

»Ja, einen Walzer oder so was, haben sie mir erzählt. Aber nur kurz, weil wir dann mit einem ganz anderen Tanz angefangen hätten ...«

Ihr verschmitztes Grinsen rettet mich vor jeder Verlegenheit.

»Hoffentlich trägt dir das keinen Rüffel ein.«

»Das glaube ich nicht. Auch wenn du wahrscheinlich denkst, das wäre hier an der Tagesordnung, ist es für meinen Chef das erste Mal, dass sich jemand aus seinem Team mit einem Gast eingelassen hat. Das kam zwar sicher vorher schon mal vor, der- oder diejenige war aber wohl diskreter. Deswegen müssen wir wahrscheinlich nur besser aufpassen, dass uns keiner sieht und hört. Ich meine, falls du eine Fortsetzung willst …«

»Und ob ich die will!«

Das sage ich so entschieden, dass sie lächeln muss und mir ganz nahe kommt.

»Ich auch«, flüstert sie. »Und weißt du was? Was ich dir erzählt habe, ich meine, dass es einem nach einer Weile ganz natürlich vorkommt, wenn alle nackt sind, das stimmt wohl doch nicht so ganz. Weil … wenn ich dich so sehe, könnte ich dich auf der Stelle vernaschen.«

Mit einem vielsagenden Lächeln dreht sie sich um und geht zu den Kindern zurück.

Regungslos sehe ich ihr nach und verschlinge sie mit den Blicken.

»Ein wirklich schönes Gemälde, mein lieber Juan. Die schönsten sind die, die bei Tag noch besser aussehen«, höre ich auf einmal Camilleris Stimme neben mir.

Ich kann nur wortlos nicken.

»Kommen Sie, ich lade Sie auf einen Drink und ein paar Tapas ein«, schlägt er grinsend vor. »Ich glaube, Sie brauchen eine kleine Stärkung, nachdem Sie die ganze Nacht den Pinsel geschwungen haben.«

Nach ein paar Gläsern schwerem, blumigem Wein aus Murcia und ebenso vielen Portionen köstlicher *pescaítos fritos* vertreten wir uns noch ein wenig die Beine. Wie sich auf der Party schon andeutete, fühle ich mich in der Gesellschaft des Professors äußerst wohl. Er besitzt eine umfassende Bildung, mit der er sich jedoch nicht brüstet, und wenn ich etwas von meinen Kenntnissen und Vorlieben durchblicken lasse, die ich vor anderen normalerweise verberge, dann nicht, um mit ihm zu konkurrieren, sondern um auch meinerseits etwas zu unserer Unterhaltung beitragen zu können. Die Frage nach dem Pseudonym, unter welchem seine Krimis erscheinen, verkneife ich mir jedoch, aber sobald ich wieder in Madrid bin, werde ich der Sache nachgehen und mir dann seine Romane besorgen. Er spricht nicht viel davon, und das macht mich neugierig. Die meisten Schriftsteller brauchen nämlich die Bewunderung der anderen, um an sich selbst glauben zu können.

»Ich habe mit dem Schreiben begonnen, um im Ruhestand eine Beschäftigung zu haben. Und natürlich auch aus Eitelkeit, das kann ich nicht leugnen. Ich gehe liebend gern zu Literaturvorträgen, bei denen namhafte Professoren, die mich normalerweise wie Luft behandeln, stundenlang meine Bücher rühmen, ohne zu wissen, dass ich der Autor bin.«

Camilleri tickt so wie ich, denke ich. Ich bin kein Sammler von Zeitungsartikeln über meine beruflichen Erfolge, aber wenn einer meiner Aufträge – nur wenige, schließlich ist in meinem Job Diskretion Ehrensache – es in den Fernsehnachrichten zum Aufmacher bringt, erfüllt mich das doch mit einem gewissen Stolz.

»Der erste Roman verkaufte sich so gut, dass ich dafür meinen großen Traum aufgab und weiterschrieb.« Der Professor ist stehen geblieben und blickt kurz Richtung Strand, von wo gerade eine junge Familie zurückkommt. »Ich habe immer davon geträumt, nach Sizilien zurückzukehren und in irgendeinem Dorf an der Küste eine Trattoria zu eröffnen.«

»Haben Sie lange dort gelebt?«

»Nein.« Verlegen lächelnd schüttelt Camilleri den Kopf. »Ich bin in meinem ganzen Leben noch nie auf Sizilien gewesen. Aber mein Großvater stammte von dort, und schon als kleiner Junge liebte ich die typisch sizilianischen Gerichte und ließ schon ihre Namen genüsslich auf der Zunge zergehen. Meine Trattoria sollte keines dieser Schickimicki-Restaurants mit minimalistischer Speisekarte werden, sondern ein einfaches Speiselokal mit all den bodenständigen Fleisch- und Fischgerichten, die einfach so unnachahmlich schmecken ...«

»Anelletti«, schlage ich vor.

»Caponata«, seufzt er, und ich habe sofort den leicht bitteren Geschmack der Auberginen im Mund.

»Panelle«, locke ich ihn.

»Moffolette«, setzt der alte Herr genießerisch dagegen, sodass ich fast schon das im Holzofen gebackene, mit allen möglichen Dingen gefüllte Brot zu schmecken glaube, und sagt dann verwundert: »Waren Sie schon mal auf Sizilien, Juan?«

Ich sollte seine Frage eigentlich verneinen, und es wäre nicht einmal völlig gelogen, weil ich für meine Reisen auf die Insel nie meinen richtigen Pass benutze. Aber seine Begeisterung für Sizilien ist so groß, dass ich ihm diese Freude nicht vorenthalten mag und deshalb auch seine Neugier zu stillen versuche: Ich muss ihm haarklein beschreiben, was er zwar bereits aus Büchern und Filmen weiß, ich jedoch mit eigenen Augen gesehen habe.

»Und warum haben Sie Ihre Trattoria nicht aufgemacht, Professor?«, frage ich ihn schließlich. »Am fehlenden Geld ist es sicher nicht gescheitert, oder? ... Außerdem kann ein erfolgreicher Schriftsteller doch eigentlich leben, wo er will.«

»Es ist zu spät, mein lieber Juan.«

Ich will schon einwenden, dass er für sein Alter doch noch ganz fit ist, aber er lässt mich nicht einmal zu Wort kommen.

»Es ist nicht so, dass es mich überfordern würde oder ich mich zu alt fühle. Nein, ich habe einfach den richtigen Zeitpunkt verpasst, und der kommt leider nicht wieder. Das hat nichts mit dem Alter zu tun, sondern mit der Sehnsucht. Meine Sehnsucht nach Sizilien kann ich inzwischen nur noch mit der Lektüre stillen und vielleicht auch mit einer Reise, die ich aus unerfindlichen Gründen seit Jahrzehnten immer wieder aufschiebe. Aber den richtigen Moment, um ein neues Leben zu beginnen, den habe ich ungenutzt verstreichen lassen, Juan. Wissen Sie, wenn man sein Leben lang viel liest, glaubt man irgendwann, dass das Leben wie ein Buch ist, in dem man zurückblättern kann, wenn man den roten Faden verloren hat. Aber das ist ein Trugschluss. Das Leben, das eigene Leben, kann man nur ein einziges Mal lesen – während man es lebt. Und kennen Sie etwas Schwierigeres, als im Gehen zu lesen?«

Ich kann nur den Kopf schütteln und frage mich dabei im Stillen, ob ich imstande sein werde, diesen Moment richtig zu lesen, oder ob ich in einigen Jahren mit derselben Wehmut daran zurückdenken werde, mit der Camilleri sich an sein eigenes Leben erinnert, in dem ich eine Frau und dunkle Schatten erahne, vielleicht eine Liebe, die ihm keine Flügel verlieh. Und da überkommt mich auf einmal die Angst, ob ich überhaupt noch mehr solcher Augenblicke erleben werde, denn auf einen Schlag ist die Gefahr, die mein Beruf und dieser Urlaub voller Ungewissheiten und möglicher Fallstricke mit sich bringt, so offensichtlich, dass ich wie Espenlaub zu zittern beginne.

»Ja, es weht eine kräftige Brise vom Meer her«, sagt Camilleri und nickt bedächtig. »Aber nur auf dieser Seite. Vorne in der Bucht frieren die Pärchen angeblich nicht einmal in der Nacht, nachdem die Liebe sie übermannt hat.«

In seinem Blick liegt keine Ironie. Oder doch? Weiß denn

jeder hier von unserer nächtlichen Eskapade? Die Erinnerung daran verscheucht aber zum Glück all meine Ängste und stimmt mich wieder zuversichtlicher.

Unterdessen sind wir am anderen Ende des weitläufigen Campingplatzes angekommen, wohin sich nur sehr wenige Camper verirren, wie dies die Felsen bestätigen, auf denen keine Kritzeleien von Rosas und Pacos ewiger Liebe oder der angeblichen Homosexualität eines gewissen Manuel zeugen, und ich auch sonst keine poetischen Ergüsse entdecke, mit denen die Felsen auf der anderen Seite übersät sind. Vor uns ragt ein schroffer Felsrücken auf, der in einem Vorsprung hoch über dem Meer endet.

»Kommen Sie, kommen Sie!«, drängt mich Camilleri.

Vor ihm steige ich den Berg hinauf und gehe oben vor bis zur Spitze des Felsvorsprungs. Der Felsen liegt höher, als ich dachte. Gut dreißig Meter unter mir donnert die tosende Brandung unablässig gegen die scharfkantigen Klippen; irgendwann wird sie sie bezwingen, was aber sicher noch Ewigkeiten dauern wird.

»Vorsicht, Juan! Wenn Sie hier stolpern, könnte das fatal enden.«

Der Professor ist neben mich getreten, blickt aber landeinwärts auf eine spärlich bewachsene Felskuppe, die sich über dem Bergrücken erhebt und die wir eben umrundet haben.

»Sehen Sie sie?«

»Was soll ich sehen?«

Der Professor antwortet nicht, sondern hopst wie ein Kind vor Freude herum, dass ich ihn instinktiv packe, damit er nicht stürzt. Mit stolzgeschwellter Brust macht er sich jedoch los und eilt den Pfad bis zur letzten Biegung zurück, wo der sehnige, alte Mann dann geradewegs den Felsen hochklettert. Ich folge ihm, und erst oben auf der Kuppe wird mir klar, dass der Felsen zwei Ebenen hat.

Auf einem natürlichen Plateau, das von unten nicht zu sehen war, liegt der Eingang zu einer Höhle. Er ist gut zwei Meter hoch und eineinhalb Meter breit. Innen öffnet sich der Raum zu einem großen Halbrund, von dem aus ein schmaler Gang zu einer weiteren Höhle führt. Als ich in die Haupthöhle zurückkomme, sitzt Camilleri auf einem großen Stein und blickt andächtig aufs Meer hinaus. Die Aussicht ist wirklich beeindruckend: Wasser und Himmel gehen in leuchtenden Blautönen nahtlos ineinander über. Schweigend setze ich mich neben ihn: Es ist sein Moment, und ich will ihn nicht kaputtmachen.

»Hier habe ich meinen besten Krimi geschrieben«, höre ich ihn nach einer Weile sagen. »Nicht den ersten, wohlgemerkt, sondern meinen besten. Ich mache schon fast zehn Jahre Urlaub auf diesem Campingplatz. Die Höhle hier habe ich jedoch erst vor fünf Jahren entdeckt. Durch reinen Zufall. Ich war damals so baff, dass ich bis in die Nacht hier saß, weil ich mich an diesem Ausblick gar nicht sattsehen konnte. Am nächsten Tag zog ich mit meinem Laptop, dem Schlafsack und Proviant in die Höhle. Auf dem Zeltplatz ließ ich mich natürlich alle zwei, drei Tage blicken; wenn ein alter Mann einfach so verschwindet, denken die Leute nämlich immer dasselbe und beginnen einen zu suchen. In zwei Wochen schrieb ich meinen Roman zu Ende, und von da an war mir klar, dass ich nur in dieser Höhle hier wirklich schreiben kann. Sie ist zu meinem Refugium geworden. Hier kann ich mich nach Sizilien träumen, nach Afrika oder Patagonien, wohin auch immer.«

Der Professor lächelt, als er mein besorgtes Gesicht sieht. Er scheint meine Gedanken zu erraten.

»Nein, keine Sorge, ich verbringe keine Wochen und Monate mehr hier, das macht meine Gesundheit nicht mehr mit. Wenn's beim Schreiben hakt, brauche ich inzwischen nur noch eine Weile herkommen, und wenn ich danach in meinen Wohnwagen zurückkehre, habe ich eine klare Vorstellung, wie's weitergeht. Sollte ich mich jedoch jemals vor der Welt verstecken wollen, dann hier. Soweit ich weiß, kennt sie außer mir kein Mensch. Schon oft haben Grüppchen von Nudisten die untere Felsenplatte erforscht, während ich hier saß und nachdachte, aber bisher sind sie noch nie hier hochgekommen.« Er verstummt einen Moment und sagt dann feierlich: »Jetzt sind wir zwei, die von diesem Refugium wissen.«

Ich kann nicht normal sprechen. Ich habe einen Kloß im Hals.

»Warum haben Sie mir Ihr Geheimnis anvertraut?«

»Weil Sie noch Zeit zum Lesen haben, Juan. Lassen Sie sich die von niemandem nehmen.«

Während wir schweigend wieder hinunterklettern, denke ich, dass er recht hat: Ich erlebe gerade einen einzigartigen Moment im Leben, und den darf mir niemand nehmen. Überhaupt niemand.

Ich bin noch immer ganz verzaubert, als wir eine halbe Stunde später zu den Wohnwagen und Zelten zurückkehren. Ich habe den Professor nicht gefragt, aber ich weiß, dass es ihm nichts ausmachen wird, wenn ich Yolanda mit in unsere Höhle nehme. Sie ist mein Moment, und ich kann es gar nicht erwarten, ihn wieder mit ihr zu lesen, sobald es dunkel wird.

»Man merkt, dass die Hochsaison begonnen hat«, bemerkt Camilleri auf einmal schmunzelnd. »Das Schlimmste ist, dass die meisten Neulinge sind und nicht wissen, was sie mit ihren Händen machen sollen.«

Ich will gerade murmeln, dass ich bis gestern auch noch ein absolutes Greenhorn war, als der Professor auf einen protzigen Wohnwagen deutet, aus dem laute Musik dröhnt.

»Es ist nicht zu fassen: Kann man wirklich so vulgär sein, Juan?«

In diesem Augenblick taucht ein nackter Hüne in der Tür auf, der am ganzen Körper so behaart ist, dass er aussieht, als trage er ein Bärenkostüm. Eine Halbliterdose Bier in der Hand grüßt er uns mit einem Grinsen, das nichts Gutes verheißt.

Das steht fest.

Bei den Waschräumen verabschiede ich mich eilig vom Professor, versuche auf dem Weg zu unseren Zelten aber nicht zu rennen. Ich weiche Leticias Blick aus, die den Kopf aus dem Liegestuhl hebt, in dem sie sich nackt sonnt, stürze ins Zelt und krame nach meinem Handy.

Ich tippe die Nummer so schnell, dass ich mich verwähle.

Ich wähle noch einmal.

Höre das Freizeichen.

Warte.

Vergeblich.

Trotzdem versuche ich es immer wieder, denn es ist dringend: Ich will eine Erklärung, warum sie mir gestern mitgeteilt haben, dass die Operation verschoben ist, ich aber gerade denjenigen gesehen habe, den sie damit beauftragt hatten.

Hämisch grinsend wie eine Hyäne, die frisches Aas wittert.

Nummer Dreizehn.

Aber am anderen Ende der Leitung nimmt niemand ab.

13

Im Restaurant begrüßen mich die Kinder so stürmisch, als käme ich gerade von einer Weltreise zurück. Sogar Leti. Antoñito bedauert, sein Nintendo DS im Zelt vergessen zu haben, endlich hatte er es bis zu ich weiß nicht welchem Level geschafft, was er mir unbedingt zeigen wollte. Vom anderen Ende des Raumes winkt Tony in einem noch grässlicheren Hemd als gestern, während Sofía ihre perfekte Nase rümpft. Drei Tische weiter hebt Camilleri zerstreut, aber höflich das Glas. Nur Yolanda entdecke ich nirgends und auch nicht Leticia und den Richter.

»Mami kommt nicht«, informiert mich meine Tochter. »Gaspar muss heute Abend nach Madrid zurück, und da wollen sie sich vorher noch ein bisschen unterhalten, hat sie gesagt.«

Kurz stelle ich sie mir bei ihrem leidenschaftlichen Abschied im Zelt vor. Zu meinem Erstaunen packt mich jedoch nicht die Eifersucht. Weil mir plötzlich aufgeht, dass Leticia schon seit geraumer Zeit Vergangenheit ist, die Vergangenheit eines anderen, dieses Juanito Pérez Pérez, der ich war und doch nicht war und der inzwischen nur noch eine der vielen Persönlichkeiten in meiner Sammlung ist.

Und weil neben der Sehnsucht nach Yolanda und der Sorge wegen Nummer Dreizehn in meinen Gedanken auch kein Raum dafür bleibt.

Mein Kollege fehlt nämlich ebenfalls. Ich werde wirklich nachlässig. Gibt es einen besseren Zeitpunkt, den Richter zu liquidieren, als jetzt, da die meisten FKKler zum Baden in der Bucht oder hier beim Essen sind?

Unter dem Vorwand, Antoñitos Nintendo zu holen, stehe ich auf und gehe in Richtung Ausgang. Während ich in meiner Gürteltasche unauffällig nach dem tödlichen Taschenrechner taste, sehe ich ihn jedoch schon zur Tür reinkommen. In einem knallbunten Muskelshirt und einer knappen Leoparden-Badehose ist Nummer Dreizehn auch nicht zu übersehen.

Warum grinst er so? Warum grinst er mich an?

»Na, wie läuft's, Chef?«, grüßt er, als sich unsere Wege am Tresen kreuzen.

Ich antworte nicht, sondern eile weiter, hinaus, zu unseren Zelten. Er könnte ihn bereits getötet haben. Sie beide getötet haben. Aber dann würde er nicht seelenruhig essen gehen. Oder doch? Kommt darauf an, wie er's getan hat. Und was mit dem in Auftrag gegebenen Mord bezweckt werden soll. Wenn er als Warnung für andere gedacht ist, tötet man aufsehenerregend, damit die Sache Schlagzeilen macht. Wenn der Betreffende hingegen gefährlich ist, sollte man es wie einen Unfall oder einen natürlichen Tod aussehen lassen. In unserem Handbuch sind über hundert Methoden beschrieben, die zum gewünschten Erfolg führen. Meistens jedenfalls.

Im Zelt von Leticia und dem Richter ist es ruhig. Vor einem nahe gelegenen Wohnwagen isst ein Pärchen von Neulingen zu Mittag und stört mit dem Geplärre ihres Autoradios die Mittagsruhe. Ich halte die Luft an, um besser lauschen zu können.

Im Zelt ist es eindeutig zu ruhig.

Ich werde bis fünfzig zählen und dann den Reißverschluss öffnen.

Bei zwei frisch Verliebten, die sich verabschieden, sind irgendwann unweigerlich Liebesschwüre oder Gestöhne zu hören. Außer, sie sind danach eingeschlafen. Aber Beltrán muss demnächst aufbrechen, und er gehört nicht zu denen, die der Schlaf übermannt, wenn eigentlich die Pflicht ruft. Nicht einmal in den Armen meiner Ex.

Vierundzwanzig ... Fünfundzwanzig ...

Und die Bodyguards? Ich kann noch immer keinen von ihnen entdecken. Wenn etwas passiert wäre, müssten sie es eigentlich als Erste bemerkt haben, voller Bedauern über den Knick in ihrer beruflichen Karriere. Außer, sie sind ebenfalls tot, weil er sie noch vor dem eigentlichen Auftrag geräuschlos beseitigt hat. Nummer Dreizehn kann das. Ich auch. Nur dass er dabei eine unbändige Lust empfindet, während ich bloß meine Arbeit tue. Aber sind wir wirklich so verschieden, wie ich glaube, oder mache ich mir da vielleicht was vor?

Fünfunddreißig ... Sechsunddreißig ...

Nach wie vor ist nur das Radiogedudel der Nachbarn zu hören. Warum hat Nummer Dreizehn mich »Chef« genannt? Na ja, strenggenommen bin ich das, denn die Nummer Drei ist der oberste Rang, den ein Todesbote der FIRMA einnehmen kann, und koordiniert einen gemeinsamen Einsatz. Die genauen Anweisungen erhalte ich aber natürlich von oben. Ich bin so etwas wie ein Feldwebel oder allenfalls ein Hauptmann, der seine Kompanie gehorsam dahin führt, wohin namenlose Generäle es ihm befehlen. Nicht einmal die ehemalige Nummer Drei, derjenige, der am meisten über die FIRMA in Erfahrung gebracht hatte, wusste viel mehr. Als ich ihn einmal fragte, wer sich hinter der Nummer Eins verbirgt, schüttelte er nur ungehalten den Kopf.

»Ich bin mir nicht einmal sicher, wer eigentlich die Nummer Zwei ist. Und ich will es auch gar nicht wissen. Je weniger man in diesem Business weiß, desto länger lebt man. Und ich will noch viele Jahre leben, um etwas von all der Kohle zu haben ... Aber wenn du's wirklich wissen willst: Ich habe schon länger den Verdacht, dass Nummer Eins nicht eine einzelne Person ist, sondern eine Art Verwaltungsrat, der zusammentritt, um den Tod zu verwalten. Aber zu deinem eigenen Wohl solltest du das sofort wieder vergessen und an Lektion zehn denken.«

»Ging's da nicht drum, die Waffe nicht im Hosenbund zu tragen, weil sie losgehen und einem die Eier wegblasen kann?«, fragte ich spöttisch.

»Kann sein«, erwiderte er achselzuckend. »Such dir die Nummer zu dem, was ich dir gleich sage, einfach selber aus. Bloß vergiss nicht: Egal, für wie wichtig man sich hält oder wie weit man in der Hackordnung aufsteigt, scheißen kann man immer nur nach unten. Klingt richtig poetisch, was?«

Seit er nicht mehr unter den Lebenden ist, bin ich die Nummer Drei. Ich habe auch schon ein paar Einsätze mit mehr als zwei Leuten koordiniert, ich habe allerdings den Eindruck, dass man mir weniger Teameinsätze überträgt als meinem Vorgänger. Den Auftrag und die dazugehörigen Informationen erhalte ich genau wie bei einer Mission, die ich allein durchführe: per Telefon oder auf CDs, deren Inhalt kopiergeschützt ist und sich wenige Stunden nach Ansicht selbsttätig löscht.

Neunundvierzig ... Fünfzig.

Eine so vollkommene Stille kann nur das Schlimmste bedeuten. Mit einem Ruck ziehe ich den Reißverschluss hoch und stecke den Kopf ins Zelt.

Sie sagen kein Wort.

Das können sie auch gar nicht.

Niemand kann noch viel reden, wenn sein Mund das Geschlecht des Geliebten liebkost.

Aber nicht einmal ihre leidenschaftliche Hingabe verhindert, dass sie den Eindringling bemerken und innehalten. Wenigstens teilweise. Als Erste sieht mich Leticia, die zusammenzuckt, als hätte ich sie in flagranti beim Ehebruch ertappt. Der Richter hat den Kopf in der anderen Richtung und glaubt wahrscheinlich, dass es die Kinder sind, denn er versucht hektisch, seinen Schwanz aus dem Mund meiner Ex zu ziehen. Aber ihre Zähne halten ihn nach dem ersten Schreck mit dieser Kaltblütigkeit fest, um die ich sie immer beneidet habe.

»Was ... ist ... Juan...ito?«, nuschelt sie mit vollem Mund.

Mit hochrotem Kopf stammle ich etwas von Antoñitos Nintendo und trete dann, so schnell ich kann, den Rückzug an. Trotz meiner hochgradigen Verwirrung sagt mir mein geschulter Verstand, dass jetzt eigentlich Beltráns Bodyguards auftauchen müssten. So wie es im Handbuch steht: Entweder setzt man einen Killer direkt auf sie an, oder man provoziert eine vermeintlich gefährliche Situation und lockt sie damit aus der Reserve. Um zu wissen, wer sie sind, genügt eine Sekunde, ein Gesichtsausdruck. Man muss nur auf Draht sein.

Ich sehe mich um.

Das Paar mit dem lärmenden Autoradio läuft direkt auf mich zu, was aber auch mit dem abschüssigen Weg zu tun haben kann. Und aus der Tür des Restaurants stürmt Sofías schwedischer Bademeister, doch bin ich mir nicht sicher, ob er wirklich hierherwill; ich glaube nur zu erkennen, dass er doch nicht so dümmlich glotzt, wie ich das ursprünglich dachte. Und auch noch eine vierte Person nähert sich mir mit federnden Schritten: Yolanda.

Einen Moment lang friert die Szene ein, zumindest wirkt es so.

Aber sie taut sofort wieder auf.

Das Pärchen joggt an mir vorbei in Richtung Strand.

Der Schwede begrüßt eine Gruppe Kinder, die sich fünfzig Meter vor uns versammelt hatten, und führt sie zum Pool.

Und Yolanda läuft wortlos, aber mit einem vielsagenden Blick an mir vorbei auf das Wäldchen zu.

Ich folge ihr mit gebührendem Abstand, wobei ich versuche, nicht zu denken.

Ich habe Übung darin, mir keine Fragen zu stellen, die weh tun.

Auf einer Lichtung, wo wir vor fremden Blicken geschützt sind, erwartet sie mich, und kaum stehe ich vor ihr, schlingt sie ihre Arme um meinen Hals und küsst mich voller Leidenschaft. Wider meinen Willen schießt mir durch den Kopf, dass ihre Hände kräftig genug sind, um mich dabei zu erwürgen. Aber ihr nicht enden wollender, hingebungsvoller Kuss spült sämtliche Zweifel weg.

»Ich hätte es keine Minute länger ohne dich ausgehalten«, flüstert sie mir ins Ohr, als sich ihre Lippen schließlich von meinem Mund lösen.

»Bis zum Abend ist es nicht mehr lange«, sage ich und spüre augenblicklich, dass es bis dahin noch eine Ewigkeit ist.

»Genau darüber wollte ich mit dir reden, Juan ...«

»Gibt's irgendein Problem?«

»Eigentlich nicht. Aber du hattest recht mit deiner Befürchtung, dass unsere erste Nacht ein Nachspiel haben könnte. Mein Chef hat mich zu sich zitiert: So etwas dürfe eigentlich nicht vorkommen, aber wenn es passiere, verlange er äußerste Diskretion. Nur dann könne er ein Auge zudrücken ...«

»Hast du eine Abmahnung bekommen?« Ich bin blass geworden. »Schmeißt er dich raus?«

Ein schelmisch-schüchternes Lächeln umspielt ihre Lippen.

»Ich glaube nicht. Ich habe nämlich zu einer Notlüge gegriffen: Ich habe ihm gesagt, wir wären schon über ein Jahr zusammen, und du hättest mich mit deinem Urlaub hier überraschen wollen. Weil du mich hier bitten wolltest, nach dem Sommer mit dir zusammenzuziehen. Das macht dir doch nichts aus, oder?«

Nein, das macht mir nichts aus. Im Gegenteil, es macht mich stolz, dass sie ihrem Chef diese Geschichte aufgetischt hat, anstatt hastig zu versprechen, dass es nicht wieder vorkommen wird. Die Ausrede hört sich nach Fortsetzung an, und das gefällt mir.

Weniger gefällt mir allerdings, dass sie eine glaubwürdige Lüge einfach so aus dem Ärmel schütteln kann. Sie hat Talent. So wie ich. Und so ein Talent lässt sich durch Training noch perfektionieren.

»Mein Chef ist ’ne Tunte, musst du wissen; er war so gerührt ... es fehlte echt nicht viel, und er hätte uns sogar noch seinen Segen gegeben. Die letzte Entscheidung liege allerdings beim Geschäftsführer, hat er gemeint. Er habe die Sache zwar telefonisch zu regeln versucht, aber unser aller Boss wolle mich persönlich sprechen. Deshalb muss ich heute noch nach Cartagena fahren. Aber der wird sicher keine Probleme machen, mitten im Sommer findet er nämlich nicht so schnell einen Ersatz mit Erfahrung im FKK-Bereich. Mein Chef ist jedenfalls fast in Ohnmacht gefallen, als ich ihm anbot, zu kündigen, damit ich als Gast hierbleiben kann. Obwohl ich vielleicht ein bisschen voreilig davon ausgegangen bin, dass du mir in deinem Zelt Asyl gewährst ...«

Ich antworte ihr mit einem langen Kuss. Ich will jetzt nicht nachdenken.

Aber ich tue es doch, oder zumindest tut es ein Teil meines Gehirns. Es denkt, dass es jemandem sicher sehr gelegen kommt, wenn er mich so unter Kontrolle hat – wer auch immer dahintersteckt. Es denkt, dass Yolandas Fahrt nach Cartagena mit der Abreise des Richters zusammenfällt. Und es denkt, dass nichts davon allzu wichtig ist, wenn ich sie heute Nacht wieder in meinen Armen halten kann.

Yolanda ist jedoch noch nicht fertig.

»Aber ich schätze mal nicht, dass es so weit kommen wird. Wie gesagt, gibt's nicht so viel Fachpersonal. Wahrscheinlich kann ich mich mit dem Geschäftsführer sogar auf einen Kompromiss einigen.«

»Du fährst also heute Nachmittag nach ...«

»Nein, heute Abend«, unterbricht sie mich. »Unser Geschäftsführer hat noch andere Angelegenheiten in Cartagena zu regeln. Ich esse mit ihm zu Abend und übernachte dann bei einer Freundin.«

Mein Gesicht muss meine Enttäuschung verraten haben, die ich ihr eigentlich nicht zeigen wollte, denn sie umarmt mich noch einmal zärtlich.

»Ja, ich weiß, ich würde ja auch furchtbar gern ... Aber wenn alles gut geht, kann ich ab morgen umso mehr Zeit mit dir verbringen.« Sie lächelt lasziv. »Natürlich nur, wenn du willst ...«

»Natürlich will ich!«

Da nimmt sie mich wortlos bei der Hand, um uns vorab für die Nacht zu entschädigen, die uns entgeht. Die frühere Nummer Drei hasste Zufälle, aber es gibt sie. Es muss sie einfach geben, so wie es diesen Trampelpfad gibt, den ich noch nie entlanggegangen bin und der zu den Hütten der Angestellten führt, die ich am Abend zuvor von der Anhöhe aus gesehen habe.

Yolanda zieht nicht an meiner Hand. Das ist nicht nötig, denn ich habe jeglichen Zweifel auf dem Altar der heiligen Zufälle geopfert, und man könnte fast sagen, ich bin derjenige, der sie zu ihrer Hütte führt, kopflos vor Verlangen. Es ist der perfekte Ort für einen Hinterhalt, sagt eine warnende Stimme, die im hintersten Winkel meines Gehirns noch wachsam ist, doch Yolanda schließt schon die Tür auf, und die zum Schutz vor der Sonne heruntergelassenen Rollläden bescheren uns eine künstliche Nacht, die uns mehr als genug ist.

Drinnen ist niemand außer uns und unseren Händen, die sich zu vervielfältigen scheinen, genau wie unsere Beine und unsere Geschlechter. So etwas kann man nicht vortäuschen, sage ich mir noch einmal und versuche nicht daran zu denken, wie oft ich es selbst vorgetäuscht habe. Es ist jedoch nicht vollkommen dunkel in der Hütte, durch die Ritzen fällt Licht und zeigt mir ihr Gesicht, ihre Gefühle und Tränen des Glücks. Mein Geschlecht sagt, dass sie echt sind. Und ich glaube ihm. Ein letzter Gedanke an die Kinder, die mit Leti als Anführerin sicher hervorragend zurechtkommen, und dann werden wir von den Wellen der Leidenschaft fortgerissen und verschlungen.

Ich habe in meinem Leben schon viel zu viele Rollen gespielt, um nicht zu erkennen, wenn sich jemand verstellt. Als Erstes bekommt man beigebracht, nicht zu übertreiben. Das Außergewöhnliche fällt auf, und das ist nicht gut. Das hier ist außergewöhnlich. Und es ist trotzdem nicht gespielt, sage ich mir.

Uns voneinander zu lösen tut weh. Sehr weh. Yolanda bleibt gerade noch Zeit, zu duschen und sich anzuziehen, bevor sie in ihr altes Auto steigen muss. Ich verkneife mir die Frage, warum sie es so eilig hat, wenn das Treffen erst am Abend stattfindet. Bestimmt gibt es einen logischen Grund: Höchstwahrscheinlich muss sie vorher noch zu der Freundin, bei der sie übernachten will.

Die Sonne draußen kann uns trotz des Kontrasts zur

dunklen Hütte nicht blenden, weil wir drinnen noch viel heller strahlten. Hand in Hand gehen wir durch das Wäldchen zurück und verabschieden uns in der Nähe des Restaurants.

Ich sehe ihr nach, wie sie auf die Duschen zusteuert. Und gehe dann zurück, obwohl es mir eigentlich vollkommen widerstrebt. Jeder Schritt ist ein Nein. Jeder zurückgelegte Meter ist jedoch ein Ja, das mir ganz und gar nicht behagt.

Auf der Anhöhe angekommen, will ich eigentlich gar nicht hinsehen. Aber ich tu's dann doch.

Ich will auch nicht zählen, welches ihre Hütte ist. Aber schließlich zähle ich doch.

Als ich ins Restaurant zurückkehre, ist mir der Appetit vergangen, den der Sex eigentlich noch gehoben hatte.

Die Hütte, zu der ich Yolanda begleitet habe, die sie mit ihrem Schlüssel aufgeschlossen hat und in der wir eine gute Stunde lang wie in einer anderen Welt waren, liegt am kurzen Ende des L.

Es ist dieselbe, in der am Abend zuvor Sofía und der Schwede dasselbe getrieben haben wie Yolanda und ich.

14

»Nicht den Tod sollte man fürchten, mein Junge, sondern dass man sich lächerlich macht«, erklärte die frühere Nummer Drei mir immer, wenn er sich nach einem erfolgreich ausgeführten Auftrag entspannte und einen über den Durst trank. »Nehmen wir als Beispiel einen erfolgreichen Unternehmer: einen Typen, der von Jugend an ackert, um auf Teufel komm raus nach ganz oben zu kommen, und sein Kapital immer wieder reinvestiert, anstatt sich zufriedenzugeben mit dem, was er hat, und es zu genießen. Weißt du, worauf ich hinauswill?«

»Nicht ganz«, antwortete ich immer, denn er liebte es, sich stundenlang über dieses Thema auszubreiten.

»Das ist völlig normal, du bist ja auch noch ein Grünschnabel, obwohl du schon verdammt gut bist in unserem Geschäft. Also weiter im Text: Die Firma des Typen expandiert und expandiert. Je größer sie wird, desto mehr muss er es natürlich auch zur Schau stellen und Wind darum machen. So weit verstanden?«

»So in etwa«, flunkerte ich wieder, denn ich wusste natürlich genau, was jetzt kommen würde.

»Und nun die Preisfrage: Wie beweist so einer, dass er sich durchgesetzt hat und ganz oben angekommen ist?«

»Indem er sich tolle Autos kauft, Villen, ein Privatflugzeug?«

»Das sind doch alles nur Kinkerlitzchen, mein Junge.

Nein, Frauen! Die richtigen Frauen belegen, dass er zu den Siegertypen gehört. Hast du schon mal einen hochdotierten Fußballspieler gesehen, der mit einem Mauerblümchen verheiratet ist? Topkicker heiraten immer Models. Und wenn einer zufällig schon unter der Haube war, bevor er erfolgreich wurde, heißt es direkt nach seinem Wechsel zu einem namhaften Verein: tschüss Aschenbrödel und hallo Klassefrau. Nun, in unserer Branche haben wir es normalerweise nicht mit Fußballstars, sondern mit Unternehmern, Ärzten, Waffenschiebern oder was auch immer zu tun. Bei denen ist es aber genau das Gleiche. Der Karrierist aus unserem Beispiel sammelt nämlich keine Gemälde oder Villen, sondern junge, rassige Weiber, die ihm allesamt die kalte Schulter zeigen würden, wenn er keinen Cent hätte. Was er genau weiß. Und alle anderen wissen das auch. Diese Schönheiten dokumentieren folglich seinen erreichten Status. Verstehst du jetzt?«

»Und was ist daran lächerlich?«

»Eins nach dem anderen, mein Junge. Also, auf seinem Weg nach ganz oben kann der Typ natürlich einen Herzinfarkt erleiden, für irgendeine seiner Transaktionen in den Knast wandern oder jemandem dermaßen auf den Geist gehen, dass er von einem von uns ›Besuch‹ bekommt. Aber dieses Risiko hat er wie so viele andere einkalkuliert. Was unser Mann jedoch nicht bedacht hat, ist, dass er sich vielleicht eines Tages in eine von diesen Sahneschnitten verliebt. Und genau das macht ihn schließlich zum Gespött der Leute. Denn die Frau, die vorher noch ein Statussymbol war, ist nun sein wunder Punkt, sodass er auf einmal nicht länger Respekt und Angst einflößt und dieselben, die bis dahin seine Sammlung toller Bräute bewundert haben, sich jetzt hinter seinem Rücken über ihn kaputtlachen. Und was lernen wir daraus?«

Ich blieb stumm, denn wie ich wusste, war seine Lehrstunde gleich zu Ende, und ich wollte ihm nicht vorgreifen.

»Wir lernen daraus, dass die Liebe beschissen ist«, schloss die frühere Nummer Drei, und für gewöhnlich kippte sein Kopf dann vornüber auf den Tresen, und er begann zu schnarchen.

Ich ertrug seine pseudophilosophischen Ergüsse, weil er sie nur mir gegenüber an den Tag legte, der Vorschuss auf ein Geheimnis, das er mir irgendwann enthüllen würde. Einzig und allein mir gegenüber gestand sich die frühere Nummer Drei diese Schwäche zu, genauso wie er mir Ratschläge zu meiner Ehe erteilte oder mir aus seinen Urlauben in fernen Sextourismus-Paradiesen unheimliche Masken, knallbunte Teppiche oder grob geschnitzte Holzfiguren mitbrachte.

»An solchen Orten können sie sich die hässlichste Kunst leisten, weil ihre Frauen wahnsinnig sexy sind«, erklärte er selbstgefällig, wenn er mir etwa dreimal im Jahr eines dieser grauenhaften Souvenirs überreichte.

Leticia verabscheute die schrecklichen Geschenke meines »Slipeinlagen-Kollegen«. Die Sammlung wurde deshalb in den Raum des Hauses verbannt, den sie spöttisch mein »Büro« nannte. Als ich nach der Trennung dann in mein jetziges Apartment zog, packte ich alle in Kartons, und dort blieben sie. Die alte Nummer Drei, die mich öfter besuchte, obwohl das eigentlich gegen die Regeln verstieß, fragte nie nach, brachte mir von seinen Reisen jedoch weiterhin hässliche Andenken mit. Und was tat ich? Ich bedankte mich, legte sie in einen Karton und vergaß sie. Sein letztes Geschenk stammte aus Afrika und war ein anderthalb Meter großer, grimmig blickender Götze aus weichem, schwarzem Holz. Mit überdimensionalen Geschlechtsteilen.

»So gut sind die Schwarzen dort bestückt, mein Junge«, erklärte er, als ich sein Mitbringsel auspackte. »Aber die schwarzen Frauen lieben nun mal weiße Haut und die Tricks von alten Hasen wie ich. Zumindest können sie sich erstklassig verstellen.«

Als ich den Befehl bekam, ihn zu töten, packte ich die Sammlung aus und verteilte sie in der ganzen Wohnung. Der Götze bekam einen Ehrenplatz. Mit seinem grob geschnitzten Schädel und den riesigen Fäusten war er der Inbegriff der Brutalität, doch flößte er mir gleichzeitig großes Vertrauen ein, ich begriff nur nicht, warum, und betrachtete ihn eine ganze Weile lang – bis mir aufging, dass er mich an Nummer Drei erinnerte.

Am selben Abend besuchte er mich. Als er die düstere Ausstellung in meinem Wohnzimmer sah, sagte er kein Wort. In seiner Miene spiegelte sich Traurigkeit, wenn auch kaum merklich. Er blieb vor dem Götzen stehen.

»Er ist potthässlich, nicht wahr? Aber ich finde ihn lustig, weil er mir ähnlich sieht. Jedes Mal, wenn du ihn anschaust, wirst du an mich denken. Danke, mein Junge«, sagte er gerührt.

Eine Woche später brachte ich ihn um.

Gut möglich, dass die Liebe beschissen ist und einen mehr als jedes andere Gefühl der Lächerlichkeit preisgibt. Aber sie ist trotzdem wunderbar. Nicht einmal all das, was Yolanda verdächtig macht, kann mein Glück trüben. Für jeden Zweifel gibt es zehn denkbare Erklärungen, und das Einzige, das ich mit der Grübelei für mich herausholen kann, ist eine Denkpause und ein Argument, das einer genaueren Prüfung sicher nicht standhält: Sollte sie tatsächlich in die Sache verwickelt sein, ist es besser, in ihrer Nähe zu bleiben. In greifbarer Nähe, wohlgemerkt.

Das Restaurant ist fast leer, was mich nicht weiter wundert, denn es ist schon nach vier. Auf dem Weg zu unseren Zelten sehe ich, dass Leticias Nachbarn vom Joggen zurück sind und sich nun nackt in der Sonne aalen. Ich glaube nicht, dass sie Beltráns Bodyguards sind: Ihre Figur und die schlaffen Muskeln deuten eher auf irgendeinen Bürojob hin. Sogar zu Zeiten meiner Ehe, als ich mich am meisten verstellen musste, war mein Körper gelenkiger und straffer gewesen, weil ich Leticia gegenüber vorgab, regelmäßig ins Fitnessstudio zu gehen. So wie Yolanda das sicher auch tut, schießt mir durch den Kopf, doch zum Glück hilft mir meine Ausbildung, den unseligen Gedanken wie einen schlecht geworfenen Ball zu fangen, ihn ins gegnerische Feld zurückzuschleudern und mich in meine noch frischen Erinnerungen an ihren Körper, ihre Hitze, ihren Orgasmus zu flüchten.

Ich bin froh, noch angezogen zu sein, denn mein Körper reagiert augenblicklich, sodass ich mich wie die ehemalige Nummer Drei ein bisschen lächerlich fühle.

Absolut lächerlich ist es sicher auch, dass ich auf meinem Handy zum x-ten Mal die fragliche Nummer wähle. Vergeblich. Ich bezweifle, dass man in einer FIRMA wie meiner im Sommer weniger arbeitet. Also werde ich es später noch einmal versuchen.

Begleitet von der nackten Leticia, auf deren Haut man noch den Abdruck der Luftmatratze sehen kann, kommt Beltrán gerade von seinem Auto zurück. Er ist inzwischen angezogen und zur Abfahrt bereit. Verlegen murmele ich noch einmal eine Entschuldigung, die der Richter im Gegensatz zu meiner Ex ohne Groll annimmt. Er reicht mir zum Abschied die Hand.

»Wenn ich wiederkomme, seid ihr hoffentlich noch da.«

»Ja, wir bleiben schon noch ein paar Tage, denke ich.«

Da sticht mich etwas in die Seite. Es ist allerdings keine Biene, sondern Leticias stechender Blick.

»Die Kinder halten Siesta«, zischt sie. »Zumindest dafür solltest du regelmäßig sorgen, Juanito.«

Schuldbewusst stecke ich den Kopf ins Zelt meiner Kinder. Leti schläft tief und fest. Antoñito hingegen versteckt schnell sein Nintendo unter der Luftmatratze und wirft mir einen flehenden Blick zu. Ich zwinkere ihm verständnisvoll zu, und er zwinkert dankbar zurück, wobei er immer noch beide Augen zukneift. So wie früher, als er noch klein war.

»Sie schlummern selig«, erkläre ich Leticia, nachdem ich den Reißverschluss wieder hochgezogen habe.

Beltrán ist inzwischen in seinen Wagen gestiegen und winkt uns noch einmal zu, bevor er Gas gibt. Er fährt allein. Seine Bodyguards warten wohl schon draußen auf ihn; vielleicht übernehmen aber auch andere ihren Job, damit sie auf dem Campingplatz Leticia und die Kinder beschützen können.

Das beruhigt mich. Eine Front weniger, um die ich mich kümmern muss.

Obwohl ein Killer wie ich sie natürlich trotzdem mit Leichtigkeit umbringen könnte.

Und Nummer Dreizehn ebenso.

»Ich kenne ja jede Menge deiner Fehler, Juanito, aber dass du ein Spanner bist, ist mir neu.«

Leticia, die neben mir ihrem Lover nachgesehen hat, wirkt mehr amüsiert als verärgert.

»Tut mir leid, es war wirklich keine Absicht, das musst du mir glauben. Hat Gaspar sich sehr aufgeregt?«

»Nein. Aber er ist ja auch ein Schatz. Es war ihm nur ein bisschen peinlich«, erwidert sie und leckt sich lasziv mit der Zungenspitze über die Lippen. »Aber ich habe dafür gesorgt, dass er dich sofort wieder vergessen hat.«

»Ich freue mich ehrlich, dass du mit ihm zusammen bist,

Leticia. Du weißt ja, ich habe ihn seit jeher bewundert. Und er scheint tatsächlich ein toller Kerl zu sein.«

»Nach der Szene vorhin bewunderst du ihn womöglich noch mehr«, sagt sie, begreift jedoch augenblicklich, dass sie jetzt zu weit gegangen ist. »Entschuldige, Juanito. Manchmal bin ich wirklich unmöglich.«

»Nur manchmal ... Die übrige Zeit bist du einkaufen«, sage ich, drehe mich um und gehe pfeifend davon in Richtung Pool.

Normalerweise bin ich nicht schadenfroh, aber dieses Mal erleichtert es mich, dass noch jemand bloßgestellt wird. Jemand anderes als ich.

Die frühere Nummer Drei konnte Nummer Dreizehn ebenso wenig ausstehen wie ich, weshalb er stets versuchte, ihn aus seinem Team rauszuhalten. Wenn er sehen könnte, was für eine Show er gerade am Pool abzieht und wie er sich reihenweise an die Frauen ranmacht, als wäre seine animalische Nacktheit attraktiv, hätte er ihn auf der Stelle nach Madrid zurückbeordert.

»Wir alle haben einen Mörder in uns, Junge«, pflegte er zu sagen, wenn ich mich wieder einmal über Nummer Dreizehn beklagte. »Man muss nur herausfinden, welcher Typ Mörder man ist. Da gibt es zum einen die Künstler, so wie du einer werden könntest und ich einer wäre, wenn ich Bock darauf hätte, und zum anderen solch gierige Bluthunde wie Nummer Dreizehn. Letztere sind für die FIRMA nützlicher Ballast. Warum, glaubst du, wird er in größeren Missionen eingesetzt, vor allem bei den ganz heiklen? Weil er, wenn etwas schiefgeht, der ideale Sündenbock ist. Er ist der Prototyp eines Schlägers, der jemandem für ein paar Kröten den Arm bricht und für ein paar Scheine mehr um die Ecke bringt. Außerdem macht er seine Sache gut. Allerdings glaubt er, es käme nur drauf an, genügend Mumm in den Eiern zu haben. Wenn er sich da mal nicht täuscht. In unserem Job braucht man nämlich vornehmlich seinen Kopf, dann die Fäuste, und erst wenn alles nichts mehr nützt, den Schneid. Anders geht es nicht.«

»Ich weiß nicht ...«

»Was ist los, Junge, hast du Angst, irgendwann so zu werden wie er?«

»Angst nicht. Aber manchmal glaube ich doch, dass ein Job wie unserer einen unweigerlich verändert ...«

Da legte mir die damalige Nummer Drei seine Pranke auf die Schulter und sah mich ernst an.

»Jetzt hör mir mal gut zu, mein Junge, denn das ist die wichtigste Lektion überhaupt: Mutter Natur ist zwar weise, aber zaubern kann sie nicht. Eine Raupe kann sich in einen Schmetterling verwandeln, doch ein Arschloch bleibt immer ein Arschloch.«

Ich hätte ihn damals gern gefragt, ob er damit Nummer Dreizehn meinte oder uns beide. Ich habe es nicht getan. Aber eines weiß ich, auch ohne ihn zu fragen, genau: Dass er sich nicht gern von Nummer Dreizehn hätte umbringen lassen. Denn Nummer Dreizehn hätte bei diesem Auftrag Lust verspürt. Große Lust.

Heiße Wut steigt in mir auf, während ich zusehe, wie er sich oben auf dem Sprungbrett in Szene setzt. Er würde, ohne zu zögern, meine Frau und meine Kinder umbringen, wahrscheinlich sogar umsonst. Seinen kaum verhohlenen Hass auf die frühere Nummer Drei hat er nämlich auf dessen Nachfolger übertragen. Das wissen wir beide. Plötzlich durchfährt mich ein Schreck, als mir klar wird, dass Beltrán fort ist, Nummer Dreizehn aber noch immer auf dem Campingplatz.

Weil die Operation wirklich verschoben wurde und er auf weitere Anweisungen wartet?

Oder weil die Zielscheibe gar nicht der Richter ist, sondern ich?

Zum Glück weiß er nichts von mir und Yolanda. Ich werde Vorkehrungen treffen müssen, damit das auch so bleibt.

»Ganz schön scharf, deine Braut«, sagt Nummer Dreizehn, als er neben mir aus dem Wasser steigt. »Weißt du, hier, wo alle nackt rumlaufen, macht mich so eine Klassefrau in Kleidern nur noch mehr an ...«

Er springt wieder ins Wasser, ehe ich etwas erwidern, ihm drohen oder ihn gar fragen kann, was zum Teufel er hier treibt.

Und das ist auch besser so, denn ich darf keine Schwäche zeigen.

Yolanda ist mein schwacher Punkt.

Genau wie die Kinder.

Und meine Ex.

Und Tony.

Tony! Herrje, mein alter Freund wartet schon seit Stunden auf mich. Ich muss sofort zur Bucht.

Aber vorher klettere ich noch aufs Sprungbrett. Oben hole ich tief Luft – und springe mit einem Köpfer ins Wasser.

Denn auf einmal fühle ich mich ganz leicht.

Ich habe eine Entscheidung getroffen.

Wenn ich in vierundzwanzig Stunden nicht weiß, was hier gespielt wird, werde ich Nummer Dreizehn töten. Und zwar ganz umsonst.

15

Tony ist nicht in der Bucht. Und auch nicht in der Cafeteria. Er wird das Warten leid gewesen sein und denken, dass ich mich mit Yolanda irgendwohin verkrümelt habe, wo wir ungestört sind. Während ich mich seinem Stellplatz nähere, deutet nichts darauf hin, dass er in seinem Wohnwagen zu finden ist.

Obwohl, stopp ... es gibt doch Anzeichen von Leben.

Ein leichtes, aber deutliches Schaukeln des Gefährts warnt mich davor, hier einen Fauxpas zu begehen. Tony und Sofía nutzen wohl die allgemeine Mittagsruhe für ein Schäferstündchen. Ich könnte mich also da drüben an den Baum lehnen und eine Zigarette rauchen, bis sie fertig sind. Oder einfach später wiederkommen.

Warum bleibe ich dann trotzdem wie angewurzelt stehen, nur zwei Schritte vom Wohnwagen entfernt, wie ein Jäger auf der Pirsch?

Weil es drinnen vollkommen still ist. Zwar ist die Tür geschlossen und die Vorhänge sind zugezogen, die Fenster sind jedoch offen – und kein Stöhnen, nicht einmal ein Seufzer ist zu hören. Nur die Stoßdämpfer wippen auf und ab. Tony ist dick genug, um diese Bewegung auszulösen, aber er müsste eigentlich vor Anstrengung keuchen. Selbst wenn er unter Sofía liegt ... Ich schüttele den Kopf: Ich lerne wirklich nichts aus meinen Fehlern. Offenbar ist Sixty-nine bei den FKKlern einfach groß in Mode.

Nichtsdestotrotz spähe ich durch den schmalen Spalt zwischen Vorhang und Alurahmen in die kleine Küche des Wohnwagens. Ich kann jedoch nur den Rücken einer Frau erkennen. Einen muskulösen, langen Rücken, der sich rhythmisch auf und ab bewegt. Vorsichtig schiebe ich den Vorhang ein wenig beiseite, und da sehe ich Tonys Gesicht, hochrot und schwitzend – weil er eine Plastiktüte über dem Kopf hat und Sofía ihm erbarmungslos die Gurgel zudrückt.

Ich überlege nicht, ich handle. Ich renne die Tür ein, stürme den Raum, stürze mich auf Sofía. Etwas in Tonys Miene verzögert den tödlichen Hieb ins Genick der Frau, die herumgeschnellt ist und mir, in einer fremden Sprache schreiend, einen Faustschlag aufs linke Auge versetzt, während meine Handkante auf ihrer Schläfe landet. Mein Hieb hat jedoch nicht die nötige Wucht, um sie bewusstlos zu schlagen, und so will ich nachlegen, doch Tonys Finger, die sich in meinen Arm krallen, verhindern es. Ich reiße ihm die Tüte vom Kopf. Nach Luft japsend schüttelt er mit einem Blick auf Sofía vehement den Kopf, die mich hasserfüllt anstarrt, während sie sich die Schläfe massiert.

Zu meiner Überraschung muss Tony schallend lachen, als er wieder zu Atem gekommen ist, und nach kurzem Zögern tut Sofía es meinem Freund gleich. Da geht mir auf einmal ein Licht auf und schnell stimme ich in ihr Gelächter ein, die Hand auf meinem linken Auge, das heftig pocht und allmählich zuschwillt. Ich entschuldige mich bei Sofía. Jeder kann schließlich Sex in der Spielart praktizieren, die ihm am meisten gefällt, und wenn den beiden so was Spaß macht, dann ist das ihre Sache. Zwar ist sie mir nach wie vor suspekt, aber ich glaube nicht, dass sie zu denen gehört, die dabei leicht die Kontrolle verlieren und ihre Liebhaber erwürgen ... Außer, sie legt es darauf an.

Eigentlich will ich mich jetzt schnellstmöglich verdrücken, doch Tony will davon nichts hören und lässt Sofía den Erste-Hilfe-Kasten hervorkramen und mir einen Verband übers Auge kleben.

»Jetzt sind wir endlich zwei Piraten«, erklärt er lachend und deutet auf seine Augenklappe.

»Tut mir echt leid, Tony«, stammele ich. »Es ist nur ... gestern meintest du, du würdest bedroht, und als ich Sofía sah, dachte ich ...«

Sofía beherrscht sich mit Mühe, was aber nur ich registriere. Sie hat inzwischen Bier aus dem Kühlschrank geholt und leert ihre Flasche auf einen Zug. Sie ist wütend, auch wenn sie vor Tony so tut, als amüsiere sie das Missverständnis. Weil es sie wurmt, dass Tony doch nicht so wehrlos ist, wie sie dachte?

Mein Freund will ihr jetzt ein paar Anekdoten aus unserer Kindheit erzählen, sie erhebt sich jedoch und verschwindet in Richtung Pool unter dem Vorwand, nach dem heißen Gefecht ein wenig Abkühlung zu brauchen.

»Gott, wie peinlich ...«

»Vergiss es, Juan. Es kommt dir wahrscheinlich komisch vor, aber so was törnt mich einfach an. Und Sofía auch.«

»Seid ihr schon lange zusammen?«

»Drei Monate. Wir haben uns übers Internet kennengelernt, über eine Website für Leute, die auf so was stehen ...«

»Ich dachte ...«

»... dass sie ein Callgirl ist und es auf mein Geld abgesehen hat? Nein, so ist es nicht. Ich habe zu Hause Spiegel, Juan, viele Spiegel, es ist eine sehr große Villa. Und ich bin nicht blöd. Sofía hatte auf der Internetplattform selbst eine Anzeige geschaltet. Wir haben zuerst lange gechattet und uns erst dann irgendwann getroffen. Wahrscheinlich denkst du, dass sie sich von mir aushalten lässt, auch wenn du das nie sagen würdest, aber tatsächlich mache ich ihr nur hin und wieder ein Geschenk, so wie das Auto oder solche Sperenzchen wie den Urlaub hier. Weißt du, sie hat Informatik studiert. Sie verdient sehr gut als freiberufliche Programmiererin und hat mehrere Jahre in Deutschland gearbeitet; wie du gehört hast, spricht sie Deutsch, wenn sie sich vergisst, und ...«

Ich nicke und reime mir aus seinem Wortschwall das zusammen, was mich interessiert. Angefangen damit, dass die Schimpfkanonade, die sie bei meinem triumphalen Auftritt vorhin losließ, nicht auf Deutsch war, sondern auf Ungarisch, und es ziemlich ungewöhnliche Flüche für eine Programmiererin waren. Dann die drei Monate: Ein durchaus annehmbarer Zeitraum. Ich selbst bin schon mal zwanzig Wochen vorher für einen Auftrag eingeschleust worden, und die frühere Nummer Drei hat mir erzählt, dass er einmal *fast ein Jahr lang in einer idiotischen Verkleidung einen Auftrag vorbereitet hat, der am Ende abgesagt wurde.* Ein weiterer Punkt, der zu bedenken ist, ist die Geschicklichkeit, mit der sie meinen Handkantenschlag abgewehrt hat. Das kann Zufall sein, was ich aber nicht glaube. Denn auch die Schnelligkeit, mit der sie die Situation wieder im Griff hatte, spricht für ein Training der FIRMA ...

»Kommst du, Juan?«

Ganz in meine Gedanken versunken habe ich nicht gemerkt, dass Tony inzwischen draußen alles hergerichtet hat, damit wir uns bequem unterhalten können, und ich staune über die Leckerbissen, die er aus dem Kühlschrank gezaubert hat. Ich habe mehr Hunger, als ich dachte. Und mehr Durst.

»Trotzdem vielen Dank, Juan«, sagt er nun und prostet mir mit einem neuen eisgekühlten Bier zu. »Wenn ich doch nur dasselbe einmal für dich tun könnte ...«

»Was? In einen Sado-Maso-Fick reinplatzen?«

»Nein, ich meine, dich aus einer bedrohlichen Situation retten. Falls Sofía mich wirklich hätte erwürgen wollen.«

»Das ist ja nicht der Fall gewesen ...«

»Nein, ist es nicht. Aber glaub bloß nicht, ich hätte ihr anfangs nicht misstraut. Und diese Zweifel waren ziemlich lästig, denn man sollte sich nicht in jemanden verlieben, dem man nicht rückhaltlos vertraut.«

»Wem sagst du das!«, erwidere ich wie aus der Pistole geschossen.

Tony wirkt ruhig, entspannt, fast glücklich. Etwas hat sich seit gestern verändert, doch ich habe keine Ahnung, was.

Er bemerkt meine Verwunderung und lächelt.

»Es ist alles wieder in Ordnung, Juan. Heute Morgen hat mein Kompagnon angerufen. Wenn ich wieder in Madrid bin, verkauft er mir seinen Anteil. Zu einem vernünftigen Preis.«

»Und was ist mit seinen Drohungen? Und deinen Autounfällen?«

»Er hat sich dafür entschuldigt; er habe leider ein großes Maul, und sein Temperament sei mit ihm durchgegangen. Und das mit den gescheiterten Anschlägen auf mein Leben habe ich mir vielleicht nur eingebildet.« Tony zuckt die Schultern und strahlt dann übers ganze Gesicht. »Aber nicht allein deswegen bin ich so glücklich, Juan. Ist dir klar, dass ich jetzt keinen Grund mehr habe, an Sofía zu zweifeln?«

Ich verkneife mir die Bemerkung, dass er jetzt womöglich noch mehr Gründe hat als vorher. Der Kompagnon hat noch nichts unterschrieben, und bis Tony wieder in Madrid ist, kann viel passieren. Falls er Vorsichtsmaßnahmen ergriffen hatte, wird er jetzt leichtsinnig werden und so eine leichtere Zielscheibe sein. Zudem beunruhigt mich die Sache mit den gescheiterten Anschlägen. Wir scheitern nicht. Wir jagen unseren »Kunden« auch keinen Schrecken ein. Wir bringen sie einfach um.

All das kann ich meinem alten Freund jedoch nicht erzählen, dem ich nun versprechen muss, sein Trauzeuge zu sein, wenn Sofía seinen Heiratsantrag annimmt. Sobald er mit seinem Kompagnon im Reinen ist, will er sich mit ihr verloben. Vorher will er jedoch noch ein großes Essen organisieren, *mit deiner ganzen Sippschaft*. Denn er weiß von Yolanda. Und dass ich mit den Kindern hier bin. Und dass meine Ex mit dem Richter neben uns zeltet. Und er weiß auch, dass sie die Vorbesitzerin seines Wagens ist.

»Sofía hat deine Frau gestern auf der Party wiedererkannt. Ist das nicht irre, Juan? Und da heißt es immer, die Welt wäre so groß ...«

Ich gebe ihm recht. Die Welt ist wirklich klein. Wenn nicht sogar zu klein.

Und sie ist zudem voller seltsamer Zufälle.

Resümee der beiden letzten Stunden: vier vergebliche Versuche, die Lage zu überdenken, fünf ebenso vergebliche Anrufe bei der Firma, sechs Anfälle von Argwohn in Bezug auf Yolanda und sieben Erektionen.

Und mir steht ein Vater-Sohn-Gespräch bevor, das für einen Moment alle anderen Sorgen verdrängt.

Als ich zu unseren Zelten zurückkehre, sitzt Antoñito allein am Wegrand.

Verdutzt stelle ich fest, dass er sein Nintendo nicht in der Hand hat, mit dem man ihn sonst immer und überall antrifft. Er scheint über etwas nachzudenken, einfach so.

Was mich aber am meisten wundert, ist, dass Antoñito sich über eine mütterliche Anweisung hinweggesetzt hat. Alle Camper scheinen sich an den von Leticia ausgegebenen Mittagsruhe-Befehl zu halten. Alle – bis auf mich und meinen Sohn. Und das signalisiert mir, dass hier etwas Außergewöhnliches vor sich geht.

»Kann ich mal mit dir reden, Papa?«, sagt er und springt auf. »Was hast du mit deinem Auge gemacht?«

»Welche Frage soll ich dir zuerst beantworten?«

»Die erste«, erwidert er mit einem Ernst, der keinen Aufschub duldet.

Ich nicke, und wir gehen in die Cafeteria. Zwei Kugeln Eis für ihn, Kaffee für mich. Und zwei Aspirin.

»Jetzt sehe ich aus wie ein Pirat, stimmt's, Antoñito? Zumindest fast ...«

»Ja, Papa, fast.«

Ich schrecke zusammen. Nicht wegen des Tonfalls, der noch ganz kindlich ist und dem gleicht, den Leti mir gegenüber anzuschlagen pflegt, sondern wegen der Erkenntnis, dass ich automatisch wieder zu Juanito Pérez Pérez geworden bin, dass ich, wenn ich mit meinem Sohn spreche – was selten genug der Fall ist –, mich hinter Juanito verstecke, als wäre seine Persönlichkeit ein Luftschutzbunker, der mir Schutz bietet, wenn ich vom Leben bombardiert werde.

Und ich schrecke noch mal zusammen, nun schon zum wiederholten Mal in den vergangenen Stunden, als mir klar wird, dass ich den Wechsel zwischen meinen beiden Persönlichkeiten nicht mehr bewusst vollziehen kann. Und das ist besorgniserregend.

Noch besorgniserregender ist allerdings Antoñitos Gesichtsausdruck, der mich schweigen lässt, bis die Bedienung unsere Bestellung gebracht hat.

»Sind wir immer so, Papa?«, fragt er dann mit ernster Miene. »Oder können wir auch anders?«

»Wer, wir?«

»Na wir. Die Männer in unserer Familie.«

Trotz seiner jungen Jahre klingt das Wort »Männer« aus seinem Mund nicht zu gewaltig.

»Was meinst du mit anders, Antoñito?«

»Kann ich dir ein Geheimnis anvertrauen?«

»Klar.«

»Ich hasse es, wenn man mich Antoñito nennt. Das finde ich überhaupt nicht lustig, Papa. Ich halte meistens den Mund, weil ich nicht weiß, was ich sagen soll, aber wenn jemand mich Antoñito nennt, ist es, als würde er mich nicht ernst nehmen ... Verstehst du das?«

»Ja natürlich. Aber warum hast du dich nicht schon eher darüber beschwert?«

»Wozu? Es würde doch sowieso niemand auf mich hören ... Außer vielleicht Sven.«

»Sven?«

»Ja. Der Bademeister. Er ist sehr nett zu mir. Er hat mir beigebracht, vom Sprungbrett zu springen, und stellt mir viele Fragen über dich, Mama und Gaspar. Allerdings nennt er mich auch Antoñito, weil Leti mich ihm so vorgestellt hat. Wenn ich es ihm aber sagen würde, würde er mich bestimmt verstehen. Ich traue mich bloß nicht ...«

Sven.

Darum kümmere ich mich später. Jetzt nicht. Schweigend denken wir eine Weile über das Thema nach, während der Kaffee und das Aspirin mich munter machen und das Eis meines Sohnes zu einem See von undefinierbarer Farbe zerschmilzt.

»Weißt du was?«, sage ich schließlich. »Mich nervt es auch, dass mich alle Welt Juanito nennt.«

Doch statt uns näherzubringen, wie ich mir das eigentlich erhofft hatte, trennt uns das Eingeständnis. Und ich ahne auch, warum, plötzlich ist es mir klar. Die Strafe, die ich mir damals nach dem Unfall hinter der Schule auferlegt habe, hat sich auch auf diejenigen ausgewirkt, die ich liebe: Leticia, die sich betrogen fühlte, weil sie sich in einen Piraten verliebt hatte, aber mit einem mittelmäßigen Pharmavertreter zusammenleben musste; meine Tochter, die das getreue Abbild ihrer Mutter ist und folglich dieselben Abneigungen und Sehnsüchte hat; und meinen Sohn, weil sein Vater ihm kein leuchtendes, sondern nur ein bemitleidenswertes Vorbild ist. Wenn ich tatsächlich bloß Juanito Pérez Pérez wäre, dann müsste er sich damit abfinden. Aber ich bin nicht so. Nur: Wie bin ich wirklich?

»Komm mit, Antonio«, sage ich deshalb entschlossen und stehe auf.

Wortlos folgt er mir, und erst als ich am anderen Ende des Campingplatzes den schmalen Pfad einschlage, der hoch zu dem schroffen Felsrücken führt, fragt er, wohin wir eigentlich gehen.

»An einen geheimen Ort, Antonio. Jeder Mann braucht so einen. Und wahrscheinlich auch jede Frau, aber da bin ich mir nicht ganz so sicher.«

Obwohl ich oben auf dem Felsvorsprung die gleiche Nummer mit ihm abziehe wie Camilleri ein paar Stunden zuvor mit mir, kommt es mir so vor, als sehe ich die Höhle zum ersten Mal.

Gemeinsam mit meinem Sohn. Mit Antonio.

Aufgeregt klettert er vor mir hinauf aufs Plateau und erkundet die Höhle. Er scheint zu wissen, was es mit diesem Ort auf sich hat, denn noch bevor ich etwas sage, setzt er sich auf den großen Stein in der Mitte und lässt mir neben sich Platz.

»Dieser Ort hier, Antonio, ist jetzt dein Geheimnis. Erzähl nur demjenigen davon, der etwas Besonderes für dich ist. Etwas ganz, ganz Besonderes.«

»Und woher weiß man das, Papa?«

»Das weiß man nicht, Antonio, das spürt man. Manchmal täuscht man sich allerdings auch.«

Danach reden wir eine geraume Weile kein Wort und

schauen aufs Meer hinaus. Bis ich ihn ansehe und etwas frage, obwohl ich die Antwort längst kenne.

»Wie sind wir, wenn wir anders sind, Antonio?«

»Das weißt du, Papa, du musst es wissen. Gestern Abend, als ich mit einem Haufen Kinder draußen auf der Terrasse spielte, habe ich auf einmal gemerkt, dass bei euch Erwachsenen was Besonderes los ist. Die Leute hatten einen Kreis um jemanden gebildet und applaudierten begeistert. Weil ich auch sehen wollte, was sie so bewunderten, hab ich mich ins Restaurant geschlichen und unauffällig nach vorn gedrängelt. Und da sah ich dich. Du hast mit Yolanda getanzt. Aber das warst nicht du … Oder vielleicht ja doch … Ich habe es echt nicht verstanden, Papa.«

»Du hast es sehr wohl verstanden, Antonio. Weil du dich auch hin und wieder so fühlst.«

Er sieht mich überrascht an, noch viel überraschter als bei der Entdeckung der Höhle, und nickt dann bedächtig.

»Ja, du hast recht. Wenn auch nicht oft. Wenn wir in der Schule Fußball spielen. Oder wenn ich ohne Leti neue Kinder kennenlerne, die nichts von mir wissen. Dann überkommt mich manchmal das Gefühl, dass ich tausend Tore schießen, mich mit dem Größten von allen prügeln oder das Mädchen ansprechen kann, das mir gefällt«, sagt mein Sohn mit leuchtenden Augen und seufzt dann auf. »Ich weiß bloß nicht, wie ich's anstellen soll.«

»Genau so, wie es dir dein Gefühl sagt, mein Junge.«

»Aber es ist, als dürfte ich das gar nicht, weißt du? Schließlich verspricht sich niemand irgendwas von mir. Und außerdem: Was, wenn es schiefgeht?«

»Dann wird es noch andere Tore geben, auf die du zielen kannst, Prügeleien mit anderen Jungs und womöglich noch tollere Mädchen. Immer. Wer nicht wagt, der nicht gewinnt, Antonio. Du hast mich vorhin nach den Männern in unserer

Familie gefragt. Ich habe meinen Vater nie kennengelernt. Ich weiß nur ein paar Dinge, die man mir von ihm erzählt hat, nichts, was er selbst erlebt hat. Als Kind wäre ich jedenfalls auch gern stolz auf ihn gewesen, ich hätte zu gern den großartigsten, mutigsten Papa von allen gehabt. Aber er war nicht da.«

»Du bist schon hin und wieder da«, sagt er, ohne mich anzusehen. »Aber ich habe nichts davon.«

Was soll ich darauf erwidern, wie ihm erzählen, was ich mir selbst nicht eingestehe? Am besten bin ich still und betrachte die Wolken und das Meer. Soll mein Schweigen doch die Antwort sein ...

Aber ich entscheide mich anders.

Wie lange habe ich von Tony, von der Baulücke hinter der Schule, vom Retiro geredet? Ich weiß nur, dass ich ihm nichts von meinem zweiten Beruf erzählt habe, das verhindert unser mentales Training, bestimmte Wörter unterbinden jegliches Geständnis, das unter der Einwirkung von Drogen, Alkohol oder Hypnose von uns erzwungen werden könnte. Wir Killer der Firma können nur mit voller Absicht gestehen. Aber es würde uns eh niemand glauben.

Doch auch so sind meine Worte bei meinem Sohn angekommen, er sieht mich anders an, mit neuem, verändertem Mitgefühl. Er bedauert nun nicht mehr Juanito, der ihm eine schreckliche eigene Zukunft vorlebt. Jetzt bedauert er Nummer Drei, ohne zu wissen, wer er wirklich ist oder was er getan hat.

»Das hab ich nicht gewusst, Papa.«

»Das ist nun unser Geheimnis, mein Sohn, so wie diese Höhle. Aber ich muss noch auf deine Frage antworten, deine eigentliche Frage: Ja, Antonio, man kann auch anders sein. Irgendwann wird der Tag kommen, an dem es in dir zu eng wird für die beiden Antonios und du dich entscheiden musst. Du ganz allein. Deshalb habe ich gestern Abend so getanzt, deshalb Yolanda – und deshalb auch zum Teufel mit dem Handy und den Befehlen anderer Leute. Von nun an entscheide ich. Ich allein.«

Mein Sohn nickt gewichtig, er glaubt mir, obwohl er meine letzten Sätze sicher nicht begriffen hat. Voll Stolz, dass sein Vater sich ihm anvertraut hat, steht er auf und reicht mir die Hand.

»Weißt du was, Papa?«, sagt er, während wir den Felsrücken hinunterklettern, »ich bin felsenfest davon überzeugt, dass du es schaffen wirst.«

Wenn ich mir da nur auch so sicher wäre wie mein kleiner Sohn.

16

Ohne Yolanda wird es eine lange Nacht werden, aber ich bin fast froh darüber, denn so bleibt mir viel Zeit zum Nachdenken.

Bei unserer Ausbildung brachte man uns auch bei, wie man mit sich zurate geht, während man etwas ganz anderes tut; weder die Bewegung der Augen noch sonst was sollte den bevorstehenden Coup verraten, noch, wem er gilt. Derweil ich also die Rolle des wiedergefundenen Vaters spiele – ich tolle mit den Kindern im Wasser herum, sammele in der Bucht Muscheln und hätschele sogar mein Ego, indem ich zu Letis Verblüffung und Antonios Stolz meine Botanikkenntnisse zum Besten gebe –, hänge ich meinen Gedanken nach. Erwäge, was ich tun muss.

Über solchen Überlegungen bricht die Dämmerung herein mit den üblichen Ritualen. Leti geht duschen, ohne auf ihre Mutter zu warten, die viel zu lange geschlafen hat, als dass man das noch als Siesta bezeichnen könnte. Antonio kommt mit mir. Jeder Blick von ihm sucht Anzeichen dafür, ob das, worüber wir in der Höhle gesprochen haben, nur ein Traum war oder sich gerade wirklich etwas in unserer Beziehung verändert. Ja, der schüchterne kleine Kerl nimmt die Sache sogar selbst in die Hand: Während wir uns nebeneinander einseifen, erzählt er mir eifrig Witze und schmettert lachend im Duett mit mir ein altes Seeräuberlied, das ich längst vergessen zu haben glaubte. Er genießt die Kameradschaft zwischen Vater und Sohn, diese männliche, zugegebenermaßen dämliche Komödie, die ein Mann nur geringschätzt, wenn er sie als Kind erlebt hat. Weshalb ich sie ebenfalls genieße.

Dass unter den Campern viele Urlauber aus aller Herren Länder sind, zeigt sich an den rasch immer weniger werdenden Männern im Waschraum. Die Ausländer machen sich stets als Erste fürs Restaurant zurecht, während wir Spanier den Strand und das Meer bis zum letzten Sonnenstrahl auskosten. Bald verstummt der unsichere Smalltalk zwischen all den Männern, die im Freien unbekümmert nackt herumlaufen, unter den Duschen aber jeden Zweifel an ihrer Männlichkeit abwehren müssen.

Schließlich sind wir allein, Antonio, ich und der Wasserdampf, der die Spiegel beschlägt. Mein sonst so stiller Sohn trägt an diesem Abend allerdings sein Herz auf der Zunge.

»Weißt du, dass ich heute Nacht geträumt habe, du wärst Geheimagent?«, sagt er beiläufig, während wir uns abtrocknen.

»Wow, das ist ja toll, Antonio! Ich wäre in deinen Träumen zwar lieber Pirat, aber ...«

»Nein, wirklich, du warst Spion. Und das hab ich schon oft geträumt.«

Ich entgegne nichts darauf, aber er lässt nicht locker.

»Und du träumst auch so was, Papa.«

Etwas in seiner Miene hindert mich daran, das Thema mit einem Scherz abzutun.

»Nur ab und zu, vor allem, seit du und Mama ... Wenn wir bei dir übernachten, bin ich nachts schon ein paarmal aufgewacht, weil ich Durst hatte. Und da hab ich dich manchmal im Schlaf reden hören. Einmal hab ich an deiner Tür gelauscht. Du hast irgendwas von Nummern erzählt ...«

»Von Nummern?«

»Ja, aber so, als wären es Menschen. Und dann hast du noch was von einer gefährlichen Mission und Waffen gebrummelt«, erklärt er eifrig. »Weißt du, ich hab mal einen Film über einen Familienvater gesehen, der als Vertreter arbeitete. Aber in Wirklichkeit war er Geheimagent ...«

»Und diesen Film haben wir nicht zufällig gemeinsam an dem Abend gesehen, als ich im Schlaf dieses dumme Zeugs gemurmelt habe?«

Er wird unsicher. Das reicht, damit er nicht weiter nachbohrt.

Insgeheim freue ich mich jedoch, dass er mir einen so riskanten Beruf zutraut. Und eigentlich mache ich ja auch nichts anderes als das, was er geträumt hat. Nur dass Spione sich zur Rechtfertigung ihrer Taten einreden, dass ihre Missionen politisch begründet sind und dem Vaterland zugute kommen. Ich hingegen versuche nicht über meinen Job nachzudenken, was mir auch ganz gut gelingt. Bisher zumindest.

»Sag einmal, Papa, warum rauchst du eigentlich?«

Die Frage erwischt mich kalt. Und ihre Beantwortung ist durchaus nicht ohne. Ich meine, es hat nichts mit Wohlbefinden oder Genuss zu tun: Es ist ... es ist nur die einzige Rebellion, die Juanito sich Leticia gegenüber jemals geleistet hat. Sie, die sich gemäß des gerade herrschenden Trends gesund und ökologisch ernährt, hat an meiner Raucherei immer Anstoß genommen. Die Kinder wissen das. Alle, die uns kennen, wissen das. Doch trotz aller Szenen, die sie mir deswegen machte, und allen nur denkbaren Erpressungen (nur den Sex ließ sie außen vor) gelang es ihr in all den Jahren unseres Zusammenlebens nie, dass der schüchterne Juanito das Rauchen aufgab.

Nicht einmal die frühere Nummer Drei schaffte das.

»Wenn du zu den Nutten gehen würdest, könnte ich das ja noch verstehen«, begann er immer, wenn wir irgendwo gemeinsam einem »Kunden« auflauerten. »Letztlich fördert das deine Treffsicherheit: Ein Killer, der sich sexuell austobt, tötet besser. Verstehen könnte ich auch, wenn du trinken würdest. Solange man sich nur nicht direkt vor dem Einsatz besäuft. Wenn die Stimmen im Kopf laut werden, bringt man sie mit Alkohol am besten zum Schweigen. Aber dass du rauchen musst ... Ich selber rauche ja auch wie ein Schlot, aber ich bin ich, und mir ist nicht mehr zu helfen. Du hingegen ... Du hältst dich durch körperliches Training topfit, isst vernünftig – und teerst dann deine Lunge. Das will mir einfach nicht in den Kopf.«

In solchen Situationen sagte ich nie etwas. Meist stand ich an einem Fenster und spähte durch die Ritzen der heruntergelassenen Jalousie nach draußen, die Arme aufgestützt, das Gewicht auf beide Beine verteilt und das Gewehr auf eine belebte Straßenecke, ein gegenüberliegendes Fenster oder eine Lücke zwischen zwei Gebäuden gerichtet. Die Zigarette hing unangezündet zwischen meinen Lippen. Erst kurz vor dem entscheidenden Augenblick – intuitiv spürt man, wann der »Kunde« ins Blickfeld kommen wird – zündete ich sie an.

Das Auge am Visier, inhalierte ich tief den Rauch, während draußen die Zeit stehen blieb.

Dann drückte ich ab.

Und stieß den Rauch wieder ganz langsam aus.

Ohne Eile packten wir dann unsere Sachen zusammen und verließen das Haus wie zwei ganz gewöhnliche Passanten. Ein Schuss hatte genügt, ein einziger, wir blieben nicht einmal in der Nähe, um uns davon zu überzeugen, dass ich ins Schwarze getroffen hatte. Wir beide wussten, dass dem so war. Dann zog die frühere Nummer Drei ein Feuerzeug aus der Tasche und gab mir Feuer.

»Weißt du was, mein Junge? Rauch, so viel du willst«, murmelte er in einem Ton, der bei ihm der Zuneigung am nächsten kam.

Tags darauf nahm er den Kampf gegen meine Raucherei jedoch wieder auf. Und jedes Mal, wenn er mich sonst irgendwo fragte, warum ich rauche, antwortete ich ihm dasselbe wie Leticia, dasselbe wie nun Antonio.

»Weil's mir schmeckt. Und der Rauch keine Fragen stellt.«

Ich weiß nicht mehr, aus welchem Gangsterfilm dieser Satz stammt, wahrscheinlich aus einem mit Bogart, aber ich bin mir nicht sicher. Tony und ich haben ihn nur einmal gesehen, als wir zehn waren, aber der Spruch des Helden mit der Zigarette im Mund und den halb geschlossenen Augen beeindruckte uns derart, dass wir ihn übernahmen, auch wenn Piraten eigentlich nicht rauchten und wir erst Jahre später damit anfingen, kurz bevor Tony ein Held sein wollte und ich herausfand, dass ich danebenschoss, wenn's drauf ankam.

Mein Auge sieht übel aus, es ist geschwollen und blutunterlaufen, aber zum Glück ist das eigentliche Sehorgan nicht verletzt. Ich schicke Antonio schon mal vor unter dem Vorwand, dass ich noch eine Ewigkeit fürs Rasieren brauche, aber in Wirklichkeit will ich nur, dass er geht. Und zwar auf der Stelle.

Während ich mein Auge frisch verbunden habe, habe ich im Spiegel nämlich Nummer Dreizehn entdeckt. An die geflieste Wand am anderen Ende der Duschen gelehnt, schaut er spöttisch zu mir herüber.

Sobald wir allein sind, schlendert er näher.

»Na, 007, wie geht's denn so? Obwohl ... vielleicht sollte ich dich bei dem Verband ja eher Piratenkapitän a. D. nennen.«

Ich erwidere nichts. Sehe ihn nur an. Wie lange hat er uns schon beobachtet? Wie konnte mir so was nur passieren?

»Nicht sauer werden, Chef. Dir geht's doch gerade super, so splitternackt und mit der ganzen Sippschaft im Schlepptau«, sagt er und grinst dreckig.

Ich bedauere es, das Zigarettenpäckchen im Zelt vergessen zu haben; meine Hände wollen beschäftigt sein, während ich überlege. Irgendwann würde ich ihn umbringen. Aber jetzt? Mit meinem verbundenen Auge bin ich eindeutig im Nachteil, zumal Nummer Dreizehn locker fünfzehn Kilo mehr wiegt als ich. Und ich bin nicht bewaffnet und will hier keinen Ärger.

»Du bist ein Glückspilz, Chef. Dein Sohn ist echt klasse. Und das Mädchen ... na ja, die ist schon eine richtige halbwüchsige Göre.«

Er will mich provozieren. Damit ich die Nerven verliere und mich auf ihn stürze. Was will er damit bezwecken?

»Ach, und deine Ex! Was für 'ne scharfe Tussi; solche Yuppieweiber machen mich echt an. Wenn man sie auf allen vieren richtig rannimmt, flippen sie vor Geilheit total aus. Die Kleine, die du dir angelacht hast, ist aber auch zum Anbeißen. Wie gesagt, du bist ein echter Glückspilz. Du hast einfach alles.«

Wenn jetzt nur jemand kommen würde. Das wäre meine Rettung. Dann könnte ich einfach pfeifend hinausgehen und auf eine bessere Gelegenheit hoffen.

»Du hast es gesagt, Nummer Dreizehn: Ich bin der Chef. Und du verstößt gerade gegen sämtliche Regeln.«

»Glaubst du das wirklich, Juanito? Dass du der Chef bist?« Hämisch lacht er auf. »Du hast die Nummer vom Alten doch nur gekriegt, weil der Sack drauf bestanden hat. Dabei weiß jeder, dass dir für die Nummer Drei das Format fehlt ...«

Er spricht über die FIRMA, als wüsste er Dinge, die ich nicht weiß. Vielleicht gehört das aber auch zu seiner Strategie.

»Irgendwann, vielleicht heute, werden sie einem von uns befehlen, dich zu liquidieren. Womöglich habe ich diesen Befehl ja schon, Juanito.« Er lacht wieder auf. »Vielleicht bist du ja gleich mausetot. Na so was, ein Unfall! Juanito Pérez

Pérez war ja ein netter Kerl, aber man muss schon total dämlich sein, um in einer so großen Dusche auszurutschen und sich dabei das Genick zu brechen …«

Das reicht.

»*Inschallah*«, zische ich – und seine Gesichtszüge entgleisen.

»Wa… was sagst du da?«

»Das weißt du doch. *Inschallah:* So Allah will … Machst du eigentlich immer noch in Algerien Urlaub? Ich habe gehört, sobald du ein paar Tage frei hast, fliegst du hin …«

Sein Gesicht ist nun hochrot, er ringt nach Fassung. Was ihm sichtlich schwerfällt. Wie bei jedem von uns gibt es auch in seiner Vergangenheit einen dunklen Punkt. Die ehemalige Nummer Drei, der ihn auf den Tod nicht ausstehen konnte, hat es mir vor Jahren erzählt.

Nummer Dreizehn war Söldner gewesen. Stand auf der Gehaltsliste der einen oder der anderen, vielleicht ja auch auf beiden. Nach einem gescheiterten Überfall wollte sich Nummer Dreizehn mit drei Algeriern jedenfalls irgendwo in der Wüste verstecken, bis die Patrouillen die Suche nach ihnen aufgaben. Ein abgelegenes Dorf, ein zwölfjähriges Mädchen und zu viel Gin: Nachdem Nummer Dreizehn die Kleine vergewaltigt hatte, prahlte der Idiot auch noch damit, nicht wissend, dass einer seiner Legionärskumpane ihr Bruder war. Darauf vergewaltigten ihn die drei tagelang mit vorgehaltenem Gewehr und prügelten ihn windelweich, bis sie sich schließlich aus dem Staub machten, in dem Glauben, er sei tot. War er aber nicht. Kaum hatte er sich einigermaßen erholt, begann er sie zu suchen. Der alten Nummer Drei zufolge sind die drei bei einem Scharmützel längst ums Leben gekommen, aber Nummer Dreizehn will das nicht wahrhaben, er kämmt Algerien immer noch nach den drei Toten durch, um mit ihnen abzurechnen.

»Nicht ärgern«, sage ich. »So ist es mit der großen Liebe nun mal ...«

Da stürzt er sich wutentbrannt auf mich, doch ich weiche ihm geschickt aus und ramme ihm mein Knie in die Eier. Er schwankt nur ein bisschen, bevor seine Faust nach oben schnellt, gefährlich nahe an meinem Kinn vorbei. Darauf boxe ich ihm mit meiner Rechten in den Magen, sodass ihm die Luft wegbleibt. Aber er hält sich immer noch auf den Beinen. Im letzten Moment ducke ich mich vor seinem nächsten Schlag weg, weshalb er nur meinen Arm trifft. In wenigen Sekunden werde ich ihn nicht mehr bewegen können. Und wegen meines Augenverbands sehe ich fast nichts. Dennoch will ich zum ersten Mal in acht Jahren, nach genau fünfzehn Toten, jemanden wirklich umbringen. Denn ich will nicht sterben, bevor ich nicht wirklich gelebt habe.

Beide Hände zu einer Faust gefaltet, versetze ich ihm mit all der Kraft, die mir noch bleibt, einen Schlag aufs Kinn. Er wankt. Noch ein Kinnhaken. Er wankt ein bisschen stärker, scheint sich aber noch zu fangen. Also ein dritter Hieb – endlich kippt er nach hinten.

Und ich werfe mich auf ihn.

»Wenn du irgendeinem meiner Lieben auch nur ein Haar krümmst«, sage ich dann mit einer Ruhe, die mich selbst erschreckt, »irgendeinem, hörst du, ist das in Algerien eine schöne Erinnerung im Vergleich zu dem, was ich dann mit dir mache. Kapiert?«

Er gibt sich geschlagen. Denn er weiß, dass ich es ernst meine. Jämmerlich vor sich hin wimmernd nickt er.

Ich stehe auf. Und da sehe ich ihn.

Antonio.

Mein Sohn hat ein Päckchen Zigaretten in der Hand, und seine Augen spiegeln etwas, das Bewunderung sein könnte. Oder auch Angst.

17

»Dein Problem ist, dass du gern schwimmst, dich dabei aber nicht nass machen willst«, sagte die alte Nummer Drei immer zu mir. »Und eine Zeitlang funktioniert das auch, mein Junge. Aber irgendwann ist es damit aus und vorbei, und dann wirst du Farbe bekennen müssen. Da kommt niemand drum herum. Es ist in Ordnung, wenn du danach weiterhin den kleinmütigen Familienvater spielst und dich von deiner Ex schikanieren lässt – doch dir wird klar sein, wer du bist ... auch wenn du das eigentlich gar nicht so genau wissen willst.«

Er hatte recht, der Alte. Irgendwann muss man Farbe bekennen.

Er sagte immer, dass es in unserem Beruf ärgerlicherweise eine Grenze gebe, die sich beziffern lasse, *und jeder hat seine eigene, mein Junge. Meine ist die Fünfzig.* Ich dachte damals, er kokettiere mit seinem Alter, denn als ich ihn kennenlernte, ging er gerade stramm auf die fünfzig zu und war trotzdem immer noch der Beste.

Erst jetzt dämmert mir, dass er nicht von Jahren sprach, sondern von Toten.

Womöglich sind fünfzehn Tote ja meine Grenze, und ich ziehe deshalb gerade alles in Zweifel.

Irgendwann kommt der Tag, an dem man seine wahre Natur nicht mehr länger verleugnen darf, hat die alte Nummer Drei gesagt. Ich werde mich dieser Herausforderung stellen.

Mit dem sechzehnten »Kunden« sind meine Zweifel dann vielleicht ja alle ausgeräumt.

Nummer Dreizehn ist für ein paar Tage eingeschüchtert. Wenn er nicht vorher Leine zieht, knöpfe ich ihn mir noch mal vor.

Ist der Damm erst einmal gebrochen, gibt's kein Halten mehr. Im Nu bin ich bei den Holzhütten der Angestellten.

Jetzt ist Sven an der Reihe, oder wie immer er auch heißen mag.

Er muss neu sein in der FIRMA, vielleicht haben sie ihn aber auch irgendwo ausgeliehen. Auf jeden Fall ist er ein Anfänger. Wenn er weiß, wer ich bin, wird er gleich einen gehörigen Schreck kriegen, und wenn nicht, wird er's gleich am eigenen Leib erfahren.

Ich habe keinen Plan. Nur eine unbändige Wut im Bauch. Hat er sich an meinen Sohn rangemacht, damit ich davon erfahre und es als Drohung auffasse? Was zum Teufel wollen sie von mir? Warum rücken sie nicht einfach mit der Sprache raus?

Mein verletztes Auge pocht, und meine Fähigkeit, logisch zu denken, macht wohl auf einem anderen Campingplatz Urlaub.

Es tut mir leid für Sven – aber ihm wird's noch mehr leidtun.

Die Vorhänge sind zugezogen, durch die offen stehenden Fenster hört man jedoch Musik. Was macht mich wütender: die Vorstellung, dass er meinen Sohn aushorcht oder dass er Yolanda vögelt? Zum Nachdenken bleibt keine Zeit, und wenn ich gegen die Tür hämmere, statt sie gleich einzutreten, dann nur, weil ich das Gesicht des Schweden sehen will, wenn er begreift, dass er vom Jäger zum Gejagten geworden ist.

Im Türrahmen erscheint allerdings nicht Svens Wikingerschopf, sondern eine Spanierin. Sie ist bis auf eine Schürze nackt und hält einen Wischmopp in der Hand. Auf ihrem Gesicht zeigt sich ein Lächeln, als sie mich erkennt. Bei mir dauert es etwas länger, bis der Groschen fällt. Die sympathisch wirkende Frau ist eine Kollegin von Yolanda.

»Du bist ja ganz schön ungeduldig«, scherzt sie mit einem Akzent, der nach Sevilla oder Umgebung klingt. »Hat Yolanda dir nicht gesagt, dass sie erst morgen zurück ist? Es sollte doch eine Überraschung werden ...«

Aus meinem Mienenspiel schließt sie, dass ich keine Ahnung habe, wovon sie spricht.

»Oh, verdammt, jetzt hab ich's vermasselt!« Schuldbewusst seufzt sie und reicht mir dann die Hand. »Hallo, ich bin übrigens Carmen.«

Mir schießt durch den Kopf, dass wir von Weitem wohl aussehen wie eine Hausfrau und ein Staubsaugervertreter, der ihr Vertrauen zu gewinnen versucht. Nur dass ich außer einer Shorts und sie außer der Schürze nichts anhaben. Sie bittet mich hinein, denn *jetzt ist die Überraschung eh vergeigt, und du kannst mir das Bett aufbauen helfen.*

Die Hütte ist dieselbe wie vor ein paar Stunden, aber Carmen hat sie einem Großputz unterzogen, und es riecht nun überall nach Piniennadeln.

Die energische Animateurin redet wie ein Wasserfall, während sie ein paar Kartons ausräumt, und so erfahre ich, dass Yolanda die Hütte blitzblank haben wollte, damit wir statt in meinem Zelt hier schlafen können. Bisher habe sie die Hütte mit Yolanda geteilt, aber *ich bin bei Kolleginnen untergekommen, zwei, die sich besser kennenlernen wollen, wollen schließlich allein sein,* erklärt sie leicht errötend und bittet mich dann inständig, Yolanda nicht zu verraten, dass sie die Überraschung verdorben hat. Ich schwöre es ihr, und da sie mich schon mal zu Wort kommen lässt, nutze ich die

Gelegenheit, um gleich auch noch den Irrtum aufzuklären: Eigentlich wollte ich ja Sven besuchen, um über die Fortschritte meines Sohnes beim Schwimmen zu sprechen.

»Ah, jetzt verstehe ich! An und für sich wohnt er ja schon hier. Aber Yoli hat ihn heute Morgen gefragt, ob er mit ihr tauscht, weil die hier mehr ... Privatsphäre zulasse. Svens Hütte ist jetzt die sechste von hier aus.«

Ich bin ein Idiot. Ein Vollidiot. Bis gestern Abend hat Sven hier gewohnt. Yolanda wollte nur die Zeit, die wir miteinander verbringen, romantischer gestalten.

»Außerdem kann man in dieser hier nachts das Meer hören«, erklärt Carmen nun und deutet auf einen Bretterhaufen neben der Tür. »Sag, wo hättest du gern das Bett?«

Das ist ebenfalls neu. Bis vor ein paar Stunden gab es hier nur zwei schmale Betten, aber jetzt warten die Teile eines Doppelbetts darauf, aufgebaut zu werden. Ich zeige zum Fenster, von dem aus man am besten die Brandung hört, und helfe Carmen beim Aufstellen.

Dabei frage ich sie beiläufig, wie lange sie Yolanda schon kennt, worauf sie »Oh, erst ein paar Monate« erwidert, was sich aber so anhört, als würden sie schon das ganze Leben lang miteinander befreundet sein. Ich beneide sie: Es muss schön sein, ohne Argwohn durch die Welt zu gehen, ohne die ständige Furcht, dass ein Freund dich jeden Moment umbringen kann.

»Und jetzt geh«, bittet sie mich danach mit sanfter Stimme. »Wenn Yoli mitkriegt, dass du schon hier warst, bringt sie mich um.« Lächelnd schüttelt sie den Kopf. »Es hat sie echt schwer erwischt. Dabei lässt sie sich normalerweise nicht so schnell den Kopf verdrehen ...«

Verzeih mir, Yolanda.

Ich verabschiede mich verwirrt und gehe an den Hütten entlang, zähle bis sechs. Doch noch bevor ich an die Tür klopfe, stockt mir das Blut in den Adern. Drinnen vögeln ein Mann und eine Frau mit wildem Eifer. Gibt es auf diesem Campingplatz denn keine andere Beschäftigung?

Sofía.

Bitte, bitte lass es Sofía sein.

Es muss einfach Sofía sein.

Ich halte die Luft an, lausche angestrengt und versuche anhand des Stöhnens herauszufinden, wer die Frau ist, die hinter der Holzwand auf den Orgasmus zusteuert. Es ist wie das Spiel mit den weißen Blütenblättern der Margerite: Mit jedem Stöhnen ändere ich meine Meinung. *Es ist Yolanda ... sie ist es nicht ... sie ist es,* meine Fingerspitzen spüren noch ihre Haut, mein Mund schmeckt noch den Duft ihres Geschlechts, das spült keine Dusche so schnell fort, *sie ist es nicht,* wie ihr Körper sich vor Lust aufbäumte, als ich in ihr war, *sie ist es,* ihr Stöhnen, das ich mehr auf ihren Lippen zu sehen glaubte, als es zu hören, *sie ist es nicht,* das aber laut und deutlich zu vernehmen war und das ich immer noch höre, *sie ist es,* es klingt nach feurigem Blut und gleichzeitig hell wie vom Wind gepeitschtes Glas, *sie ist es nicht,* nach entfesselter, heißer Wollust, *sie ist es,* nach einem warmem Fluss, Lava und Jasmin, wie ein Erdbeben mit mehreren Stößen, *sie ist es nicht,* animalisch und heftig, ein Salto mortale von Wolke zu Wolke, *sie ist es ...*

In Polizeimanier hämmere ich gegen die Tür. Drinnen ist ein Fluch auf Schwedisch zu hören, das Stöhnen der Frau, die es ist oder vielleicht auch nicht, und dann taucht ein hochroter Sven im Türrahmen auf, das noch erigierte Geschlecht kaum hinter der Holztür verborgen.

Als er mich sieht, erschrickt er. Er und sein Schwanz, der augenblicklich erschlafft.

Durch den Türspalt blicke ich in einen Spiegel, in dem ein nackter Frauenkörper zu sehen ist. Nur die Oberschenkel und der Po. Das reicht nicht. Zwar kann man sich in einer einzigen Nacht unsterblich in eine Frau verlieben, aber da ist so viel kennenzulernen, dass man sich kaum an solche Details erinnern kann.

Sven steht da und sieht mich an. Nach dem ersten Schreck wartet er ab. Und ich rufe Juanito an, der mir sogleich zu Hilfe eilt.

»Ich ... vielleicht habe ich keinen guten Moment erwischt«, stammele ich. »Aber ich wollte ... ich wollte Ihnen dafür danken, dass Sie sich so um meinen Sohn kümmern.«

Er holt Luft. Alles in Ordnung: Er schöpft keinen Verdacht. Ein Satz und die Miene eines schüchternen Mannes genügen ihm, um sich wieder zu entspannen. Keine Ahnung, wo die FIRMA ihn herhat, aber er wird es in diesem Beruf nicht weit bringen.

Allerdings: Was hätte er in so einer Situation auch sonst tun sollen?

»Sich ganz normal verhalten«, hat mir die frühere Nummer Drei für solche Fälle geraten. »Nehmen wir einmal an, du hast auf der Toilette einer Cafeteria jemanden ins Jenseits befördert, okay? Gerade bist du dabei, ihn mit runtergelassenen Hosen auf die Kloschüssel zu setzen, damit die anderen Gäste erst mal glauben, der Typ hätte die Scheißerei, da kommt irgend so ein Depp rein und rüttelt an der Kabinentür. Wenn du einen Schreck kriegst, musst du den armen Trottel auch abknallen. Und wenn du zögerst, kommt er vielleicht auf die Idee, dass da etwas nicht stimmt, und holt in der Cafeteria Hilfe. Nein, in so einer Situation muss man einfach verärgert ›Besetzt!‹ schreien, so, als hätte er dich gerade mitten beim Scheißen unterbrochen. Darauf macht es sich der Kerl garantiert auf der am weitest entfernten Klobrille bequem, und falls er beim Rausgehen dann doch noch auf die Idee kommt, unter der Tür durchzusehen, wird er glauben, dass dein ›Kunde‹ immer noch kackt, während du längst über alle Berge bist.«

»Und wenn es nur eine Kabine gibt und er deshalb beschließt, vor der Tür zu warten?«

»Dann denk an Lektion zwei, mein Junge: Leg niemanden in einem Scheißhaus mit nur einer Kloschüssel um.«

Sven hatte jedenfalls keinen so hervorragenden Mentor wie ich. Wenn man in seiner eigenen Hütte und außerhalb der Arbeitszeit wegen einer Lappalie beim Vögeln unterbrochen wird, schlägt man dem Störenfried normalerweise die Tür vor der Nase zu. Eine Lektion, die der blonde Schwede anscheinend nicht gelernt hat. In seinem gebrochenen Spanisch erklärt er mir, dass Antonio sehr sportlich sei und nur etwas mehr Selbstvertrauen bräuchte, um alles zu erreichen, was er wolle. Und damit nicht genug: Schüchternen Kindern wie meinem Sohn tue FKK zudem sehr gut, weil es sie von Komplexen befreie. Sven doziert drauflos, als ginge es um sein Leben. Will er mit dem Geschwalle davon ablenken, dass er mit jemandem gevögelt hat, mit dem er das nicht sollte, und ich das unter keinen Umständen erfahren darf?

Die Frau wühlt jetzt in einer Handtasche, aber im Spiegel kann ich nur ihre Hand und die Tasche erkennen. Wie sah Yolandas Handtasche aus? Wie ihre linke Hand? Und was sucht sie? Zigaretten? Oder eine Waffe, falls Sven nicht verhindern kann, dass ich die Bude stürme?

Der Schwede quasselt nervös weiter. Er schwitzt, doch es ist nicht mehr derselbe Schweiß wie gerade eben, sondern kalter Angstschweiß, der ihm in dicken Tropfen auf der Stirn steht; er traut sich weder, die Tür zuzumachen, noch, sich umzudrehen, um zu sehen, was ich entdeckt habe.

Ich werde jetzt jedenfalls reingehen, ob er will oder nicht.

Ich krame in meiner Hosentasche nach dem Handy und rufe mir die Tastenkombination in Erinnerung, die die Metallklinge herausschnellen lässt, während ich im Spiegel beobachte, wie die Frau sich nach vorne beugt. Gleich werde ich ihr Gesicht sehen.

In diesem Moment vibriert mein Handy.

Ich blicke aufs Display. Eine unbekannte Nummer. Es ist völlig absurd, aber ich nehme das Gespräch an, obwohl das Sven einen Vorteil verschafft, falls er mich gleich angreifen will.

Die Stimme einer Frau. Yolanda. Erst vor ein paar Stunden, als sie nach Cartagena aufgebrochen ist, habe ich ihr meine Nummer gegeben.

»Ich vermisse dich, Juan. Ganz schrecklich. Kannst du sprechen, oder störe ich gerade?«

Ich zögere, bevor ich antworte, denn ich überlege fieberhaft. Sie spricht ziemlich laut. Wenn sie drinnen vom Bett aus spräche, müsste ich ihre Stimme auch gleichzeitig in der Hütte hören. Oder nicht?

»Juan?«, fragt sie.

Die Frau im Bett hat sich aufgesetzt.

Im Spiegel sehe ich ihr Gesicht.

Sofía hat sich eine Zigarette angesteckt.

»Ja«, antworte ich. »Ja, ich kann sprechen.«

Ich mache Sven gegenüber eine entschuldigende Geste, doch statt die Tür endlich zuzuknallen, bleibt er abwartend stehen.

»Ich wollte dir nur sagen, dass mit dem Geschäftsführer alles gut gegangen ist. Und dass ich mit einem Kollegen die Hütte getauscht habe, und in der steht jetzt ein Doppelbett ganz für uns allein! Ich wollte dich bei meiner Rückkehr eigentlich damit überraschen, aber ... ich bin hier so allein und ... ich überlege gerade, ob du das überhaupt willst ... vielleicht war das gestern Nacht und heute ja okay für dich, aber ...«

»Und ob ich will. Natürlich will ich!«

Sofía sieht mich im Spiegel an.

Und zwinkert mir zu.

Flüchtig klopfe ich Sven zum Abschied auf die Schulter und gehe dann mit federnden Schritten davon.

Es ist mir egal, wer er ist und was er jetzt denkt: Das Handy ans Ohr gepresst, will ich nur noch allein mit Yolanda sein, mit ihr schäkern und all die albernen Koseworte austauschen, die sich Leute sagen, wenn sie sich lieben und begehren.

In unserer Bucht atme ich tief ein.

Es riecht nach Meer.

Es riecht nach Yolanda.

Und auch wenn ich nicht weiß, was eigentlich vor sich geht: Das kann mir keiner mehr nehmen.

Nicht einmal, wenn sie mich umbringen.

18

Die nächtliche Brise trägt vereinzelte Geräusche zu uns in die Höhle, eine Welle, die ans Ufer klatscht, den Triumphschrei eines Kindes, das vermutlich eines der Spiele gewonnen hat, die man für die Kleinen nach dem Abendessen organisiert, Gitarrengeklimper. Ich weiß nicht, wie spät es ist, will es auch gar nicht wissen. Bis zum nächsten Tag, der mir Yolanda zurückbringt, ist es jedenfalls noch eine ganze Weile hin.

Wie viel haben Camilleri und ich getrunken?

Genug, um meine ganzen Zweifel für eine Weile zu vergessen und mich rundum wohl zu fühlen.

Zu viel, als dass ich noch die nötige Vorsicht walten lassen könnte, die bei meinem Beruf eigentlich unabdingbar ist. Aber der Professor erinnert mich einfach irgendwie an meinen Vater und hat zudem etwas von einem weisen Patriarchen, von dem man noch viel lernen kann.

Wir fingen im Restaurant mit dem Trinken an, und als der Kellner schließen wollte, erstanden wir für einen stolzen Preis eine Flasche Whisky und erbettelten zwei Gläser und einen Kübel voll Eis. Für die Entscheidung, gemeinsam zu unserem Refugium hinaufzusteigen, bedurfte es keiner Worte. Vielleicht weil wir schon seit Stunden übers Leben, die Literatur und das Kochen sprachen, über seine gastronomischen Träume und meine zweifelhafte Berufung zum Chirurgen, über Piraten und Frauen.

Natürlich über Frauen.

Ich erzählte ihm von Leticia, als hätte ich sie hintergangen und sie sei das Opfer eines Betrugs, der dem Betrüger nichts gebracht hat, erzählte ihm von der Zeit, als ihre Haut für mich noch wie eine Neonreklame war, die mir immer den richtigen Weg wies, deren Lichter jedoch eine nach der anderen ausgingen, als wir uns immer mehr auseinanderlebten.

Und Camilleri? Der Professor sprach mit Wehmut von einer gewissen Constanza, und das mal so anschaulich, dass ich schon glaubte, im Rauch unserer Zigaretten nach ihr greifen zu können, und dann wieder so, als sei sie eine frei erfundene literarische Figur, eine wundervolle Frau aus Papier und Tinte. Als ich ihn darauf hinwies, seufzte er.

»Das ist das Schlimme am Schriftstellerdasein, mein lieber Freund. Die Erinnerung in all ihrer herrlichen Unvollkommenheit verblasst im Laufe der Zeit, aber ein Schriftsteller versucht dem immer mit seinen Worten entgegenzuwirken. Denn wenn einem nichts mehr bleibt, hat man als Bettgenossinnen immer noch die Worte. Bücher sind wie ein übervölkerter Harem, in dessen Fluren das Begehren sich leicht verlaufen kann – oder gar im falschen Bett landet. Aber täuschen Sie sich nicht, mein lieber Juan: Manchmal nutzen einem nicht einmal mehr die Bücher etwas.«

Von da kamen wir, ich weiß nicht, wie, auf das Schreiben und Camilleris Theorie, dass jeder Mensch eine Geschichte zu erzählen hat, auch wenn er sie nicht aufzuschreiben weiß.

»Aber dafür gibt's ja Techniken«, sagte er, »und die kann jeder erlernen. Auch Sie, mein lieber Juan. Sie fühlten sich nämlich bestimmt schon einmal versucht, ihre eigene zu Papier zu bringen ...«

»Ich? Nicht dass ich wüsste.«

»Ach kommen Sie, Juan, ich habe schon so vielen Studenten auf den Zahn gefühlt, ich spüre genau, wenn jemand eine interessante Geschichte mit sich herumträgt. Das sehe ich den Leuten an: Fragen, Gewissheiten, Zweifel und hin und wieder auch Euphorie stehen ihnen ins Gesicht geschrieben. So wie Ihnen in den letzten Tagen.«

Genug Alkohol für die ganze Nacht. Und zu viel, um ihm eine Antwort schuldig zu bleiben oder mir irgendeine plausible Story ausdenken zu können. Folglich habe ich ihm meine Geschichte erzählt. So, als wäre sie der Stoff eines Romans. Mit allen Details, aber natürlich auch einigen notwendigen Änderungen, damit er nicht ahnt, dass sie wahr ist. Zumindest glaube ich das.

Camilleri sieht mich nun einen endlosen Augenblick lang an. Völlig verblüfft.

»Ihre Geschichte ist so absurd, dass sie zum Bestseller werden könnte, Juan. Ich meine, sie hat wirklich Potential. Einmal abgesehen von den offensichtlichen Parallelen zu Ihrem Leben: Wenn ich Psychologe wäre, was ich Gott sei Dank nicht bin, hätte ich einen Heidenspaß dran, die Übereinstimmungen herauszufinden. Wissen Sie noch, was ich vorhin über die Erinnerung und das Schreiben sagte? In der kritischen, mit unzähligen Zweifeln gespickten Lebensphase, in der Sie sich gerade befinden, überdenken Sie nicht, was mit Ihnen los ist, sondern schreiben eine Geschichte. Auch wenn Sie sie nicht wirklich niederschreiben, sondern sie nur in Ihrem Kopf existiert. Und darin findet sich alles wieder: Ihre Schuldgefühle, Ihre gescheiterte Ehe, die Distanz zu Ihren Kindern und sogar eine neue Liebe, durch die sich alles vielleicht noch zum Guten wendet. Alles andere, der Auftragskiller als Protagonist und der spannende Plot, dienen Ihnen dazu, die grau in grau gemalte Realität nicht zu nahe an sich rankommen zu lassen. Sie müssen diesen

Roman zu Papier bringen, mein Lieber! Wenn Sie möchten, helfe ich Ihnen dabei.«

»Ich kann die Geschichte nicht aufschreiben, Professor. Ich weiß noch gar nicht, wie sie endet.«

Wir trinken beide einen großen Schluck aus unseren Gläsern.

»Hm, das ist der heikle Punkt, mein lieber Juan. Nach allen Regeln der Kunst müsste Ihre Nummer Drei nämlich am Ende sterben.«

»Warum?«

»Weil er fünfzehn Menschen auf dem Gewissen hat. Dafür muss man in der Literatur immer büßen. Ja, wenn Ihr Killer ein richtiger Bösewicht wäre, das heißt eine negativ angelegte Nebenfigur, dann könnte er mit dem Leben davonkommen. Aber der Protagonist? ... Das riecht nach Showdown mit Leiche.«

Offenbar mache ich nach dieser Eröffnung einen ziemlich geknickten Eindruck, denn er lächelt mitleidsvoll. Doch plötzlich leuchten seine Augen auf.

»Obwohl ... wissen Sie was? Zum Teufel mit den Regeln unserer Zunft! Retten Sie ihn, finden Sie einen Ausweg und ein neues Leben für Ihren Protagonisten. Das sind Sie ihm schuldig, Juan, schließlich haben Sie ihn erschaffen.« Der Professor runzelt nachdenklich die Stirn. »Aber das muss sich natürlich aus der Handlung heraus entwickeln. In einem Roman geschieht nämlich alles immer aus einem ganz bestimmten Grund. Genau wie im wirklichen Leben. Nur dass man den Grund da für gewöhnlich nicht erfährt. Ein fiktionaler Text, und insbesondere so ein spannender Plot, wie Sie ihn sich gerade ausdenken, kommt hingegen nicht ohne Motiv aus. Darauf sollten wir uns bei der Frage nach den verdächtigen Personen konzentrieren: Also, wer könnte der Schuft sein, der dem Protagonisten die tödliche Falle gestellt hat?«

»Ich ... ich habe nicht die ... die leis... leiseste Ahnung, Camilleri«, stammele ich, nun schon ziemlich beschwipst.

»Wenn Sie bescheidene Hilfe für die Weiterentwicklung Ihres Plots annehmen wollen: Ich würde ihn unter den scheinbar völlig Unschuldigen suchen. Da sind oftmals die schlimmsten Verbrecher zu entdecken.«

»Spre-sprechen Sie bitte weiter, Professor.«

»Nun, da gibt es zum Beispiel diesen wiedergefundenen Freund, für dessen trauriges Schicksal Ihr Killer verantwortlich ist. Wer sagt Ihnen, dass dieser Freund nicht herausgefunden hat, wem er Augenklappe und Beinprothese verdankt? Oder wie wär's mit der Exfrau? Schließlich hat der Protagonist ihr jahrelang was vorgemacht. Vielleicht ist sie ihm auf die Schliche gekommen ...«

»Das finde ... das finde ich, mit Verlaub, völlig abwegig. Die FIRMA annonciert doch nicht in der Zeitung! Und Nummer Drei und seine Kollegen erledigen ihre Aufträge äußerst diskret. Nein, das ist viel ... komplizierter.«

»Und wenn es der Rich..., äh, ich meine, dieser großherzige Gerichtsarzt ist, der in Ihrem Roman der neue Freund Ihrer Frau ist? Bei solch moralisch integren Figuren rechnet man meistens am wenigsten damit ...«

»Ich weiß nicht ... ja, das ginge schon, aber in einem Roman muss es doch eigentlich auch eine durchweg positiv besetzte Figur geben, oder nicht?«

»Die Freundin. Die neue Freundin, Juan. Es sei denn – sie ist die Böse.«

Mit der Bestimmtheit eines scheinbar gnadenlos Betrunkenen erhebe ich vehement Einspruch. Was Camilleri mit einem lauten Lachen quittiert, in das ich glücklich einstimme. Ich schlage vor, aufzubrechen, aber er findet, wir sollten warten, bis wir wieder ein bisschen klarer im Kopf sind, und schwankt dann unter Hinweis auf seine Prostata aus der

Höhle. Ich tue es ihm gleich, und einen Augenblick später pinkeln wir wie zwei kleine Jungs kichernd einen am Rand des Plateaus wachsenden Strauch an.

»Es gibt noch eine Lösung, die vielleicht besser funktioniert«, sagt er, während wir auf unseren Stein in der Höhle zurückkehren. »Die FIRMA. Nummer Drei weiß fast nichts von der FIRMA, zumindest behauptet er das. Aber er hat eine steile Karriere hingelegt. Wie wär's, wenn das Ganze ein Test wäre, so eine Art unangekündigte Bewährungsprobe, weil sie ihn auf seine Zuverlässigkeit hin erproben wollen, sehen wollen, ob er es verdient, befördert zu werden?«

Als wir eine halbe Stunde später zum Campingplatz zurückkehren, komme ich zu dem Schluss, dass an Camilleris letzter Hypothese durchaus was dran sein könnte. Nummer Zwei ist zu so etwas fähig. Und noch zu viel mehr.

Aber ich will nicht weiter aufsteigen.

Und ich will auch nicht mehr so weitermachen wie bisher.

Für das Ende meines Romans wünsche ich mir ein Leben ohne Lügen. Und dass ich weiß, ob ich nun Juanito oder Nummer Drei bin. Ich will wissen, leben, lieben – auch wenn es weh tut oder ich beim Versuch, diese drei Verben zu konjugieren, draufgehe.

Es dürfte drei Uhr morgens sein. Auf dem Campingplatz schlafen alle. Ich habe Camilleri zu seinem Bungalow begleitet und drehe noch eine Runde.

Die Bucht ist ohne Yolanda ganz anders, auch wenn sich halb hinter den Felsen verborgen ein Pärchen liebt.

Ich habe nicht vor, herauszufinden, wer sie sind. Das ist mir gerade völlig egal.

Ich gehe ans andere Ende des Strands, ziehe mich aus und laufe ins Meer, das mich äußerlich von allem Schmutz und Schweiß befreit, mir aber auch enthüllt, wie schmutzig ich mich in meinem Innern fühle. Allmählich werde ich wieder nüchtern, aber die Leere in meiner Brust bleibt.

Yolanda. Nur sie kann sie vollkommen ausfüllen, Pore für Pore. Ich widme ihr drei spontan verfasste Gedichte, die ich ihr sicher nie vortragen werde, zwei davon sind ziemlich erotisch, aber trotzdem voller Zärtlichkeit. Bin ich gerade dabei, mich unsterblich zu verlieben, oder hat mein Schutzpanzer nur einen Riss bekommen? Die frühere Nummer Drei hatte recht mit seiner Grenze. Auch wenn er mindestens dreimal so viele Tote wie ich auf dem Konto hatte und erst gegen Ende eine gewisse Verbitterung durch seinen Zynismus durchzuhören war.

Yolanda. Sie ergreift Besitz von mir, schmuggelt sich in meinen Mund, als ich ihren Namen flüstere, vielleicht ja auch laut herausschreie, füllt die Leere in meiner Brust aus, dringt immer tiefer, bis in meinem Geschlecht die Wollust erwacht, die sicher die ganze Nacht nicht nachlassen wird. Jetzt ist es mir nicht mehr unangenehm oder peinlich, es ist ein Zeichen der Ehrerbietung, so wie sie es auch bezeichnen würde, und mit dem Rest Whisky in der Flasche stoßen wir, mein Schwanz und ich, ausgestreckt am Strand auf Yolandas Rückkehr an, mit all den Fragen und Zweifeln, die das mit sich bringt.

Nicht einmal das kalte Meerwasser, das den Sand fortspült, mit dem mein Körper paniert war, hat meine Begierde zu zügeln vermocht. Während ich nackt zu meinem Zelt gehe, trage ich sie wie eine brennende Kerze vor mir her, würdige so den ersten Geburtstag eines Bewusstseins, das irgendwo in mir geschlummert hat. Nicht dass schon ein Jahr vergangen wäre – die Zeit verliert nur einfach ihre Bedeutung, wenn man endlich wieder etwas fühlt, und ich muss feiern, dass hier und jetzt alles vorbei ist.

Zum Teufel mit der Nummer Zwei.

Zum Teufel mit der FIRMA.

Ich steige aus.

Sie werden mich nicht daran hindern. Gleich am Anfang wollte ich von der alten Nummer Drei nämlich wissen, ob die FIRMA das mit dem Ruhestand so handhabt, wie ich es in den Filmen gesehen hatte, in denen man in einer Holzkiste rausgetragen wird. Die Frage hatte ich nur aus reiner Neugier gestellt, denn die Zukunft interessierte mich damals nicht, ich dachte nicht nach.

»Natürlich nicht, mein Junge«, hatte er geantwortet und schallend gelacht. »Wenn ich die Schnauze voll habe, höre ich auf, und basta. So einfach ist das.«

Wenn ich es mir recht überlege, hat die frühere Nummer Drei den Job allerdings nicht einfach so an den Nagel gehängt.

Ich habe ihn umgebracht.

Auf Befehl der FIRMA.

Aber das hat bestimmt einen anderen Grund gehabt, wenn ich auch nicht weiß, welchen.

Es muss wegen etwas anderem gewesen sein.

Wegen etwas völlig anderem.

Bitte, es muss einfach einen anderen Grund gehabt haben.

Schließlich war er sich immer so sicher gewesen.

»Sie werden es nicht wagen, mich fertigzumachen, mein Junge. Und dich auch nicht«, erklärte er immer, wenn das Thema zur Sprache kam. Man konnte ihn für ein Großmaul halten, aber das war er nicht: Er wusste, dass die FIRMA so was nicht tat; ich habe ihn mehr als einmal danach gefragt. Oder er begann selbst davon und gab mir zum Schluss immer denselben Rat:

»Benutz zuerst deinen Kopf, dann die Fäuste, und erst wenn alles nichts nützt, deine Eier.«

Und genau so werde ich es machen. Wer auch immer hinter dem Ganzen steckt, wer glaubt, mich verwirren zu können, wer denkt, er hätte mich in der Hand, der wird mich noch kennenlernen!

Bei meinem Zelt rauche ich noch eine letzte Zigarette vor dem Schlafengehen. Yolanda ist überall, an meinem Geschlecht, in der Luft ... Ich überlege, ob ich mir selbst einen runterholen soll, verwerfe den Gedanken jedoch gleich wieder, weil es mir wie ein Verrat an Yolanda vorkäme. Dieses Feuer in meinen Lenden gehört ihr, und ich muss es für sie bewahren, bis sie wieder da ist. Alles andere kann warten, die Erinnerung an sie nicht. Und Camilleri kann sagen, was er will: Das, was mir von ihr noch an den Fingerspitzen klebt, lässt sich mit Worten nicht noch schöner machen. Das Glück, in Aquarellfarben gemalt und mit unserem Stöhnen getrocknet, all das ist so neu und gleichzeitig so alt, dass ich wie ein zum ersten Mal verliebter Teenager selig schlafen werde, den steifen Schwanz anklagend gen Himmel gerichtet, weil der es mir verwehrt, sie hier und jetzt zu besitzen.

Doch was ist das? Als ich ins Zelt krieche, empfangen mich die Hände und die Zunge einer nackten Frau. Bin ich noch betrunkener, als ich dachte? Oder schenkt mir meine Fantasie einen Ersatz für die, die ich mir so sehr herbeisehne? Während ihr Mund mein Geschlecht umfängt, lobpreise ich meinen Rausch oder den sich so wundersam erfüllenden Wunschtraum, dem ich mich wohlig überlasse.

Aber es ist nicht Yolanda. Wir haben nur eine Nacht und eine Siesta miteinander verbracht, und dennoch weiß ich, dass sie es nicht ist, all meine Zweifel vom Nachmittag vor Svens Hütte verflüchtigen sich. Nur: wer ist es dann? Ich will mich aufrichten, doch sie bemerkt es und wird noch schneller.

Meine Augen haben sich inzwischen jedoch an die Dunkelheit gewöhnt, sodass ich sie endlich erkenne.

»Leticia«, murmele ich, »hör auf.«

Aber sie hört nicht auf.

»Leticia«, flehe ich noch einmal, denn ich bin kurz davor, ihrer Laune nachzugeben, die Wollust ist blind und Zärtlichkeiten sind es ebenfalls. »Ich liebe dich nicht mehr. Es tut mir leid, aber so ist es nun mal. Du kannst mir einen blasen, bis ich komme – aber dadurch wird sich nichts ändern.«

Da hält sie inne. Das heißt, eigentlich verlangsamt sie nur das Tempo, so, als überlege sie – und macht dann noch wilder weiter.

»Leticia«, keuche ich, »es ist vorbei ... Du willst ... dir nur etwas beweisen ... Aber ich bin der Falsche ... Schenk den Blowjob Gaspar ... Er liebt dich wirklich!«

Endlich hört sie auf. Langsam gibt sie meinen Schwanz frei und sieht mich dabei unentwegt an. Sie ist mir so nah, dass ein Zögern meinerseits genügen würde, damit sie weitermacht. Ich zögere jedoch nicht, sondern rücke von ihr ab, wenn auch ohne Eile. Da lässt sie den Kopf auf meine Beine sinken und beginnt leise zu weinen. Ich streichele ihr sanft übers Haar.

»Bist du dir sicher?«, fragt sie, als sie sich etwas gefangen hat.

»Ja. Und du?«

»Ich ... ich weiß nicht. In den letzten Tagen warst du wieder so wie damals, als wir ...«

»... noch anders waren, Leticia. Wir haben uns aber verändert.«

Das macht sie wieder etwas selbstsicherer. Sie richtet sich auf und ordnet sich noch schnell das Haar, bevor sie den Reißverschluss aufzieht.

»Ich hoffe, diesmal hast du den Mut, glücklich zu sein, Juan«, sagt sie noch, und dann ist sie verschwunden.

Das hoffe ich auch.

Auf dumme Weise stolz und berauscht von der Sehnsucht nach einer Frau, die einen anderen Namen trägt als den meiner Ex, will ich dann nur noch schlafen. Ich schaffe es gerade noch, den Reißverschluss hochzuziehen, und schon fallen mir die Augen zu.

Jetzt ist es wirklich ein Traum. Und Yolanda ist da. Ihre Finger berühren meine Haut. Sie streichelt mich. Leckt mich. Ich versuche es ihr gleichzutun, doch bin ich irgendwie viel zu müde, und die Yolanda meines Traums hält mich auch sanft davon ab. Sie hat die Führung übernommen, und mehr als ich sie sehe, spüre ich sie, ihren Mund an meinem Geschlecht, es ist eine andere Hitze als vorhin, die mein Blut in Wallung bringt und mich schweben lässt, schwerelos wie im warmen Wasser des Toten Meeres, es ist, als wolle sie sie Millimeter für Millimeter erkunden, sich ihrer bemächtigen und ihre Temperatur allein nach ihrem Belieben ansteigen lassen. Die Yolanda meines Traums macht weiter, immer weiter, gönnt sich keine Pause, doch in ihrer Entschlossenheit liegt etwas anderes als Leticias verzweifelter, gekränkter Stolz, da sind Leidenschaft und Gier, sie dürstet nach mir, sodass ich ihr vor Lust zuckend zu trinken gebe, gesegnet seien die Träume, die sämtliche Mauern niederreißen, gesegnet der Mund, der trinkt und trinkt, während ich allmählich wieder ruhiger werde und vom lichten Traum ihrer Lippen in jenen anderen Traum hinübergleite, das süße Nichts, aus dessen Tiefen ich nur noch höre, wie die Yolanda meines Traums meinen Namen flüstert.

Irgendwann im Morgengrauen schrecke ich aus meinen Träumen hoch. Yolanda schläft nackt neben mir, wirklicher als alles, was ich bisher erlebt habe.

Und doch kommt es mir immer noch wie ein Traum vor.

19

Ein außergewöhnliches Geräusch. Und ein anderes, das irgendwie fehlt. Das ist es, was mich gegen halb neun geweckt hat.

Eines fehlt bei den trivialen, für einen Campingplatz typischen Geräuschen, draußen vor dem Zelt, wo um diese Uhrzeit normalerweise die Frühaufsteher Jagd auf die ersten Sonnenstrahlen machen.

Eines gehört aber auch nicht dazu. Und ich könnte schwören, dass es mit meinem Beruf zu tun hat. Nicht alles bekommt man beigebracht. Manches nimmt man mit der Zeit auch einfach mit den Sinnen auf. Es legt sich in dünnen Schichten über das erlernte Wissen und lässt einen intuitiv die untrüglichen Vorzeichen erkennen.

Es besteht keine akute Gefahr. Möglicherweise ist aber Gefahr im Verzug.

Das hat mich vor nun schon fast einer Stunde geweckt. Yolanda schlief nackt neben mir, eng an mich geschmiegt. Ein Geräusch zu viel und ein Geräusch, das fehlt – doch Yolandas Atem erfüllte das Zelt, beschwingte mein Geschlecht und meinen eigenen Atem, und als sie dann noch verschlafen meinen Namen murmelte, blieb kein Raum mehr für die Wahrnehmung überflüssiger oder fehlender Geräusche.

Ich sah sie an – und sie gefiel mir noch viel mehr als am Tag zuvor. Sie machte die Augen auf. *Hallo, mein Märchen-*

prinz. Ein Geräusch zu viel. *Guten Morgen, Dornröschen*. Sie lächelte und wir umarmten uns, erzählten uns zwischen Küssen die Neuigkeiten, sie fragte nach dem Verband auf meinem Auge, *ein dummer Zusammenstoß mit einem Ast*, ein Geräusch zu wenig, *man kann dich echt nicht allein lassen*, wir küssten uns, *dann bleib eben bei mir*, noch einmal das Geräusch, welches auch immer, aber schon weit weg, *tut mir leid, dass ich dich heute Nacht geweckt habe, aber du sahst einfach so süß aus*, Kuss, *du hast geschlafen wie ein Baby*, Kuss, *ein Baby mit einem Ständer*, Kuss, *da konnte ich einfach nicht widerstehen*, Kuss, *gib der Verlockung ruhig nach*, Kuss. Das fehlende und das überflüssige Geräusch bedeutete ein und dasselbe, nur was?

Mit dem Geschäftsführer war alles glattgegangen. Yolandas beflissener Chef hatte ihm gegenüber weder meine Ex noch die Kinder erwähnt, nur unsere Liebesgeschichte und die Überraschung, die ich Yolanda bereiten wollte, und so hatte der Boss nichts gegen die Liaison seiner Angestellten einzuwenden gehabt. Solange wir tagsüber Distanz wahrten, gehörte die Nacht uns, *so viele Nächte du willst*, sollten die zusätzlichen und fehlenden Geräusche doch warten, *ich will sie alle!* Und dann nur noch Sex und unsere Geschlechter, die sich im Takt mit dem Herz meines Zeltes bewegten, was alle anderen Geräusche verdrängte.

Danach die wohltuende Ruhe nach dem Sturm. Wir umarmten uns. Können die Zärtlichkeiten danach noch erregender sein als der Aufruhr davor? Durchaus. Aber dann plötzlich Hektik, *ich will heute nicht zu spät kommen*, ein paar schnelle Küsse als Proviant, *meinst du, du kannst während der Siesta in meine Hütte kommen?*, der Duft unserer Geschlechter für meine Sinne so angenehm wie eine weiche Matratze, langsam kehrten die Geräusche zurück, *klar komme ich*, Küsse, während sie sich anzog, *bleib noch ein Weilchen liegen*, noch mehr Küsse bis zum Zeltausgang, wo sie den Reißverschluss hochzog, der uns von der Welt und ihren Geräuschen isolierte, der flüchtige Anblick ihrer Beine, der die Begierde jäh wieder entfachte, der letzte, noch ausstehende Kuss – und dann war Yolanda verschwunden, und mit dem Reißverschluss senkte sich hinter ihr der Vorhang.

Das war vor fünfzehn Minuten.

Und auf einmal dämmert mir, woher ich die beiden Geräusche kenne: das, das zu viel ist, und das, das fehlt.

Und sie bedeuten ein und dasselbe.

In den letzten acht Jahren habe ich sie Dutzende Male wahrgenommen, vielleicht sogar noch öfter, und davor sicher auch ab und zu, obwohl ich sie wie die meisten Leute damals noch nicht zu deuten wusste: diese Stille, nachdem eine Nachricht wie ein Blitz eingeschlagen hat, ein Blitz, der einen zwar nicht selbst getroffen, aber so nah niedergegangen ist, dass einem vor Entsetzen das Blut in den Adern gefriert; dieses kaum wahrnehmbare Gemurmel, das noch keine Beine hat, um sich wie ein Lauffeuer zu verbreiten; dieses Schweigen, das nur von vorsichtig angedeuteten Spekulationen durchbrochen wird; dieser Klang einer dunklen, vagen Furcht: Dies alles bildet den Soundtrack zu dem angeblichen oder tatsächlichen Fund einer Leiche.

Wenn die breite Masse etwas mit Bestimmtheit weiß, redet sie darüber. Wenn sie noch keinen konkreten Anhaltspunkt hat, ihr aber nichts Gutes schwant, senkt sie die Stimme, dämpft die alltäglichen Geräusche und wartet ab, bis sich ihr die Gelegenheit bietet, ihre Version des Geschehens kundzutun und Kommentare abzugeben wie *Wer hätte das gedacht?* oder *Der war mir ja schon immer suspekt* oder *Der Mensch denkt, und Gott lenkt.*

Das Gemurmel, das mich draußen erwartet, und die Stille, die die üblichen Morgengeräusche schluckt, bilden die Vorder- und Rückseite derselben Medaille, auf der hinten wie vorne groß R.I.P. steht.

Als ich den Reißverschluss hochziehe, sehe ich drei Streifenwagen.

Und zwischen all den Uniformierten – Kommissar Arregui.

Dummerweise bin ich kurz stolz darauf, mit meiner Vermutung richtiggelegen zu haben. Dabei hätte ich mich tausendmal lieber geirrt.

Wie weit sie wohl mit ihren Ermittlungen sind? Ich habe keine Ahnung, aber alles deutet darauf hin, dass sie die Situation noch nicht unter Kontrolle haben. Yolandas übereifriger Chef steht jedenfalls kurz vor einem Nervenzusammenbruch.

Wer ist der Tote?

Ich fürchte ja, dass der Richter dran glauben musste und sich letztlich alles auf ein sommerliches Versagen in der Verwaltung zurückführen lässt: Wahrscheinlich hätte anfangs ich ihn umbringen sollen, dann aber entdeckten sie meine Beziehung zu Leticia und beschlossen, jemand anders damit zu beauftragen, und das weit weg von meinem Urlaubsdomizil, damit ich nicht in die Sache verwickelt würde. Auftrag erledigt, Name auf der Abschussliste abgehakt, so einfach ist unser Job. Nur: Warum macht es mich dann so traurig? Es ist schließlich nicht das erste Mal, dass ich einen »Kunden« gekannt habe. Habe ich mich schon so verändert?

Noch bleiben mir die Reflexe.

Als Erstes solle ich meinen Kopf benutzen, riet mir die alte Nummer Drei immer.

Also schlendere ich wie ein ganz gewöhnlicher Camper zur Cafeteria, von wo aus ich den Polizisten bei der Arbeit zusehen will. Arregui hat mich zum Glück noch nicht entdeckt, was mir ganz recht ist.

Bestimmt erkennt er mich wieder. Als wir uns vor vier Jahren zum ersten Mal begegnet sind, war ich ein blonder Engländer und ein potentieller Zeuge der schlimmsten Sorte: Einer, der nichts gesehen hat. Ich behauptete, John Chambers zu heißen, und sprach ein so schlechtes Spanisch, dass Arregui für die Befragung auf seine paar kläglichen Brocken Englisch zurückgreifen musste. Er tat das ganz freundlich und ohne jeden Argwohn, mit der Miene eines Beamten, der die Formalitäten abhaken will, um rasch in die Stammkneipe zu seinem Feierabendbier zu kommen.

Er war gefährlich, dieser Arregui. Das spürte ich sofort. Damals behandelte er mich als das, was ich war: eine Tagungsbekanntschaft des Toten, nur mit ihm verbunden, weil wir beim Essen am selben Tisch saßen und zufällig Zimmernachbarn waren. Der arme Kerl hatte wirklich Pech gehabt; wer vermutet schon eine seltene afrikanische Spinne in den bis zur Decke mit Teppichen ausgelegten Fluren eines Madrider Luxushotels? Noch dazu eine Giftspinne, deren Biss binnen einer Stunde zum plötzlichen Tod führt?

»*Very strange*«, murmelte Arregui damals in seinem fehlerhaften Englisch. »In Spanien kommen solche Spinnen eigentlich überhaupt nicht vor. Zumindest bisher nicht. Offenbar haben ein paar Idioten sie aber eingeschmuggelt und an noch größere Idioten verkauft, denen sie entwischt ist. *Really strange.*«

So seltsam war das allerdings auch wieder nicht: Wie mir die frühere Nummer Drei damals erzählte, hatte unsere FIRMA genau dieses Gerücht in die Welt gesetzt, um das tödliche Gift von Zeit zu Zeit einsetzen zu können – dasselbe, mit dem ich im Louvre den Bewunderer der ›Mona Lisa‹ getötet hatte.

Arregui gab sich damit jedoch nicht zufrieden und wollte absurde Dinge von mir wissen, etwa ob der Tote, der ein revolutionäres, für alle Welt erschwingliches Betriebssystem entwickelt hatte, ein wahres Informatik-Genie, mir gegenüber von irgendwelchen persönlichen Feinden gesprochen hatte. Danach schien er die ganze Angelegenheit aber schnell zu vergessen und lud mich sogar noch auf einen Kaffee in die Bar des Hotels ein.

Er vergaß sie nicht.

Der Anlass für unser zweites Aufeinandertreffen war nämlich ebenfalls eine Spinne. Das war vor zwei Jahren, in der Madrider Zentrale eines multinationalen Pharmakonzerns, und ich war Juanito Pérez Pérez und verabschiedete mich gerade auf der Chefetage vom Vertriebsleiter, als der Generaldirektor zehn Meter weiter mitten auf dem Flur zusammenbrach und augenblicklich mausetot war. Damals bestätigte sich, dass Kommissar Arregui wirklich nicht dumm war. Während ich mich insgeheim noch dazu beglückwünschte, eine Stunde vorher die Giftampulle und die Nadel, mit der ich den Generaldirektor auf der Toilette beim gemeinsamen Griff zum Seifenspender gestreift hatte, im Klobecken hinuntergespült zu haben, nahm ich mir vor, mehr über Arregui herauszufinden.

Ich sollte ihn schon vier Tage später wiedersehen, als er mich ein zweites Mal um die genaue Schilderung meines Besuchs in dem Konzern bat, insbesondere die Minuten nach dem Aufschrei des Generaldirektors und seinem Sturz, er wäre dankbar für jedes noch so kleine Detail, an das ich mich erinnern könnte ...

»Seltsam, Señor Pérez, wirklich seltsam«, sagte er damals zu mir. »Wissen Sie, er starb am Biss einer afrikanischen Giftspinne. Und seit zwei Jahren fahnde ich nach exakt dieser besonderen Spezies. Ich befrage Zoohändler und Zollfahnder, setze allen uns bekannten illegalen Tierimporteuren zu, löchere Kollegen im ganzen Land, ob bei ihnen eine Anzeige eingegangen ist, die beweist, dass sie nach Spanien eingeschmuggelt worden sind ... Fehlanzeige. Niemand hat je auch nur ein einziges Exemplar gesehen. Und doch sterben reihenweise Leute an ihrem tödlichen Biss. Und zwar nur wichtige Leute. Nie ein armes Schwein, ein andalusischer Landarbeiter oder ein Sonntagsausflügler. Ausschließlich VIPs. Wirklich wählerisch, diese Spinnen.«

Daraufhin entschied man sich in der Firma dafür, diese Methode aus unserem Katalog zu streichen. Das hatte mir die alte Nummer Drei glaubhaft versichert.

Und jetzt, genau zwei Jahre später, läuft mir Arregui wieder über den Weg. Er wird sich an Juanito erinnern. Da bin ich mir sicher. Dieser Kommissar gehört zu den gefährlichen Ermittlern.

War es ein Fehler, ihn damals nicht umzubringen? Vielleicht. Falls man den Verdacht hat, dass jemand einem auf die Schliche kommt, darf man ihn nur umlegen, wenn die Firma das auch erlaubt. Aber natürlich kann man es auch hinter ihrem Rücken machen; die alte Nummer Drei hatte das hin und wieder getan, wenn es ihm zu brenzlig wurde. Aber ich konnte mich einfach nicht dazu durchringen. Zwar beschattete ich Arregui vorsichtshalber und erforschte seine Gewohnheiten, doch ließ ich ihn leben. Denn irgendwie schloss ich ihn in mein Herz.

Er war schon ein komischer Kauz. Eine Mischung aus Schläger und feinsinnigem Poeten, den seine Vorgesetzten nur duldeten, weil er mehr Verdienstorden hatte als jeder General. Als vielversprechender junger Polizist war er Mitte der 70er Jahre in die Universität eingeschleust worden, um subversive Elemente unter den Studenten aufzuspüren. Er spielte seine Rolle als Student der Geisteswissenschaften so gut, dass er während seines Studiums fast niemanden verpfiff und mit *summa cum laude* abschloss. Das letzte Mal, dass ich ihn beschatten ließ, gab er neben seinem Polizistenjob Literaturkurse an einer Privatuni und bot in einem Arbeiterviertel kostenlose Schreibwerkstätten und Boxunterricht für Jugendliche an, um sie so auf den rechten Weg zurückzuführen.

Ein wirklich komischer Kauz, dieser Arregui. Angeblich hat er immer eine Goldmünze mit dem spanischen Wappen und einen Zettel mit einem Codewort und einer Telefonnummer in der Hosentasche. Man munkelt nämlich, dass er einmal ganz allein den König vor dem sicheren Tod gerettet hat. Der König war nicht dort, wo er eigentlich hätte sein sollen, und Arregui wusste das. Die ETA hatte dem Monarchen eine Falle gestellt. Er legte drei Typen um, packte den König in sein Auto und brachte ihn zurück in den Palacio de la Zarzuela. Wenn sie ihn bisher noch nicht abgesägt haben, dann auch wegen dieser Goldmünze und des Zettels.

Bei meiner letzten Überprüfung hatte einer seiner Chefs gerade ein Disziplinarverfahren gegen ihn eingeleitet, weil er ihm die Nase gebrochen hatte. Es war nicht das erste Mal – und garantiert auch nicht das letzte. Der Kommissar ist nämlich ein Top-Ermittler, der schon oft hohen Tieren auf die Zehen getreten ist. Doch immer, wenn es so ausgesehen hat, als würden die Geier sich endlich über seine sterblichen Überreste hermachen können, hat Arregui noch einmal eine Volte geschlagen und einen spektakulären Ermittlungserfolg hingelegt, für den er viel Presse und einen weiteren Orden bekam. So ist er unverletzlich geblieben – zumindest fast.

Deshalb bin ich wohl auch überrascht, dass er noch nicht den Hut genommen hat. Obwohl ... vielleicht ist er es einfach müde, immer gegen den Strom zu schwimmen, hat sich gesagt, was soll's, und macht nun Dienst nach Vorschrift und muckt nicht mehr auf.

Ein komischer Kauz, dieser Arregui. Er hätte es weit bringen können. Aber vor rund eineinhalb Jahren warf ihn etwas aus der Bahn. Etwas Privates.

Er war frisch von ihr getrennt. Sie hatten sich gestritten, weil er sich weigerte, seinen Job bei den Bullen aufzugeben, und immer wieder ein viel zu hohes Risiko einging für ein Rechtssystem, das seinem Gerechtigkeitssinn eigentlich zuwiderlief. Das hat sie mir selbst erzählt, als wir bei unserem dritten Rendezvous im Bett landeten, nachdem ich bei den beiden Malen davor die ganze Show des zufälligen Kennenlernens, augenblicklichen Hingezogenfühlens und der glühenden Leidenschaft abgezogen hatte.

Unsere Liebesgeschichte dauerte zwei Monate. Anfangs redete ich mir ja noch ein, ich wäre nur mit ihr zusammen, um mehr über den argwöhnischen Kommissar herauszufinden. Aber schon bald musste ich mir eingestehen, dass meine Ehe mit Leticia kaputt und Claudia meine Chance war, ich selbst zu sein, auch wenn ich damals noch gar nicht wusste, wer ich wirklich bin.

Claudia ... seit bald zwei Jahren versuche ich nun schon ihren Namen zu vergessen. Sie war eine ganz besondere Frau, intelligent und voller Temperament und Leidenschaft, die sich mit aller Kraft an diese neue Liebe klammerte. So wie ich auch. Bei ihr war ich weder der schüchterne Juanito noch die schillernde Nummer Drei: Ich war einfach nur ich, wie ich es danach nie wieder gewesen bin – bis gestern. Genau wie jetzt bei Yolanda begann sich damals etwas tief in meinem Innersten zu regen, etwas, das nur ganz, ganz wenige Menschen in einem wachrufen können.

Es hatte keine Zeit, sich zu entfalten.

Womöglich waren es die beiden letzten Junkies in diesem Madrid, in dem man inzwischen nur noch Koks und Speed konsumiert. Es geschah am frühen Abend. Die beiden waren auf Turkey. Claudia wurde von ihnen umgebracht. Wegen ihrer Handtasche.

Auf ihrer Beerdigung konnte mich Kommissar Arregui nicht sehen, ich stand hinter einem Baum, doch sprach ich ihm mein Beileid aus und entschuldigte mich bei ihm.

Denn wenn ich dabei gewesen wäre, wäre sie noch am Leben.

Das habe ich der früheren Nummer Drei nie erzählt. Wahrscheinlich, weil ich Angst hatte, er würde Arregui höchstpersönlich umbringen. Er hat mich immer beschützt, der Alte.

Ein komischer Kauz, dieser Kommissar. Bis vor ein paar Monaten bin ich ihm immer mal wieder unauffällig gefolgt. Das tue ich manchmal, Leute beobachten, als sähe ich sie in einem Film, ja ich habe das sogar schon getan, bevor ich zur FIRMA kam. Für mich ist das wie ins Kino gehen, eine Art Freizeitbeschäftigung.

So habe ich Arreguis kleines Geheimnis entdeckt. Nichts Spektakuläres. Aber die Berichte des Detektivs, den ich unter falschem Namen engagiert hatte, um ihn nach Dienstschluss zu observieren, enthielten einen Fehler. Darin stand, der Kommissar sei ein rechtschaffener, von vielen geschätzter Mensch, der jedoch Stammkunde in einigen Sexshops sei. Der Detektiv irrte sich. Arregui hat nämlich wie jeder Ermittler ein Ritual, wenn er Indizien kombinieren und den Tathergang rekonstruieren muss: Er sieht sich Pornofilme an. Das weiß ich, weil wir mehr als einmal in benachbarten Kabinen waren. Keine Ahnung, ob es ihn nicht erregt, was er da sieht, jedenfalls geht er mit versonnener Miene wieder hinaus, als hätte er vor der Leinwand mit gestellten Ficks das gefunden, was Sherlock Holmes immer beim Geigenspiel und Kokaingenuss entdeckt hat. Ein wirklich komischer Kauz, dieser Arregui.

Seit ich beschlossen habe, ihn nicht umzubringen, denke ich oft an ihn.

Ich hätte ihn gern zum Freund.

Wenn ich nicht ich wäre, sondern ein anderer.

Der Tote ist jedenfalls nicht der Richter, so viel steht fest. In der Cafeteria frühstückt Leticia mit den Kindern voller Gelassenheit. Als sie mich kommen sieht, wird sie wegen ihres nächtlichen Fauxpas kurz rot, gewinnt aber ihr Selbstvertrauen gleich wieder zurück. Sie habe gerade mit Gaspar telefoniert, erklärt sie, als ich an ihren Tisch trete, er komme kurz vor dem Mittagessen zurück.

»Wir haben auch über deinen Urlaub gesprochen, Juan, und er meinte, er unternehme gern mal was mit den Kindern.«

Dabei hat sie mit dem Kinn auf meinen »Urlaub« gedeutet: Draußen läuft gerade Yolanda vorbei. Seit wann bin ich für meine Ex Juan und nicht mehr Juanito? Leticias Augen wirken jedenfalls friedlich. Oder ist es Entschlossenheit, die ich darin sehe? Hat Camilleri recht? Kann es sein, dass sie meinen Tod in Auftrag gegeben hat? Nein, das kann ich nicht glauben. Und ich will es auch nicht glauben. Obwohl sie mehr Grund als jeder andere dazu hätte und ihr berühmter Vater die nötigen Kontakte und Mittel, um zum Auftraggeber meiner FIRMA zu werden.

Der alte Professor winkt mich mit verschwörerischer Miene zu sich an den Tisch.

»Guten Morgen, mein lieber Freund. Ist das nicht wunderbar? Ein Toter. Genau das, was Ihrem Plot noch gefehlt hat«, flüstert er mit schriftstellerischem Eifer. »So beginnen viele meiner Romane: mit jemandem, der völlig unerwartet gestorben ist, was sich im Laufe der Handlung aber als gar nicht so überraschend herausstellen wird. Vergessen Sie nicht, was ich Ihnen gestern Nacht erklärt habe, Juan: In einem Roman gibt es für alles einen Grund, kein Tod geschieht zufällig.«

In diesem Moment tippt mir Yolanda auf die Schultern und zieht mich mit einem entschuldigenden Lächeln für den Professor hinüber zu einem Tisch, auf dem zwei dampfende Tassen Kaffee ein gemeinsames Frühstück verheißen.

Sie ist schöner als jede TV-Moderatorin. Und noch dazu tüchtiger: Sie ist auf dem neuesten Stand. Auch wenn sie mir natürlich einen anderen Namen zuraunt, weiß ich, wer der Tote ist. Die Beschreibung genügt. Er wurde vor der Tür seines Wohnwagens gefunden.

Ohne sichtbare Verletzungen.

Es ist Nummer Dreizehn.

»Anscheinend hat der Gerichtsmediziner bei der ersten Untersuchung eine rote Stelle an seiner Hand gefunden. Als hätte ihn ein ganz kleines Tier gebissen.« Sie hält inne und schüttelt verwundert den Kopf. »Juan, hörst du mir überhaupt zu? Wenn du noch mehr Zucker in deinen Kaffee kippst, bleibt der Löffel gleich senkrecht drin stecken.«

Sieben Löffel. Trotzdem schmeckt der Kaffee bitter. Sehr bitter.

Als ich die Tasse abstelle, fällt mein Blick auf Camilleri, der mit dem Frühstück fertig ist und mir zum Abschied zuzwinkert. Gott sei Dank kam Nummer Dreizehn letzte Nacht nicht in dem »Roman« vor, den ich ihm in der Höhle erzählt habe. Ich will schon erleichtert aufatmen, runzele dann aber die Stirn. Und wenn ich es in meinem Suff doch ...?

Yolanda ist inzwischen auch aufgestanden und erinnert mich noch einmal an unsere Siesta-Verabredung, bevor sie geht. Ihr Lächeln zum Abschied ist eine erneute Verheißung.

Ich brauche noch mehr Kaffee. Mich quält kein Kater, sondern ein Haufen Fragen.

Eigentlich wollte *ich* Nummer Dreizehn heute umbringen. Und zwar so, dass es ganz nach einem Unfall aussieht. Jemand ist mir zuvorgekommen. Und der Biss weist ganz auf meine FIRMA hin. Die Sache wird immer vertrackter ...

»Die Sache wird immer vertrackter«, sagt Arregui, als er sich auf den Stuhl setzt, auf dem bis vor einer Minute noch Yolanda saß. »Offenbar werden Sie von seltsamen Geisterspinnen verfolgt, Señor Pérez.«

Er hat recht.

In diesem Moment fühlt es sich an, als krabbelten mir eine Horde kleiner, wild gewordener Spinnen über den Rücken, auf der Suche nach der besten Stelle für den tödlichen Biss.

20

»Kannten Sie den Toten?«

Arregui wirkt imposanter, als ich ihn in Erinnerung habe. Vielleicht komme ich mir aber auch nur kleiner vor.

»Ich glaube nicht, Kommissar. Ich bin erst seit zwei Tagen hier, da kennt man noch so gut wie keine Leute.«

»Schwindeln Sie da nicht ein bisschen, Señor Pérez? Nach meinen Informationen haben Sie hier zumindest schon eine interessante Bekannte.«

Er ist schnell, dieser Arregui. Sicher hat er sich die Anmeldeformulare des Campingplatzes geben lassen. Und mein Allerweltsname klingt nun mal einfach wie ein Deckname. Ein paar geschickte Fragen, und Yolandas beflissener Chef hat ihm bestimmt meine ganze Liebesgeschichte erzählt. Was tun? Wenn ich Yolandas Version von unserer Beziehung widerspreche, könnte er Verdacht schöpfen.

Ich lächle also verschämt und bin ganz Juanito, während ich ihm von der Überraschung erzähle, die ich meiner Freundin bereiten wollte. Glaubt er mir, oder glaubt er mir nicht? Schwer zu sagen, denn er hört mir mit unbewegter Miene zu.

»Haben Sie etwas dagegen, wenn ich mit Ihnen frühstücke?«, fragt er, als ich mit meinem Lügenmärchen fertig bin. »Man hat mich so früh aus den Federn geklingelt, dass es nicht einmal für einen Kaffee gereicht hat.«

»Natürlich nicht, Kommissar.« Ich winke dem Kellner, dass er ihm einen doppelten Espresso bringt, und schiebe die Zuckerdose zu ihm hinüber. »Ich dachte eigentlich, Sie arbeiten in Madrid.«

»Tue ich auch. Aber man hat mich herbeordert. Wegen des Toten.«

Ich muss mich für eine Taktik entscheiden, darf nicht Svens Fehler wiederholen. Plappere ich munter über irgendwas drauflos, als gehe es um mein Leben, oder spiele ich den Ahnungslosen und frage verwundert, warum wegen eines Unglücksfalls in Murcia ein Ermittler aus Madrid geholt wird?

»Meines Wissens war es doch ein natürlicher Tod, oder etwa nicht?«

»Schon, Señor Pérez. Allerdings verursacht durch den Biss einer Spinne. So einer exotischen, wie Sie und ich sie schon kennen.«

Unbehaglich rutsche ich auf meinem Stuhl herum, wie dies in meiner Lage selbst der Unschuldigste tun würde.

»Ich …? Mit derselben Art Spinne, meinen Sie?«

»Sieht ganz so aus. Zumindest dem ersten Eindruck des hiesigen Gerichtsmediziners nach zu schließen. Und da seit Jahren alle Polizeibehörden instruiert sind, mich über jeden Toten mit dieser Todesursache zu informieren, bin ich jetzt eben hier.«

»Das beruhigt mich sehr, Kommissar Arregui. Wenn ich Ihnen irgendwie behilflich sein kann …«

»Sie sagen, Sie kannten den Toten nicht.«

»Ich glaube nicht. Wie hieß er eigentlich?«

»Arturo Blanco Morgades. Er war Handelsvertreter oder so was Ähnliches. Ich finde allerdings, dass er eher wie ein Schlägertyp aussah. Aber der Schein kann ja bekanntlich trügen. Kommt Ihnen der Name irgendwie bekannt vor, Señor Pérez?«

Falle.

Falle.

Falle.

Ganz entspannt sitzt er da und rührt in seinem Kaffee, wartet, dass ich mich verplappere.

»Hm ... ja, irgendwie schon, aber Sie wissen ja, ich bin ebenfalls Handelsvertreter, und da begegnet man so vielen Leuten ...«

»Das hier haben wir in seinem Wohnwagen gefunden.«

Er schiebt eine Visitenkarte über den Tisch. Eine von meinen. Ich habe immer einige dabei, wenn ich Juan Pérez Pérez bin. Ich habe Visitenkarten von allen meinen beruflichen Persönlichkeiten. Aber ich verteile sie nicht an andere Killer. Erst recht nicht an die, die auf meiner privaten Abschussliste stehen.

»Wie ich Ihnen schon sagte, Kommissar: In unserer Branche hat man mit so vielen Leuten zu tun, dass das nichts Ungewöhnliches ist. Hier bin ich jedoch auf Urlaub, und außer ... Sie wissen schon, habe ich bisher nur Andrés Camilleri kennengelernt, einen emeritierten Literaturprofessor. Wenn der Tote meine Karte hatte, dann wohl von irgendeinem Zusammentreffen in Madrid.«

»Und deshalb hat er sie auf einen FKK-Campingplatz mitgenommen.«

Höchste Zeit, dass Juanito sich auf den – gerade nicht vorhandenen – Schlips getreten fühlt.

»Was wollen Sie damit sagen, Kommissar?«, rufe ich entrüstet. »Wollen Sie mir unterstellen, dass ... Da irren Sie sich aber gewaltig!«

Arregui seufzt. Seine Pranken spielen mit meiner Karte herum.

»Gut möglich. Vielleicht irre ich mich wirklich in Ihnen, Señor Pérez. Vielleicht trage ich seit vier Jahren völlig umsonst Mordfälle zusammen, die mithilfe des Gifts von Spinnen verübt wurden, die in Europa noch kein Mensch gesehen hat. Vielleicht sind Sie nur ein harmloser, nicht ganz unvermögender Handelsvertreter, der das Pech hat, immer zur falschen Zeit am falschen Ort zu sein.«

Er trinkt seinen Kaffee aus und steht auf.

»Aber vielleicht ja auch nicht. Wissen Sie, Juan – ich darf Sie doch Juan nennen? –, vor langer Zeit habe ich gelernt, dass man Zufällen misstrauen sollte ...«

Und Nutten mit kleinen Brüsten, schießt es mir durch den Kopf, während Arregui, die Hände in den Hosentaschen, wieder zu seinen Polizisten hinausschlendert.

Meine Visitenkarte hat er auf dem Tisch liegengelassen. Er hat sie in der Mitte geknickt und die Ecken nach innen gefaltet.

Ein Pfeil – und er zeigt auf mich.

Fünf Minuten später krame ich in meinen Sachen nach dem Handy. Ich hatte es im Zelt gelassen, weil mir klar war, welches Geräusch zu viel war und welches fehlte. Es war besser, ohne Waffe hinauszugehen, so gut getarnt sie auch sein mochte. Allerdings wusste ich da noch nicht, dass ich Arregui begegnen würde.

Zwei verpasste Anrufe im Abstand von einer Minute. Vor gerade mal einer halben Stunde.

Juanito hätte sofort zurückgerufen.

Nummer Drei würde es eine Stunde nach den Anrufen tun, wie es das Handbuch der FIRMA vorschreibt.

Vielleicht bin ich endlich aber auch keiner mehr von beiden, denn ich schalte das Handy aus.

Wenn Nummer Zwei mir etwas zu sagen hat, soll er herkommen.

Oder jemanden schicken.

Ich gehe jetzt jedenfalls an den Pool, um meinen Vaterpflichten nachzukommen.

Nach dem Frühstück hat Antonio gebettelt, ich solle ihm beibringen, wie man jemandem einen richtigen Kinnhaken verpasst, so einen, der den Gegner völlig umhaut. Ich habe ihn auf später vertröstet, denn Leti hat auch eine Bitte gehabt.

»Ich muss dir was erzählen, das ich nicht mit Mama besprechen kann.«

Dieses Vater-Tochter-Gespräch beunruhigt mich mehr als zehn von Arreguis Verhören. Na ja, sagen wir fünf.

Auch wenn ich mir vorwerfe, ein Macho zu sein, werde ich es mit Leti aber nicht in der Höhle führen. Dieses Geheimnis gehört Antonio. Camilleri, der für mich inzwischen irgendwie wie ein Vater ist, hat es mir geschenkt, und ich habe es an meinen Sohn weitervererbt. Irgendwann bekommt meine Große sicher noch ihre eigene Höhle; heute muss sie sich jedoch mit einem Tisch am Pool begnügen, auf dem zwei Cocktails stehen, ein farbenprächtiger alkoholfreier San Francisco für sie und ein Whisky Sour für mich. Das hat zudem den Vorteil, dass ich von hier aus Arregui und seine Leute im Auge behalten kann. Die Verlegenheit der Uniformierten bei der Befragung der FKKler ist einfach zu köstlich. Der Kommissar hingegen ist völlig cool. Ob die Camper Kleider anhaben oder nicht, ist ihm egal. Arregui hat Röntgenaugen und kann ihnen in die Seele sehen, vor ihm kann keiner was verbergen, er durchschaut jeden über kurz oder lang.

Meine Tochter ist in den letzten beiden Tagen zur Frau gereift, wie ich jetzt erst bemerke, während sie sich mir gegenübersetzt. Das Samenkorn, das ich bei unserer Ankunft auf dem Campingplatz entdeckte, ist irgendwann klammheimlich aufgegangen. *Die Dinge ändern sich von einem Augenblick auf den anderen,* erklärte die alte Nummer Drei immer, *und wenn man diesen einen, alles entscheidenden Augenblick mitbekommt, fühlt man sich dem Herrn ganz nah.* Als er zum ersten Mal davon sprach, war ich vollkommen geplättet, weil mir nicht im Traum eingefallen wäre, dass er an Gott glaubt. Damals gestand er mir, dass er schon unzählige Nächte in der Wüste, den Steppen Asiens oder auf Polynesien verbracht hatte, um dem Moment aufzulauern, in dem die Nacht in den Tag übergeht. Es war ihm nie gelungen. Er hatte den Zeitpunkt immer verpasst, wenn auch manchmal nur ganz knapp.

»Du aber kannst das schaffen, mein Junge«, sagte er zu mir. »Du bist kaltblütig genug und gleichzeitig noch voller Träume. Wenn du diesen Moment also jemals erleben solltest und dich Gott dann ganz nah fühlst, bitte ich dich nur um eins ...«

»Und das wäre?«

»Gib ihm an meiner Stelle einen Tritt in die Eier.«

Auf seine Weise war die alte Nummer Drei wirklich ein großer Philosoph. Aber er überschätzte mich. Denn Leti ist direkt vor meinen Augen zur Frau geworden, und ich habe den Moment verpasst. Ihre Körperformen deuten darauf hin, dass sie so attraktiv sein wird wie ihre Mutter; sie hat einen Körper, dem die Zeit nichts anhaben kann, und wenn sie ihm ein Bein stellen will, hüpft er einfach darüber, als wäre es ein Seil und das Leben ein Kinderspiel.

»Mama würde das, was ich dir erzählen will, nicht verstehen.«

»Und warum glaubst du, dass ich das kann?«

»Weil ich mir das ganz doll wünsche, Papi.«

»...«

»Weißt du, dann und wann fahre ich mit der U-Bahn ins Zentrum, ohne dass Mama davon weiß. Ich schwänze dafür den Unterricht; ich bin ja eine gute Schülerin, da fragen sie nicht groß nach. Oder ich erzähle Mama, ich hätte mich mit Freundinnen fürs Kino um die Ecke verabredet. Natürlich mache ich das nur tagsüber, hab keine Angst ...«

»Ich hab keine Angst um dich, Leti. Und warum tust du das?«

»Ich weiß nicht. Wahrscheinlich, um mal allein zu sein. Und um Leute zu beobachten. Ich setze mich an eine Bushaltestelle oder in ein Straßencafé, schaue mir die Leute an und studiere ihr Verhalten. Manchmal folge ich ihnen auch unauffällig. Es ist keine Neugier, es ist wie ... wie ...«

»... wie wenn man sich einen Film im Kino anschaut?«

»Ja genau! Ich wusste, dass du mich verstehst, Papi.«

»Da bin ich mir nicht so sicher, Leti ...«

»Doch, du weißt genau, wovon ich rede. Du tust das nämlich auch. Ich habe dich gesehen.«

»...«

»Beim ersten Mal war es reiner Zufall. Du kamst aus einem Haus in der Calle Serrano. Ich stand an der Ampel auf der anderen Straßenseite, und mir blieb fast die Luft weg. Du warst nämlich nicht so, wie ich dich kannte. Du hattest einen anderen Gang, ja sogar einen anderen Blick. Aber du warst es. Ein andermal wollte ich dich in deinem Apartment besuchen. Du hast mich nicht gesehen, als du aus der Haustür getreten bist, und da bin ich dir gefolgt. Du warst so wie immer. Bis du ein Bürohaus betreten hast.«

»Na ja, Leti, für die Arbeit muss man manchmal ...«

»Du hattest auf einmal andere Haare, Papi. Du bist eine Straße vorher kurz in ein Lokal gegangen, und als du wieder rauskamst, warst du plötzlich blond. Danach habe ich dich aus den Augen verloren, denn wenn du ein anderer bist, gehst du viel schneller als sonst.«

»Hast du schon oft hinter mir herspioniert, Leti?«

»Nein, bloß ab und zu. Nur wenn ich Lust hatte, den neuen Film eines Regisseurs anzusehen, den ich mag.«

»Freut mich, dass du mich magst.«

»Mich auch. Aber keine Angst, ich stelle dir keine Fragen, Papi. Ich wollte nur, dass du weißt, dass du mir gegenüber nicht den konventionellen Vater spielen musst. Du hast ein Geheimnis, und das respektiere ich. Und ich habe dir gerade meins erzählt. Jetzt sind wir auf gleicher Augenhöhe, und ich kann mit dir reden.«

»Okay ... Und worüber willst du mit mir reden?«

»Ich werde Ärztin.«

»Aha.«

»Bitte nicht in diesem Ton, Papi. Ja, ich will Ärztin werden. Aber nicht, um meinem selbstgefälligen Großvater oder meiner eingebildeten Mutter eine Freude zu machen. Und auch nicht, um den Traum zu leben, den du irgendwann aufgegeben hast, deinen Traum. Nein, ich werde Ärztin, weil *ich* das will.«

»Das ist die beste Einstellung, die man überhaupt haben kann, Leti.«

»Bald werde ich fünfzehn. Wenn ich mich anstrenge, kann ich mit dreiundzwanzig das Studium beendet haben. In etwa zehn Jahren habe ich mein Ziel also erreicht. Vielleicht ja auch schon früher.«

»Eine ganz schöne Herausforderung.«

»Ja, aber ich denke, wenn ich alles gut plane, ist das sicher zu stemmen. Und das führt zu dem, was ich dir erzählen wollte.«

»...«

»Zum Sex.«

»Zum ... Sex?«, stottere ich völlig perplex.

»Ja, Papi, zu dem, was du mit Yolanda machst und vielleicht ja auch mit der einen oder anderen Frau, mit der ich dich habe flirten sehen, wenn ich dir nachspioniert habe und du nicht du gewesen bist. Im Flirten bist du übrigens ein Ass. Das kannst du mir echt glauben, schließlich bin ich eine Frau.«

»Danke, Leti. Aber wir sprachen gerade von dir.«

»Stimmt. Also ... also eigentlich wollte ich meine Unschuld mit achtzehn verlieren. Weil mir dann keiner mehr dreinreden kann. Wenn ich ungewollt schwanger würde, bräuchte ich nicht mehr eure Erlaubnis für eine Abtreibung.«

»Klingt erst mal vernünftig.«

»Natürlich. Aber gestern habe ich mich umentschieden. Ich sehe, wie gesagt, viel Straßenkino. Und weißt du, was ich da beobachtet habe? Wenn die Mädchen mit dem Sex anfangen, verdummen sie irgendwie und verwechseln Triebe mit Liebe. Und mit achtzehn, wenn man mit dem Studium anfängt, ist das ein Problem. All das Neue auf einmal: Da wird man bestimmt noch konfuser.«

»Und deshalb ...?«

»Und deshalb habe ich beschlossen, früher damit anzufangen.«

»Wie viel ... früher?«

»Na ja, jetzt. Hier, auf diesem Campingplatz.«

»...«

»Sieh mich nicht so an, Papi. Ich bin aufgeklärt und weiß, wie man verhütet, das ist nicht mehr wie zu eurer Zeit. Und da ist ein Junge, Borja. Er ist ein bisschen älter als ich, aber nicht viel, nur ein knappes Jahr. Mein erstes Mal soll mit ihm sein.«

»Wie ich sehe, hast du dir alles schon reiflich überlegt. Was soll ich dann dazu noch sagen?«

»Wie du darüber denkst.«

»Ich denke, das geht in Ordnung.«

»Aber ...«, die bisher so selbstsichere Leti beginnt zu

stammeln, »aber du hast doch bestimmt was einzuwenden, Papi!«

»Nein, hab ich nicht. Ich will dir nur noch eine Kleinigkeit zu bedenken geben: Sex ist kein Studienfach im Leben, Leti. Es ist gut und richtig, dass du dir Gedanken darüber machst und klare Vorstellungen hast, aber du darfst dabei nicht das Begehren vergessen. Sex, ohne den anderen wirklich zu begehren, ist wie eine Ehe ohne Liebe.«

»Wie die von dir und Mama.«

»Nein, das stimmt nicht. Wir haben uns einmal sehr geliebt, Leti. Aber manchmal passiert es eben, dass ...«

»Mama zufolge warst du auch ganz gut im Bett.«

»Das hat sie dir erzählt?«

»Nein, natürlich nicht, Papi. Wenn Mama wüsste, worüber wir gerade reden, würde sie deinen halben Unterhalt für eine Erziehungsberatung ausgeben. Nein, ich habe es nur mitbekommen, wie sie mit ihren Freundinnen darüber gesprochen hat. Und zwar mehr als einmal ...«

»Um mich geht es jetzt aber nicht, Leti.« Ich räuspere mich. »Also, wie ich schon sagte: Beim Sex ist es wichtig, dass du den Jungen wirklich begehrst; wenn du ihn auch lieben würdest, wäre das natürlich noch besser. Aber Sex, Leti, Sex, ohne dass du wirklich Lust dazu hast, ist bloß Gymnastik.«

»O Gott, wie langweilig!«

»Nein, langweilig ist das durchaus nicht; Sex ist nur keine Hausaufgabe, die man erledigen muss, kein rot angestrichener Termin im Kalender, verstehst du?«

»So in etwa ...«

»Ich mache dir einen Vorschlag, Leti. Sieh dir diesen Jungen noch eine Weile an. Und horch in dein Inneres. Wenn du es dann wirklich mit ihm machen willst, wenn du wirklich Verlangen danach hast, tu es. Wenn aber nicht, dann verschieb es einfach noch ein bisschen, bis du den triffst, mit dem ...«

»Klingt vernünftig«, unterbricht mich meine Tochter schnell. »Okay, ich überleg's mir. Aber dann musst du mir auch etwas versprechen.«

»Was immer du willst.«

»Wenn ich es mir überlegt habe und merke, dass ich es furchtbar gerne mit Borja tun würde, dann möchte ich, dass du mit ihm redest.«

»Mit wem?«

»O Papi, mit Borja! Dem Jungen hier vom Campingplatz! Er behauptet, dass er schon Erfahrung hat, aber ich fürchte, das sagt er nur so, und in Wirklichkeit hat er noch keinen blassen Schimmer. Wenn ich mich für ihn entscheide, erklärst du ihm, wie es geht, okay?«

Damit ist die Sache für sie geritzt. Ohne meine Antwort abzuwarten, springt sie auf und läuft Richtung Strand davon.

Vom anderen Ende des Pools tut Kommissar Arregui so, als hätte er mich eben erst entdeckt, und kommt auf mich zu.

Ich lächle.

Nach dem, was ich gerade durchgestanden habe, sind seine Fragen für mich sicher ein Kinderspiel.

21

»Darf ich mich setzen?«

»Aber natürlich!«

Mit einem freundlichen Lächeln deute ich auf den Korbsessel gegenüber. Kaum hat Arregui Platz genommen, streckt er wohlig die Beine von sich.

»Ich muss schon sagen, Sie haben sich wirklich ein schönes Plätzchen für Ihren Urlaub ausgesucht.«

»Ja, nicht wahr? Aber sagen Sie, Kommissar, wollen wir uns nicht duzen?«

»Gern. Schließlich sind wir ja fast schon alte Bekannte, und wer weiß, vielleicht werden wir bei all den Toten am Ende gar noch Freunde, Juan.«

»Meine Freunde nennen mich Juanito.«

»Wirklich? Das passt so gar nicht zu Ih... zu dir, finde ich. Aber mir soll's recht sein: Also, Juanito, ich heiße José María. Für meine Freunde bin ich aber Txema.«

Das wusste ich natürlich längst, wie so vieles andere über ihn, weshalb ich um ein Haar auch einen fatalen Fehler begangen hätte, als die Bedienung plötzlich vor uns steht. Beinahe hätte ich für ihn sein Lieblingsgetränk geordert: einen Bourbon Four Roses mit zwei Eiswürfeln. Ich kann mich gerade noch beherrschen, und er bestellt selbst.

»Es ist wirklich schön hier, Juanito. Ich muss gestehen, als ich gehört habe, dass der Tatort ein FKK-Campingplatz ist, dachte ich, ich treffe hier entweder nur Snobs oder lauter Proleten an. Aber die Camper hier sind völlig normal und total entspannt ... Und die Landschaft, Juanito, die Landschaft ... Ich sollte meinen Resturlaub nehmen ...«

»Kommst du mit deinen Ermittlungen voran?«

»O ja. Und ich habe eine erfreuliche Nachricht für dich. Die Sache mit deiner Visitenkarte hat sich geklärt. Entschuldige bitte, wenn ich dir vorhin damit auf die Nerven gegangen bin, wir Bullen können's einfach nicht lassen. Was kannst du schließlich dafür, dass in den letzten Jahren ein paar Scheißspinnen Leute töten ...«

Fragen oder nicht fragen? Egal, entscheidend ist, dass er mich nicht mehr im Verdacht hat. Obwohl ... auch ein völlig Unschuldiger würde schließlich erfahren wollen, warum man seine Visitenkarte bei einem ihm unbekannten Toten gefunden hat.

»Und wie kommt die Visitenkarte ...?«

»Ach ja, genau, weißt du, für alles findet sich eine Erklärung, wenn man nur richtig danach sucht. Du willst also wissen, warum Blanco Morgades deine Visitenkarte hatte? Nun, ganz einfach: Weil er in derselben Firma wie du gearbeitet hat. Da ist es ganz normal, dass er erfahren hat, dass du auch hier Urlaub machst, und dich irgendwann kontaktieren wollte, oder?«

»Klar. Das klingt logisch«, erwidere ich misstrauisch. Die Erklärung ist mir irgendwie zu simpel.

Arregui trinkt sein Glas leer und sieht mich dann völlig unbekümmert an.

»Bloß eins verstehe ich dabei nicht, Juanito: Dass du ihn nicht kanntest. Eurer Verwaltung zufolge arbeitet er seit zehn Jahren im Vertrieb, noch dazu in einer Abteilung, deren stellvertretender Leiter du bist. Seltsam, nicht? Aber euer Unternehmen ist natürlich sehr groß ...« Er steht auf und gähnt herzhaft. »Ach, Juanito, bevor ich's vergesse: Ich hätte da noch eine etwas delikate Frage. Ich muss nachher nach Cartagena. Weißt du, ob es dort irgendwo einen Sexshop gibt?«

Vorläufige Bilanz des Tages: Drei Pärchen sind abgereist. Bei der vielen Polizei und einem Toten haben sie sich wohl für einen anderen Strand entschieden, auch wenn sie dort nicht alle Hüllen fallen lassen können. Wahrscheinlich waren es heimliche Liebespaare, die hier als fortschrittliche Eheleute auftraten und keinen Ärger wollten.

Yolandas letzter Meldung zufolge konnte ihr beflissener Chef mit Arregui einen Deal aushandeln: Es wird nicht über frei herumlaufende Mörderspinnen gesprochen, ehe der endgültige Bericht des Gerichtsmediziners aus Barcelona da ist. Und das kann Wochen dauern.

Das bedeutet aber auch, dass Arregui die Möglichkeit eines rein zufälligen Spinnenbisses nicht in Erwägung zieht.

Er denkt an zweibeinige Spinnen.

Er denkt an mich.

Ich schalte das Handy ein.

Keine weiteren Anrufe.

Ich stehe auf und mache mich auf den Weg zur Cafeteria. Beltrán ist zurück. Am Nachmittag hat er zwar wieder einen Termin, aber auf dem Weg dorthin hat er auf dem Campingplatz Station gemacht und mir eben von Weitem zugerufen, dass er mich vor dem Mittagessen auf einen Aperitif einladen will. Seine Stimme hat sehr ernst geklungen: Ich hoffe, er bittet mich nicht nachträglich um die Erlaubnis, mit meiner Ex ins Bett steigen zu dürfen.

Bevor er aber auch nur ein Wort sagen kann, kommt Camilleri mit den letzten Neuigkeiten an den Tresen. Die Polizisten haben nicht besonders systematisch herumgefragt, wem zwischen vier und sechs Uhr morgens, der ungefähren Tatzeit, irgendwas aufgefallen ist.

»Mich hat dieser Kommissar ausgequetscht, der Hüne mit den Pranken eines Boxers. Ein kluger Kopf, Juan, ein sehr kluger Kopf. Ich habe ihm erzählt, dass wir beide uns gestern Nacht einen gehörigen Rausch angetrunken haben und gegen drei, halb vier schlafen gegangen sind.«

Unbewusst hat Camilleri den Verdacht von mir abgelenkt. Er ist mein Alibi. So wie ich das von Yolanda bin, deren streichelnde Hände ich zwischen fünf und sechs gespürt haben muss: Wenn die Beamten mich befragen, werde ich erklären, dass sie mich schon in meinem Zelt erwartet hat, als der Professor und ich uns trennten. Ich muss es ihr unbedingt sagen, damit sie nicht etwas anderes behauptet. Obwohl ... muss ich das wirklich? Schließlich könnte es ja durchaus sein, dass sie ... Die Paranoia ist wieder da. Nein, Yolanda doch nicht, das kann nicht sein. Wann höre ich endlich auf, ihr zu misstrauen?

»Also, dann bis gleich, ich will mich noch etwas frischmachen.«

Ganz bibliophiler Dandy, trotz der überdimensionalen Bermudas und des Hemdes, dessen Farbenpracht selbst Tony erschrecken würde, schlendert der Professor davon.

»Ein sympathischer Mann«, meint Beltrán, der ihm auch nachgeblickt hat, und sich nun wieder mir zuwendet. »Unglaublich, wie viele Leute du schon in den paar Tagen kennengelernt hast, Juan. Nach dem, was Leticia mir erzählt hat, hatte ich mir dich ganz anders vorgestellt, viel ...«

»... lächerlicher?«

»Nein, wie kommst du denn darauf? Glaubst du etwa, sie redet schlecht über dich? Ganz im Gegenteil. Manchmal denke ich sogar, sie ist immer noch ein bisschen in dich verliebt. Aber gleichzeitig ist sie auch richtig, richtig sauer auf dich. Darf ich fragen, was du getan hast? Sosehr ich auch nachbohre, sie spricht nicht darüber ...«

»Ich habe einen Fehler begangen, den *du* nie machen wirst, Gaspar. Ich habe es nicht verstanden, ein Held zu sein.«

»Und ich soll einer sein? Da irrst du dich aber gewaltig. Klar, als ich als junger Hüpfer anfing, hier und da den Dingen auf den Grund zu gehen, dachte ich noch, die hehre Gerechtigkeit wäre jedes Opfer wert. Aber seit ich mich in Leticia verliebt habe ... es macht dir doch nichts aus, wenn ich darüber rede?«

»Nein, sei unbesorgt.«

»Ich meine, seit ich mich mit dem Gedanken trage, eine Familie zu gründen ... na ja, um ehrlich zu sein, eigentlich auch schon vorher, habe ich richtig Schiss. Jeden Sonntag beschließe ich, alles hinzuschmeißen, und jeden Montag hoffe ich, es ist der letzte. Was denkst du, Juan, wie würde Leticia reagieren, wenn ich das Richteramt an den Nagel hängen würde?«

»Es wäre für sie eine Katastrophe, Gaspar. Und glaub mir, ich weiß, was ich sage«, rufe ich entsetzt.

Angst. Mein furchtloser, allen die Stirn bietender Richter hat Angst. Und das nicht nur vor Attentaten und Racheakten. Er hat Angst davor, normal zu sein, nicht mehr länger der gefeierte Richter Beltrán, sondern nur noch Gasparillo zu sein. Vor den Augen einer Leticia zu schrumpfen, die den Mann an ihrer Seite immer auf einen Sockel stellen muss.

Und deshalb erkläre ich ihm dann in aller Ausführlichkeit, wie meine Ex tickt. Schweigend denkt er darüber nach. Und dann trinken wir. Seit ich hier bin, trinke ich viel zu viel.

»Und für ihren Vater wäre es noch viel schlimmer«, schicke ich meinen Ausführungen noch hinterher. »Dessen Bekanntschaft hast du ja sicher schon gemacht, oder?«

»Ein Mann von Format. Für meinen Geschmack ein bisschen rückschrittlich, um nicht zu sagen reaktionär. Aber das bleibt bitte unter uns ...«

»Und außerdem, was würdest du dann tun? In der Provinz eine Kanzlei aufmachen, um genau die Leute zu verteidigen, die du jetzt verfolgst und vor Gericht bringst? Es tut mir echt leid, Gaspar, aber ich sehe keinen Ausweg für dich. Im Laufe des Lebens entwickelt man eine Persönlichkeit. Eine ganze Weile kann man sich davon innerlich vielleicht noch distanzieren, aber irgendwann kommt der Moment, da man mit ihr verschmolzen ist. Wenn man seine Maske also nicht rechtzeitig hat fallen lassen, kann man nur noch versuchen, das eigene Gesicht abzureißen; und das tut weh, Beltrán, verdammt weh.«

Beltrán blickt auf seinen Martini, er denkt nach, und ich respektiere sein Schweigen. Schließlich sieht er mich mit ernster Miene an.

»Ich glaube, du hast recht. Obwohl du mir damit den Tag und meine Pläne versaust. Es bestätigt mir allerdings auch, was ich vorhin schon gesagt habe: Du bist nicht der, für den ich dich Leticias Erzählungen zufolge gehalten habe. Welche ist deine Maske, Juan, welches ist dein wahres Ich?«

Ich muss die Notbremse ziehen und lache laut auf. »Ich? Ich bin ich, Juanito Pérez Pérez, nichts weiter. Nimm mich bloß nicht zu ernst, Gaspar. Du hast ja den Professor gehört: Gestern Nacht haben wir ordentlich gebechert, und heute kippe ich mir auch schon den halben Vormittag einen hinter die Binde. Wer nicht zum Helden taugt, kann sich das leisten.«

Aber er glaubt mir nicht. Das fühle ich instinktiv. Vielleicht trügt bei ihm der Schein aber auch, wer weiß, vielleicht arbeitet er sogar für dieselben Leute wie ich. Der alten Nummer Drei zufolge gibt es auf der Gehaltsliste der FIRMA auch einige hochgestellte Persönlichkeiten. Warum also nicht Beltrán? Oder Arregui? Womöglich gehört diese ganze Verhörerei zu dem perfiden Spiel, das man gerade mit mir spielt. Womöglich ist einer der beiden sogar der Kochlöffel in dieser Suppe, die von Mal zu Mal dicker wird und in der ich, wenn ich nicht aufpasse, als Knochen ende. Als blanker, ausgekochter Knochen, der in die Mülltonne wandert …

Ach was, man sollte den Teufel nicht an die Wand malen. Und an irgendjemanden muss man schließlich glauben.

Ich habe an die ehemalige Nummer Drei geglaubt.

Und er an mich.

Okay, ich habe ihn umgebracht, aber das war eine berufliche Geschichte, und er hat das sicher verstanden. Zumindest hoffe ich das.

An irgendjemanden muss man einfach glauben. Während ich mein Glas austrinke, sage ich mir im Stillen, dass ich an Richter Beltrán und an Kommissar Arregui glaube.

Und an Yolanda.

Jeder der drei kann mein Untergang sein.

Aber ich glaube trotzdem an sie.

Mittagessenszeit. Auf der Terrasse des Restaurants haben die Kellner mehrere Tische zusammengerückt. Wie für eine Hochzeitsgesellschaft, ein riesiges Picknick oder eine verspätete Geburtstagsfeier. Tony und Sofía, Camilleri, die Kinder, der Richter, meine Ex und drei leere Stühle. Zwei davon sind für Yolanda, die sich verlegen setzt, und für mich. Bleibt ein freier Stuhl. Für einen Gast, der etwas später kommt. Zum Dessert. Arregui.

»Wusstest du, dass Txema mit Gaspar befreundet ist?«

Das hätte ich mir denken können: der unbestechliche Richter, den das ganze Land bewundert, der aber insgeheim vor Angst zittert, und der intellektuelle Polizist, der sich am besten bei Pornofilmen konzentrieren kann. Aber es hat auch etwas Gutes: Wenn einer der beiden harmlos ist, dann ist es der andere wahrscheinlich auch. Und wenn sie mir beide eine Falle stellen, weiß ich endlich, auf wen ich zielen muss.

Leticia lächelt herzlich. Das Festgelage war ihre Idee gewesen. Sie hat alle diese Menschen eingeladen, die auf die eine oder andere Weise mit mir verbunden sind.

Will sie Frieden mit mir schließen?

Sich für den Gefühlsüberschwang von letzter Nacht entschuldigen?

Oder ist das einer ihrer grausamen Späße, die sie so gerne mit Juanito getrieben hat?

Ich befürchte das Schlimmste: ein Friedensangebot.

»Wieso hast du mir nie von Tony erzählt? Und dass du Txema kennst?«, schilt sie mich aus, wenn auch mit einem breiten Grinsen, und wendet sich dann an Yolanda. »Daran wirst du dich gewöhnen müssen, Juan ist furchtbar vergesslich.«

Ich lache ein bisschen. Und erkläre allen, dass die Welt wirklich ein Dorf ist.

Arregui springt mir bei: Ich sei einfach ein äußerst diskreter Mensch.

»Hast du in Cartagena gefunden, wonach du gesucht hast, Txema?«, frage ich spöttisch, um ihn in Verlegenheit zu bringen, denn offiziell weiß ich ja nicht, wozu er in Sexshops geht.

»Ja sicher. Es gibt zwar keine so große Auswahl wie in Madrid, aber mir hat's gereicht. Ich habe übrigens zwei Nachrichten für dich, Juan«, flüstert er mir zu. »Eine gute und eine weniger gute …«

»Hört sich an wie einer dieser Witze, die man sich in den Konferenzen meiner Firma erzählt.«

»Ich bin mir nicht sicher, ob du es so witzig finden wirst.«

»Dann erst die gute Nachricht.«

»Wir haben die Ermittlungen ausgesetzt, bis die genaue

Todesursache feststeht. Die Uniformierten werden den Campern also nicht länger auf die Nerven gehen.«

»Und die weniger gute?«

»Ich habe meinen Resturlaub genommen und werde ein paar Wochen hierbleiben, ganz privat. Ich hab dir ja schon gesagt, wie sehr es mir hier gefällt. Ich habe einen der Bungalows gemietet. Von dort hat man eine wirklich herrliche Aussicht über den ganzen Campingplatz.«

22

Die Siesta mit Yolanda ist für mich wie eine Festung, die alle Ängste außen vor lässt, sodass wir im Schutz der durch die dicken Vorhänge erzeugten Nacht wieder und wieder in das Meer baumwollener Laken eintauchen, bis sie zur Arbeit muss. Während sie in Shorts und Top schlüpft, hüpft sie rückwärts zur Tür und hinterlässt mir eine Spur von Küssen als Geschenk.

»Heute Nacht gibt's noch mehr, wenn du willst ...«

»Und ob ich will.«

»Bist du sicher? Du wirkst so besorgt ... und irgendwie distanziert.«

»Bin ich etwa gerade auf Distanz gewesen?«

»Nein, natürlich nicht, du Dummkopf, du warst mir sehr nahe, ganz tief in mir drin.« Yolanda muss lachen, wird aber gleich darauf wieder ernst. »Aber etwas macht dir Sorgen, das spüre ich. Ist es wegen dieses Polizisten?«

»Bingo. Ich habe Angst, dass er dich zu oft ansieht und ich ihn deshalb eines Tages umbringen muss.«

»Blödmann!«, ruft sie da lachend und spurtet davon.

So banal ist das Glück.

So simpel.

So zerbrechlich.

Kaum ist die Tür ins Schloss gefallen, überkommen mich wieder die Zweifel. Sie stinken nach Verrat, sodass ich an meinen Fingern schnuppern muss, die noch nach Yolandas

Geschlecht riechen, damit der Gestank verfliegt und ich fast unmerklich in den Schlaf hinübergleite.

Das ist eine weiterer Nachteil des Trainings: Ich brauche keine Uhr. Wenn mir nur eine Viertelstunde für ein Nickerchen bleibt, schlafe ich nicht eine Minute länger. Aber ich stehe noch nicht auf, weil ich mich noch nicht lösen kann von meinem Traum: Wir saßen in einer überdachten Galerie, die um einen großzügigen Innenhof herumführte, und irgendwo in der Nähe hörte man das Meer zornig aufbrausen, weil es nicht zum Fest eingeladen worden war. Wir: das waren Yolanda und ich, Camilleri, der in Wirklichkeit mein Vater war, so wie er aussehen würde, wenn er noch am Leben wäre; und Arregui mit seiner beziehungsweise meiner toten Claudia. Antonio spielte im Hof Fußball mit Tony, dem kein Auge und kein Bein fehlten; und kurz sah ich auch eine fast erwachsene, sanft lächelnde Leti, die im Traum genauso schön, aber natürlicher war als ihre Mutter im selben Alter. Um uns herum saßen auch noch andere Leute, schemenhafte Gestalten, deren Gesichter mir bekannt vorkamen und deren Münder mir zulächelten. Und auch die alte Nummer Drei saß an einem der Tische, an dem plötzlich gepokert wurde, er winkte mich zu sich, ein Spiel mit Freunden, er und ich gegen Camilleri und meinen Vater. Ich glaube, im Traum fragte ich die ehemalige Nummer Drei, wer die Gäste an den anderen Tischen seien, worauf er die Achseln zuckte und meinte, *sie verschwinden nie ganz, aber man kann lernen, mit ihnen zu leben, und dann stören sie einen fast nicht mehr.* Ich zählte die Schemen, es waren vierzehn, es waren meine Toten, aber die alte Nummer Drei lenkte meine Aufmerksamkeit auf die Pokerpartie und erinnerte mich daran, als Erstes den Kopf zu benutzen, dann die Fäuste und erst zuletzt die Eier. Ich sah auf meine Karten, aber statt der typischen Figuren blickte ich in Spiegel, die meine verschiedenen Persönlichkeiten widerspiegelten, die sich dann aber eine nach der anderen verflüchtigten, bis nur noch die Gesichter von Juanito und der neuen Nummer Drei zu erkennen waren.

»Wir warten auf deinen Einsatz, mein Junge«, sagte der Alte zu mir, und im selben Moment spürte ich, dass mir gleich aufgehen würde, wie ich die Partie gewinnen konnte, der Gedanke drängte aus meinen tiefsten Inneren nach oben, doch gerade als er die Schwelle zu meinem Bewusstsein überschreiten wollte, fiel mein Blick auf die schemenhaften Gestalten, es waren vierzehn, das konnte nicht sein, vierzehn, ich zählte noch einmal, und da waren es fünfzehn, und der Letzte hatte das Gesicht der alten Nummer Drei ... und in dem Moment war ich aus dem Schlaf aufgeschreckt.

Der Trick mit Yolandas Geruch an meinen Fingern funktioniert leider nicht mehr, und so stehe ich auf und verlasse ihre Hütte. Die Sonne brennt vom Himmel herab, während ich mich auf die Suche nach den Kindern mache; ich weiß, es ist egoistisch von mir, aber in ihrer Gesellschaft höre ich vielleicht auf, mir mögliche Feinde und potentielle Angreifer aufzuzählen. Denn jetzt ist klar, dass ich dran glauben muss. Möglicherweise sind Beltrán oder Tony auch gefährdet, aber das gut geeichte Zielfernrohr deutet eindeutig auf mich. Und auch wenn ich noch nicht weiß, welcher meiner geliebten Feinde mich hinrichten wird, besteht in einem kein Zweifel: Hinter der ganzen Geschichte steckt die FIRMA, wer auch immer das sein mag.

Was ich jedoch nach wie vor nicht verstehe, ist, warum man mich umbringen will.

Meine Kinder sitzen am Pool, und ausnahmsweise scheinen sie sich nicht in den Haaren zu liegen, nein, sie unterhalten sich. Als sie mich erblicken, verstummen sie augenblicklich. Wir reden über Banalitäten, damit sie sich nicht ertappt fühlen; ich weiß, es ging um mich, auch wenn ich schwören könnte, dass Antonio nicht vom Vorfall in der Dusche erzählt hat und Leti nichts von unserem vertraulichen Gespräch über ihr geplantes erstes Mal. Sie haben über mich geredet, aber sicher ging es dabei weniger um die Veränderung ihres Vaters, als darum, wie sehr es sie überrascht hat, dass Juanito letztlich doch kein Niemand ist, wie das ihre Mutter immer behauptet hat, und dass sie diese Entdeckung freut. Wir stürzen uns alle drei ins Wasser, und in einer Verschnaufpause am Rand des Pools fragt mich Leti, ob wir an Weihnachten zusammen eine Reise machen könnten. Wir drei.

»Abgemacht«, erwidere ich, ohne zu wissen, ob ich dann überhaupt noch am Leben bin. »Antonio und du überlegt euch gemeinsam, wo es hingehen soll, und ich reserviere.«

»Wir fahren, wohin wir wollen?«, fragt mein Sohn ungläubig.

»Wohin ihr wollt.«

Während Leti das Ziel dieser Reise in der Form der Wolken über uns zu suchen beginnt, will Antonio plötzlich wissen, wie sein Großvater war.

Erstaunt sehe ich ihn an, zögere kurz.

»Er war ein toller Mann«, antworte ich schließlich. »Sein Lächeln konnte sogar das Meer entwaffnen, und er hatte unheimlich starke Arme.«

»Vermisst du ihn, Papi?«, fragt meine Tochter.

»Seit ich sieben bin, Leti.«

Da legt Antonio alle Scheu ab und schlingt seine Arme um mich.

»Was haben Leti und ich doch für ein Glück: Wir haben dich noch!«

»Genau!«, ruft Leti und umarmt mich von der anderen Seite.

»O Gott, was ist denn das hier? Eine venezolanische Telenovela?«, rufe ich scheinbar entrüstet, während ich sie packe, hochhebe und ins Wasser platschen lasse – Auftakt zu einer Wasserschlacht, in der ich mich besiegen lasse, um nicht daran zu denken, was dieser Glücksmoment mit meinen Kindern und Antonios Satz bedeuten.

Wir haben dich noch.

Ja, noch.

Ob die Kinder mir abkaufen, dass ich im Liegestuhl tief und fest schlafe? Jedenfalls stören sie mich nicht. Sie liegen nebeneinander auf ihren Handtüchern und sind vollauf damit beschäftigt, zu überlegen, wohin uns unsere gemeinsame Reise führen soll. Man spürt, dass sie sich jetzt schon unbändig darauf freuen. Ich werde sie nachher bitten, sich heute noch festzulegen. Dann kann ich umgehend buchen, damit sie auch ohne mich fahren können, falls ich nicht mit dem Leben davonkomme.

Mein Vater. Warum hat mich Antonio wohl gerade jetzt nach ihm gefragt? Ich habe nie über ihn gesprochen. Schon während meiner Kindheit war das Thema tabu, und wenn meinc Mutter ihren verstorbenen Ehemann doch einmal erwähnen musste – was wirklich höchst selten vorkam –, dann redete sie immer nur von *ihm,* als hätte es einen Osvaldo Pérez nie gegeben, oder als würde er noch immer von einem Regime im Niedergang verfolgt, dem er meiner Mutter zufolge nicht einmal direkt die Stirn geboten hatte, auch wenn die Teilnahme an einem Streik ihm gegen Ende der Francozeit ein paar Tage Knast und jede Menge Faustschläge einbrachte. Als man ihn entließ, hatte ihn ein Autobus einfach überfahren, wie ein Hans Guckindieluft, der laut meiner Mutter *immer Luftschlösser gebaut hatte, anstatt die Dinge so zu tun, wie es sich gehörte.*

Osvaldo. Schon eigenartig, dass mir jetzt wieder einfällt,

dass das auch mein zweiter Vorname ist. Keine Ahnung, ob ich meinem Vater ähnlich bin. Als ich nach Mamas Tod ihre Wohnung leer räumte, fand ich ganz hinten in ihrem Schrank eine Blechdose mit einer Handvoll vergilbter Fotos, auf denen ein junger, zuversichtlich lächelnder Osvaldo zu sehen war. Den Mund vom damals üblichen Schnurrbart verdeckt, hatte er die Ärmel bis zum Bizeps hochgekrempelt, und an seinem linken Arm hing eine junge Frau, die ihn anhimmelte und die das Leben dann irgendwann zu meiner Mutter machte.

Ich selbst habe nur eine einzige Erinnerung an ihn, wahrscheinlich weil er immer unterwegs war, auf der Suche nach einer anständigen Arbeit oder einem Traum, der ihm nicht zu eng wurde. Aber in jenem Sommer in Galicien war er bei uns, mitsamt einem funkelnagelneuen Auto, das davon zeugte, dass Osvaldo allmählich erreichte, was er sich immer gewünscht hatte.

Mit diesem Auto, an dessen Farbe ich mich nicht mehr erinnere, wohl aber an dessen Geruch nach Fabrik und imprägnierten Stoffbezügen, fuhren wir an der Steilküste entlang, immer dicht am Abgrund, und es kam mir so vor, als ob Papa damit sogar fliegen könnte, wenn er denn nur wollte. Ich weiß noch, dass ich mit diesem Gedanken irgendwann einschlief, und als ich die Augen wieder öffnete, waren wir an einem Strand angekommen. Wir picknickten, Mama lachte viel, und ich kam mir vor wie ein Entdeckungsreisender, als ich auf einen Felsen kletterte und dort meine imaginäre Fahne hisste. Unten in der Bucht küssten sie sich, und Mama lachte auf einmal ganz anders als sonst, was ich ausnutzte, um zu einem schmalen Pfad hochzuklettern, einem von diesen Gebirgspfaden, die kühnen, waghalsigen Osvaldos wie meinem Vater und mir vorbehalten waren. Er führte um einen Felsen herum, sodass meine Eltern nicht mehr zu sehen waren, dafür aber unter mir das Meer, das mit hypnotischer Regelmäßigkeit gegen die Klippen brandete. Auf einem vorspringenden Felsen beugte ich mich neugierig vor, weil ich sehen wollte, ob darunter eine Höhle mit einem kostbaren Schatz verborgen war, der Unterschlupf von Piraten, die von den Fregatten der Queen verfolgt wurden, oder der Eingang zu einem geheimen unterirdischen Palast – und bekam das Übergewicht, stürzte hinab in die Tiefe, schwer wie ein Stein von fünf Jahren.

Das aufgewühlte Meer spielte mit mir wie mit einem Stück Treibgut. Jeden Moment konnte es mich gegen die Felsen schmettern oder für immer in seinen Fluten begraben. Da wusste ich, dass ich sterben würde, denn das Meer war unendlich groß, und niemand würde mich retten. Und dann ging ich unter, ich schloss die Augen und hörte auf, gegen die Strömung anzuschwimmen, die mich immer wieder nach unten zog – bis mich auf einmal eine noch stärkere Strömung mit sich riss, und als ich den Kopf aus dem Wasser streckte, sah ich, dass es keine Strömung, sondern die starken Arme meines Vaters waren, der mich beruhigend anlächelte, während er mit mir zum Strand zurückschwamm. Immer wieder hielt er inne, um Luft zu holen und mir lächelnd zu versichern, alles sei gut. Und da fiel alle Angst von mir ab, denn in diesem Moment wusste ich, dass mein Vater viel, viel stärker war als das Meer.

Das Gute an unserem Training ist, dass man dabei Reflexe entwickelt, die einem oftmals das Leben retten können. Allerdings sind es nur bedingte Reflexe, durch Konditionierung erworbene Reaktionen des Körpers, die in ganz bestimmten Situationen automatisch ausgelöst werden.

Die frühere Nummer Drei liebte es, diese Reflexe auf die Probe zu stellen. Wenn wir in der Nacht vor einem Auftrag gemeinsam auf der Lauer lagen, versuchte er deshalb stets, mir die Pistole in den Mund zu schieben und mich dann aufzuwecken. Das gelang ihm allerdings nur die beiden ersten Male.

»Auf welches deiner Eier soll ich schießen?«, fragte ich ihn danach immer, wenn er die Waffe noch nicht einmal unter dem Kopfkissen hervorgeholt hatte, und zielte mit meiner eigenen Pistole auf ihn.

»Du bist ein Arsch, mein Junge«, brummte er dann. »Schläfst du denn nie?«

»Wieso? Ich schlafe doch«, antwortete ich ihm, drehte mich auf die andere Seite und schnarchte seelenruhig weiter.

Leticia ist natürlich längst nicht so leise wie die alte Nummer Drei, weshalb sie mein Messer-Handy bereits an der Kehle hat, noch bevor ich die Augen aufmache.

»He, was tust du, Juan?!", kreischt sie im ersten Moment erschrocken auf, muss dann aber erleichtert lachen, als sie erkennt, was es ist. »Willst du mich mit deinem Handy erstechen?«

»Entschuldige, ich habe geschlafen und ...«

»Schon gut. Wo wir gerade von Handys reden«, sagt sie und drückt mir ihr eigenes in die Hand, »hier, Gaspar will mit dir sprechen. Was ihr wohl wieder ausheckt, ihr ...«

Damit geht sie davon, scheinbar tief gekränkt über die vermeintliche Kameraderie zwischen ihrem Verflossenen und ihrem neuen Lover. Aber sie macht nur Theater. Ich kenne sie gut genug, um zu wissen, dass ihr das gefällt.

»Juan?«, sagt die Stimme des Richters am Telefon.

»Ja?«

»Entschuldige die Störung, aber wir müssen uns sehen. Kannst du heute Abend nach Cartagena kommen? Ich kann es dir jetzt nicht erklären, aber es ist wirklich wichtig. Hast du was zum Schreiben?«

Ich sage ja, obwohl es nicht stimmt. Ich brauche keinen Stift. Sich Dinge zu merken ist Teil unseres Trainings. Der Richter diktiert mir den Namen und die Adresse einer Kneipe.

»Bitte komm allein«, sagt er noch und legt dann ohne ein weiteres Wort auf.

Ich strecke mich wieder auf dem Liegestuhl aus.

Vom Meer her nähert sich eine dicke, graue Wolkenwand. Bald wird der Himmel ganz bedeckt sein, und der Sturm das Wasser aufwühlen.

So wie es mich aufwühlt, endlich zu wissen, wer mich zur Schlachtbank führen soll.

Der Freund meiner Frau und zukünftige Stiefvater meiner Kinder.

Man bestellt den »Kunden« in ein Lokal, damit er nicht misstrauisch wird, lässt ihn dort eine ganze Weile warten, damit er ein paar Gläser trinkt, ruft ihn dann an, um Bescheid zu sagen, dass man leider, leider verhindert ist, und wenn der »Kunde« sich dann auf den Heimweg macht, erwartet ihn sein Mörder irgendwo im Hinterhalt. Es wird empfohlen, eine Pistole mit Schalldämpfer zu benutzen oder ein Messer, wenn man der Hinrichtung den Anschein eines versuchten Raubüberfalls geben will.

Soweit Methode 39 A in unserem Handbuch.

Es ist klar, dass das Treffen mit Gaspar eine Falle ist.

Und dass ich hingehe.

23

Es regnet in Strömen, so, als wolle der Himmel etwas sauber waschen, das so schmutzig ist, dass nur ein sommerlicher Wolkenbruch damit fertig wird. Es regnet, und das ist auch gut so; die schlechten Sichtverhältnisse verschaffen mir einen Vorteil. Wenn ich schon sonst keinen habe.

Laut Handbuch sollte man bei der Methode 39 A nicht improvisieren, sondern den Tatort vorab genau inspizieren. Die FIRMA führt eine ellenlange Liste mit Lokalen in sämtlichen spanischen Städten, in denen man eine 39 A anwenden kann. Sie wird ständig aktualisiert. Und es gibt, glaube ich, auch mehrere fürs Ausland. »Du kennst doch diese Schlitzaugen, die alle Welt mit ihren Kameras nerven und in Rom, Buenos Aires oder Budapest selbst noch den Arsch einer Ameise ablichten«, sagte die frühere Nummer Drei einmal zu mir, »unwissentlich arbeiten sie alle für die FIRMA.«

Ich dachte immer, das sei ein Scherz, aber bei der alten Nummer Drei wusste man das nie. Und bei der FIRMA ebenso wenig.

Für die Methode 39 A wird im Handbuch empfohlen, dreißig Minuten vor der Verabredung mit dem »Kunden« vor Ort zu sein.

Ich kam bisher immer eine Stunde vorher. Diesmal bin ich sogar zwei Stunden eher da, nachdem ich mir auf dem Stadtplan von Cartagena sämtliche Fluchtwege rund um die

Kneipe eingeprägt habe. Kurz nachdem ich den Campingplatz verlassen hatte, entdeckte ich im Rückspiegel im Übrigen auch den Wagen, der mir in einiger Entfernung folgte. Das ist ebenfalls im Handbuch beschrieben: So überzeugen wir uns davon, dass der »Kunde« tatsächlich in die Falle geht.

Die verbleibende Zeit bis zu unserem Treffen ist vielleicht mein einziger Trumpf. Das und der Regen. Bei strömendem Regen habe ich bisher jedes Mal getroffen, obwohl die dicken Tropfen meine Zigarette aufweichten und die frühere Nummer Drei sich darüber kaputtlachte, dass ich aussah *wie ein begossener Pudel, ein mörderischer begossener Pudel.*

Ich vermisse ihn.

Hätte ich ihn bloß nicht umgebracht. Ich glaube, ich habe es aus Hochachtung vor dem getan, was er mir alles beigebracht hat, nicht so sehr aus Pflichtgefühl gegenüber meinen Arbeitgebern oder weil ich in der FIRMA unbedingt aufsteigen wollte. Mein alter Mentor wüsste jedenfalls, was in einer stürmischen Nacht wie dieser in einer Kneipe am Stadtrand von Cartagena zu tun wäre, deren bläulich zuckende Neonreklame die Hiobsbotschaft verkündet: *The End.*

Ich habe mich nicht von Yolanda verabschiedet, bevor ich den Campingplatz verließ. Ich habe sie allerdings auch nicht lange gesucht. Ich wollte lieber meine Zweifel behalten, denn so bleibe ich wachsam. Misstrauen, falls es keine Paranoia ist, schärft die Wahrnehmung enorm. Zumal ich heute Abend im *The End* nur mit einem Auge sehen kann, was um mich herum passiert.

Beltráns Mission spricht Yolanda nämlich nicht frei. Beide könnten der FIRMA angehören. Und Sofía sicher auch, jede Wette. Und Sven. Auch wenn die beiden wahrscheinlich nur Infanterie sind, Soldaten in der zweiten Reihe, die das Feuer eröffnen, falls die Offiziere versagen. Dass Beltrán seine Finger im Spiel hat, ist offensichtlich. Dass ich an Yolanda zweifele, muss ich jedoch auf meine Kappe nehmen. Mit einem einzigen Auge und einem Rattenschwanz von Zweifeln gegen ein Heer von Schatten anzutreten, verlangt mir eigentlich schon genug ab. Dass ich meine Reaktionsfähigkeit zusätzlich noch durch eine Liebe auf den ersten Blick schwäche, die mir bei diesem Gewitterregen wie eine einzige Farce vorkommt, habe ich mir wirklich selbst zuzuschreiben.

Womöglich ist mein Leben aber auch tatsächlich nur eine einzige Krimi-Klamotte, ein erbärmliches B-Picture, das nicht einmal im Nachtprogramm eines Provinzsenders ausgestrahlt würde, zwischen der Werbung für einen Wunderapparat zur Penisverlängerung und der für einen Küchenroboter, der der Hausfrau angeblich alle Arbeit abnimmt, damit sie wie die Promis in den Illustrierten den ganzen Tag Champagner trinkend am Kamin sitzen kann. Vielleicht endet mein jahrelanges Spiel mit der Schuld ja in einer Sackgasse wie die, in der *The End* liegt; vielleicht habe ich zeit meines Lebens ja weniger Tonys Auge und Bein gesühnt, Trophäen meiner miserablen Treffsicherheit, wenn's wirklich drauf ankommt, als dass ich vor der einzigen Frage davongelaufen bin, die ich nicht zu beantworten wage:

Wer bin ich wirklich?

Bin ich der eiskalte Profikiller, der beste Lehrling der ehemaligen Nummer Drei?

Bin ich Juanito Pérez Pérez, der davon träumt, dass sein Vater ihn auch dieses Mal aus dem gefährlichen Strudel rettet, der ihn in die Tiefe zu ziehen droht?

Bin ich ein Enddreißiger, der sich blauäugig in Yolanda verliebt hat, weil er wie jeder x-beliebige Mann in der Midlifecrisis unbewusst darauf setzt, dass ihr junger Körper ihm eine Courage verleiht, die ihm immer gefehlt hat?

Bei diesem sintflutartigen Sommerregen, der die ganze Küste unter Wasser setzen oder genauso gut in fünf Minuten wieder aufhören kann, ist es wirklich schwer zu entscheiden, wer ich bin. Zum Glück kommt mir der Geist der ehemaligen Nummer Drei zu Hilfe und flüstert mir eine für ihn typische Antwort ins Ohr.

»Ich bin ein Typ, der jetzt unbedingt einen Drink braucht«, wiederhole ich laut und vernehmlich und steige dann aus dem Wagen, indem ich alle Vorsichtsmaßnahmen und Strategien zurücklasse, die mich aus einer perfekten Falle retten könnten.

Dem Regen völlig ausgeliefert, überquere ich beherzt die Straße und begebe mich direkt in die Höhle des Löwen.

Zwanzig Minuten und zwei Drinks sind genug Zeit und Alkohol, um etliche Gespenster zu verscheuchen und der Gefahr ins Auge sehen zu können. Auf seine Art war mein alter Mentor ein echt weiser Mann, und ich werde seinen Rat befolgen: Als Erstes werde ich mit Köpfchen vorgehen, wenn das nicht genügt, die Fäuste benutzen, und erst wenn das nicht hilft, die Eier.

Ja, er war ein weiser Mann, die frühere Nummer Drei.

Hätte ich ihn doch bloß nicht umgebracht.

Fakt ist jedenfalls, dass die Verabredung mit dem Richter eine 39 A sein könnte, wie sie im Buche steht. Es könnte aber auch durchaus sein, dass er den Ex seiner neuen Freundin nur besser kennenlernen will, da wir uns offensichtlich sympathisch sind, wie die ersten Gespräche gezeigt haben. Allerdings hat er gesagt, es sei *wirklich wichtig*, was fast so geklungen hat, als sei es *ernst*. Aber vielleicht hat er sich ja dazu entschlossen, Leticia einen Antrag zu machen. Und das ist natürlich wirklich ernst, äh, ich meine, wichtig.

Fakt ist auch, dass die FIRMA, wenn es sich wirklich um eine Falle handelt, für mich sicher eine weniger offenkundige Methode als die 39 A gewählt hätte. Wir warnen einen

»Kunden« nie vor – ein Hirsch hat schließlich ein Geweih, und wenn man ihn in die Enge treibt, kann er damit auf einen losgehen und aufspießen. Und ich bin nicht bloß ein gewöhnlicher Hirsch. Und das wissen sie auch.

Um mich wirklich umzubringen, bräuchten sie zudem nicht so viele Killer, sage ich mir, während ich den dritten Bourbon Four Roses mit zwei Eiswürfeln bestelle, auch wenn mir dieses starke Aufgebot natürlich schmeichelt. Nein ... Das Ganze sieht eher nach einem Katz-und-Maus-Spiel aus, in dem es um mehr geht als um mein Leben. Doch allein darum geht's. Oder etwa nicht?

Fakt ist außerdem, dass die Bedienung aus Versehen das T-Shirt ihrer zwölfjährigen Schwester angezogen hat, und logischerweise hat ihr der BH der Kleinen nicht gepasst, weshalb der dünne Stoff ihre festen Brüste kaum bändigen kann. Die Wirkung ist nicht übel, aber Yolanda würde es besser stehen, Yolanda ... Yolanda im Regen, wie sie nackt unter mir liegt, der ich sie vor allen Sommergewittern beschütze; Yolandas verliebte Blicke und ihr lustvolles Stöhnen, was man nicht bis zu diesem Extrem simulieren kann; Yolandas Pupillen, in denen sich allerdings hin und wieder ein Anflug von Bedrücktheit zeigt, seit ich an sie zu glauben begann – was so viel heißt, wie sie zu lieben – und lieber das Relief ihrer Brustwarzen studierte statt all die Ungereimtheiten zu analysieren.

Und ... Und last, not least bin ich inzwischen einigermaßen beschwipst.

Aber auch deutlich ruhiger.

Es wäre einfach zu plump, ausgerechnet mich in eine 39 A zu locken, sodass das Treffen mit Beltrán vielleicht doch nur das ist, was es scheint: Er braucht meinen Rat, weil er sich vor Leticias Reaktion fürchtet, wenn er vom heldenhaften Richter zum normalen Ehemann mutiert. Und das Auto, das mir vom Campingplatz gefolgt ist, gehört bestimmt FKKlern, die nach dem Urlaub in ihren bekleideten Alltag zurückkehren; das Autokennzeichen meiner Ex war ein Tippfehler der Verwaltung; Nummer Dreizehn hat sich mit dem Gift der nichtexistenten Spinne versehentlich selbst geritzt, weil er stockbesoffen war; Tonys Auftauchen ist purer Zufall; und die wütend ausgestoßenen Rauchschwaden von Sofía zeugen nur vom Riesenfrust einer miesen kleinen Nutte, deren Brüste dank Skalpell zu großen Ballonen geworden waren. Ja, ganz bestimmt lässt sich alles so erklären.

Wohlgelaunt trinke ich mein Glas aus und bestelle gleich noch einen Drink. In wenigen Minuten wird Gaspar Beltrán das *The End* betreten, leicht verlegen, weil er mich, seinen Vorgänger, zurate ziehen muss, um seine Zukünftige besser zu verstehen. Ich werde ihn beruhigen, ein paar Gläser mit ihm kippen, und dann werden wir in Schlangenlinien zum Campingplatz zurückfahren.

Außerdem hat Beltrán nicht die Nummer meines Messer-Handys. Und das von Juanito habe ich im Zelt liegen lassen. Folglich kann er mich nicht anrufen, um unser Treffen abzusagen und mich so dem Regen und meinen Henkern auszuliefern. Ich bin wirklich ein Idiot gewesen. Dieser Beruf geht mir allmählich echt an die Nieren. Zum Glück habe ich beschlossen, auszusteigen. Auch wenn ich noch nicht weiß, wie. Vielleicht rede ich irgendwann mal mit Beltrán darüber. Ich weiß nicht viel über die FIRMA, aber doch genug, damit ein cleverer und wackerer Star-Richter seinen beruflichen Abgang mit einer brillanten Operation krönen kann, bei der die Kronzeugenregelung greift. Ja, genau so werde ich es machen ... wenn Beltrán seinen größten Erfolg allerdings auf dem Silbertablett serviert bekommen will, dann aber nur unter einer Bedingung: dass er seine Großrazzia »Operation Pirat« nennt.

Siegesgewiss lächelnd will ich diese großartige Idee gerade mit meinem Bourbon begießen, als sich die Bedienung zu mir über den Tresen beugt. Ihre Brüste sind wie zwei saftige, goldene Pfirsiche, ich will schon dankend ablehnen, stammeln, ich hätte bereits während der Siesta genascht, sie solle sie lieber für jemanden aufheben, der keine Yolanda hat, da fragt sie mich, ob ich Juan Pérez Pérez heiße, und reicht mir, kaum habe ich genickt, das schnurlose Telefon.

Aus dem Hörer dringt Gaspar Beltráns Stimme, es tue ihm leid, dass er mir absagen müsse, aber durch eine kleine Unachtsamkeit sei er auf halber Strecke von der Fahrbahn abgekommen und ein Abschleppwagen versuche gerade, seinen Wagen aus dem Schlamm zu ziehen. Die Panne ist ihm anscheinend ziemlich peinlich; inständig bittet er mich darum, Leticia nichts davon zu erzählen, und nachdem ich ihm zugesichert habe, kein Wort darüber zu verlieren, verabschieden wir uns, und ich lege auf.

Entschlossen stehe ich auf, zahle und drücke der Besitzerin der goldenen Pfirsiche zum Abschied noch ein beachtliches Trinkgeld in die Hand.

Draußen hat es aufgehört zu regnen, die gewittrige Schwüle deutet jedoch darauf hin, dass ein letzter Wolkenbruch unmittelbar bevorsteht, dessen Prasseln die Geräusche des bevorstehenden Showdowns überdecken wird. Anstatt zu meinem Wagen zu eilen, wie das jeder normale Mensch bei so einem Wetter tun würde, marschiere ich nach links Richtung Straßenecke. Zwar werden sie dort einen Kollegen postiert haben, der mir den Fluchtweg abschneiden soll, er dient aber normalerweise bloß zur Einschüchterung und ist meistens nicht ganz so gefährlich, sodass ich, wenn ich schnell genug bin, vielleicht die belebte Hauptstraße erreiche, bevor meine Mörder mich einholen.

Kaum bin ich ein paar Schritte gegangen, sehe ich ihn

auch schon, in einen gelben Regenmantel mit Kapuze gehüllt. Seiner Statur nach zu schließen, könnte ich ihn relativ schnell überwältigen und meinem Mörder dann im Schein der Straßenlaternen die Stirn bieten, vielleicht könnte ich dem Tod sogar noch einmal kurzfristig entkommen – der Bourbon und meine unbändige Wut sind jedoch eindeutig stärker als das jahrelange Training, und ich will ein für alle Mal den Grund für das Ganze wissen, selbst wenn ich dabei draufgehe.

Und so mache ich auf dem Absatz kehrt, marschiere zurück in die Gasse, direkt auf die Wahrheit zu. Es gibt keinen anderen Ausweg mehr, als mich direkt in die Höhle des Löwen zu begeben, damit er mir sein wahres Gesicht zeigt, bevor er mich endgültig verschlingt – oder ich ihn bezwinge. Kurzum: Ich will endlich wissen, wer von all meinen neuen und alten Freunden den Auftrag hat, mich umzubringen.

Da löst sich aus dem Schatten eines schwarzen Kastenwagens eine breitschultrige Gestalt und stürzt sich mit geballten Fäusten und einem Schrei auf mich, der eher auf Krieg hindeutet als auf meine Hinrichtung.

Kommissar Arregui.

24

Wie der Alte mir geraten hat, gehe ich zunächst mit Köpfchen vor. Blitzschnell berechne ich die Flugbahn der imposanten Rechten und stelle mich so, dass ich Arreguis Kinnhaken und gleichzeitig dem des gelben Regenmantels ausweichen kann, der sicher hinter mir hergelaufen ist. Sollte ich überleben, werde ich einen Bericht schreiben über die Unzweckmäßigkeit von greller Kleidung bei der 39-A-Methode; damit fällt man nicht nur auf, es ist geradezu ordinär. Arreguis Schwinger geht um Zentimeter daneben und offenbart eine Flanke, die so ungeschützt ist, dass ich ihn mit einem einzigen Fausthieb außer Gefecht setzen oder sogar töten könnte. Ich schlage aber nicht zu, sondern springe nur blitzschnell einen Schritt zurück, sodass er, mitgerissen von seinem ungestümen Schlag, nach vorne stolpert, sich aber gleich wieder fängt und erneut auf mich losgeht. Warum ich das getan habe? Ich weiß es nicht. Vielleicht weil eine solche Blindwütigkeit im Handbuch der FIRMA nicht vorgesehen ist oder weil er, seit er sich auf mich gestürzt hat, unablässig etwas schreit, das ich nicht verstehen kann. Oder weil ich in seinen Augen alkoholgeschwängerte Tränen entdeckt habe, die nicht zu der 39-A-Methode passen. Vielleicht sind es aber auch gar keine Tränen, sondern nur vereinzelte Tropfen des Platzregens, der nun mit derselben Wucht auf den Asphalt prasselt, wie Arregui mir erneut eine vor den Latz knallt.

Nach so vielen Drinks und Zweifeln ist mein Kopf in dieser Nacht ganz offensichtlich nicht schnell genug, weshalb ich, dem Rat der alten Nummer Drei folgend, nun also doch meine Fäuste benutze. Nur wenige meiner stärksten Gegner wären nach der Linken, die ich gerade in Arreguis Gesicht platziert habe, nicht zu Boden gegangen, aber vielleicht habe ich wegen meines verbundenen Auges nicht so präzise wie sonst getroffen, oder seine unbändige Rage verleiht ihm eine außergewöhnliche Zähigkeit. Irgendwas stimmt hier nicht, er versucht nicht, Zeit zu schinden, bis der Trampel in dem gelben Regenmantel mich von hinten angreift, er will nur auf mich einprügeln, und es ist ihm egal, dass ich kontere und zurückschlage, ins Gesicht, die Seite, den Magen. Eine kurze Atempause, in der wir uns wie brünstige Männchen taxieren und umkreisen, lässt mich sehen, dass der gelbe Regenmantel fünf oder sechs Meter entfernt stehen geblieben ist, verflixtes Auge, wegen dem ich ihn nicht genauer sehen kann, wenn ich wenigstens meine Lederklappe hätte, beobachtet er uns nur? Nein, das unruhige Tänzeln seiner Beine verrät, dass er noch zaudert, vielleicht aber gleich ... Meine Schlussfolgerung ist allerdings nur dazu gut, dass ich mich schlecht decke, sodass Arregui seine Rechte auf meiner Wange platzieren kann, ich glaube, die Faust zielte auf das gesunde Auge, ein Boxertrick, und da fällt mir wieder ein, dass der Kommissar mehrmals die Boxwettkämpfe der Polizei gewonnen hat, fast immer durch k. o., aber es war ein Boxertrick, in letzter Sekunde abgewendet mit der Noblesse eines exzellenten Boxers. Arregui will mich nicht umbringen, so viel steht jetzt fest, aber wenn ich nicht endlich das Denken einstelle und er weiter so auf mich eindrischt, tut er es am Schluss vielleicht doch noch, wenn auch unbeabsichtigt.

Hier braucht es kein Köpfchen.

Und auch nicht die Fäuste, obwohl unsere Knöchel vom Zuschlagen schon ganz wund sind.

Hier sind, wie die frühere Nummer Drei sagen würde, die Eier gefragt.

Und so setze ich also draufgängerisch all meine Kraft ein, genau wie Arregui, während der gelbe Regenmantel unsere Auseinandersetzung aus der Ferne verfolgt, mittlerweile stehen seine Beine still, die eben noch auf mich losstürzen wollten, ja er steckt sich sogar eine Zigarette an, um deren Genuss ich ihn jedoch nicht eine Sekunde beneiden kann, denn ich muss einem weiteren Hieb Arreguis kontern, weshalb ich beim Aufflammen des Feuerzeugs nur blitzartig seine Gesichtszüge erkennen kann, was mit einem Volltreffer auf mein rechtes Schläfenbein zusammenfällt. Wie gern würde ich über diese Blitzlichtaufnahme nachdenken, aber das geht jetzt nicht, denn es gibt nun Wichtigeres, als um mein Leben zu kämpfen, ich muss erfahren, was zum Teufel Arregui die ganze Zeit brüllt, dieser Schrei muss der wahre Motor für seine maßlose Wut sein, ich muss erfahren, was hinter diesem verbissenen Kampf im strömenden Regen steckt, bei dem es definitiv nicht um eine 39 A geht, sondern um etwas, das in keinem Handbuch für Profikiller steht. Denn Profikiller weinen nicht, und das in Arreguis schon blutunterlaufenen Augen sind auch keine Regentropfen, und der Name, den er mit seinen aufgeplatzten Lippen unablässig stöhnt, ist der Name einer Frau, einer Frau, die wir beide sehr geliebt haben: Claudia.

Und deshalb nutze ich eine kurze Atempause des Kommissars, der wie ich am Ende seiner Kräfte ist, nicht dazu, ihn k. o. zu schlagen, sondern ihn wie ein müder Boxer in einem Clinch zu umklammern, damit er ihren Namen noch ein letztes Mal wütend stammeln und ich, völlig erschöpft und mit Blut im Mund, japsen kann:

»Ich hatte ... nichts ... mit ihrem Tod ... zu tun, Txema.«

Da hält er endlich inne.

»Echt nicht?«

Alles ist so absurd, jetzt, da der gelbe Regenmantel plötzlich verschwunden ist und dieses animalische Kräftemessen eine Erklärung hat, die nur zwei irrsinnigen Männern verständlich ist, dass ich meine linke Hand hebe und so wie als kleiner Junge meinen gekreuzten Zeigefinger küsse.

»Ich ... schwöre ... es ... bei ... meinen ... Kindern!«

Und dann schnappen wir nur noch nach Luft in dieser Umarmung zweier Bäume, die den Wirbelsturm überlebt haben, aber schon beim nächsten Windstoß zu fallen fürchten, bis Kommissar Arregui auf den Boden spuckt und sagt:

»Jetzt brauchen wir einen Drink. Ich gebe einen aus.«

Die Bedienung mit den goldenen Pfirsichbrüsten erschrickt bei unserem Anblick und will schon hilfesuchend zum Telefon stürzen, aber Arregui kann mit großer Anstrengung gerade noch rechtzeitig seine Dienstmarke ziehen. Nachdem wir uns stöhnend an den Tresen gesetzt haben, bestellen wir gleichzeitig zwei Bourbon Four Roses und verziehen unsere geschwollenen Gesichter zu einem mühevollen Grinsen angesichts dieses Zufalls, auch wenn ich natürlich längst wusste, dass Arreguis Lieblingsdrink derselbe ist wie meiner. Es stand in den Observierungsprotokollen, die ich zu meiner Absicherung schrieb, und auch in denen des von mir engagierten Privatdetektivs, es war eine dieser Informationen aus einem anderen Leben, einem Leben, in dem Claudia ihn verlassen hatte, weil er sich weigerte, seinen Polizistenjob aufzugeben, einem Leben, in dem ich ihr den Hof machte, um mehr über ihn herauszufinden.

»Den gut situierten Pharmavertreter-Softie nehm ich dir

jedenfalls nicht ab«, brummt er schließlich nach ein paar Schlucken.

»Und ich dir nicht den braven Polizeibeamten.«

Meine Juanito-Maske habe ich draußen in der Sackgasse gelassen. Sie nützt mir heute Nacht nichts mehr. Mein Gesicht mag eine einzige Ansammlung von blauen Flecken sein, aber es ist wenigstens mein eigenes.

Der Kommissar hebt nun sein Glas, und wir stoßen an. Unsere Dummejungenrauferei ist uns beiden ein wenig peinlich.

»Warum?«, frage ich.

»Weil ich es endlich wissen wollte, Juan. Weil ich herausbekommen wollte, wer du wirklich bist. Und weil du vor Claudias Tod mit ihr zusammen warst, und ich dachte, du ...«

»Stell dir vor, ich könnte dir nur eine dieser Fragen beantworten. Für welche würdest du dich entscheiden?«

»Für Claudia. Ich würde mich für Claudia entscheiden.«

»Mir tat ihr Tod auch weh, Txema, sehr weh. Aber ich hatte nichts damit zu tun. Du weißt genug darüber, um einen geplanten Mord von einem idiotischen Raubüberfall zweier Junkies unterscheiden zu können, die auf Turkey sind. Bestimmt hat Claudia sich gewehrt ...«

»Garantiert. Sie hat sich nie etwas gefallen lassen ...«

Ich nicke und erhebe das Glas, um einen stummen Toast auf sie auszusprechen, und er tut es mir gleich. Jetzt bin ich mir ganz sicher, dass er nichts mit der FIRMA zu tun hat, dass er mir nur gefolgt ist, um eine Wahrheit aus mir herauszuprügeln, die ich ihm jedoch nicht sagen kann.

Aus den Gesprächsprotokollen des Psychologen, den Arregui nach dem Tod seiner Freundin ein halbes Jahr lang aufgesucht hat (so viel Trara um das Berufsgeheimnis und dann hat so eine Praxis nicht einmal eine Alarmanlage), geht klar hervor, dass er sich an Claudias Tod schuldig fühlt, weil er an jenem Tag nicht bei ihr war, weil er nicht eher zu ihr gegangen war, um ihr zu sagen, dass er seinen Job an den Nagel hängen würde, wie sie es verlangt hatte. Und das kann ich gut nachvollziehen. Nur dass ich meine Schuldgefühle bisher verdrängt habe, auch wenn ich ebenso wenig schuld war an ihrem Tod, der das Leben von uns beiden von Grund auf verändert hat.

»Sie hat von dir geredet«, sage ich. »Sie hat die ganze Zeit von dir geredet.«

»Auch im Bett?«

»Ist dir das wirklich wichtig?«

»Nein. Aber ich wüsste gern, ob ... du verstehst schon, ich weiß, dass ihr was miteinander hattet, nur kurz, denn dann wurde sie umgebracht, und ich war nicht zur Stelle und du auch nicht ... aber ...«

Mein Mund brennt, als ich an der Zigarette ziehe, während die Bedienung hinter dem Tresen uns fast mütterlich ansieht.

»Sie war wild wie eine Löwin«, murmelt Arregui.

»Eine Leopardin.«

»Stimmt, Juan, wie eine Leopardin. Aber wenn sie schlief, sah sie aus wie ein wehrloses Kätzchen; man sah sie an und spürte, dass man bereit war, zu töten, um ihr diese Sanftheit zu bewahren.«

Ich sage darauf kein Wort, es ist auch nicht nötig. Wir rauchen schweigend, und der Rauch zeichnet vor unseren Augen Claudias Kurven nach, nicht nur die ihres Körpers, auch die ihres Lächelns und ihrer kurzen, schmerzlichen Fluchten.

»Ich war bei ihr am Tag, bevor sie umgebracht wurde, Txema.«

»Ich weiß. Es war allerdings in der Nacht davor. Aber das ist nicht der springende Punkt.«

»Der springende Punkt ist, dass sie mir in jener letzten Nacht gestanden hat, dass sie mich nicht mehr länger anlügen und benutzen könne; du seist zwar ein sturer Bock und ein beschissener Bulle, der mehr an die Gerechtigkeit glaube als die spanische Justiz, aber sie liebe dich immer noch und werde deshalb zu dir zurückgehen.«

Da packt mich Arregui so fest am Arm, dass ich froh bin, dass die Prügelei vorbei ist.

»Ist das wahr?«

Ich sehe ihm in die Augen und lasse ihn meine mehrere Sekunden lang ausloten, während die vollbusige Bedienung sicher denkt, wir wären zwei alte, verklemmte Schwuchteln, die sich nach einem heftigen Streit wieder versöhnen.

»Ja, das ist es«, erwidere ich schließlich.

Da seufzt Arregui tief auf, und Tränen beginnen ihm über die Wangen zu laufen, nicht viele, nur die, die er sich in seinem Inneren wahrscheinlich für diese letzte Wahrheit aufgehoben hat.

So vergeht eine ganze Weile, bis er sich schließlich schnäuzt und sagt, er sei sich nicht sicher, was ich beruflich wirklich mache, wolle es im Moment aber auch gar nicht wissen. Doch ich solle lieber heute als morgen den Job an den Nagel hängen. Wie Claudia begriffen hatte, sei er nun mal durch und durch Polizist, und so viele Giftspinnen in meiner Nähe würden ihn irgendwann auf meine Spur bringen.

Ich gebe nichts zu, leugne aber auch nichts, ich bestelle nur eine weitere Runde, die wir schweigend hinunterkippen.

Als wir kurz darauf auf die Straße hinaustreten, ist der Himmel über Cartagena wieder so klar, als wäre der Wolkenbruch von vorhin nur ein Traum gewesen und der nasse Asphalt das Werk der nächtlichen Straßenreinigung.

Bevor jeder in sein Auto steigt, gibt Arregui mir die Hand. In seinen Augen sehe ich, dass seine Fragen zu Claudia beantwortet sind und er die anderen auf die lange Bank geschoben hat.

»Danke, Juan. Jetzt weiß ich auch, warum sie dich so toll gefunden hat.«

»Und ich, warum sie so verrückt nach dir war, Txema.«

Er fährt mit seinem Wagen voraus, und ich folge ihm, zurück zu unserem Campingplatz.

Keine Ahnung, warum ich ihn angelogen habe. Jedenfalls nicht, um den Verdacht eines hartnäckigen, gefährlichen Kriminalkommissars von mir abzulenken.

Es stimmt, dass Claudia von zwei Schwachköpfen umgebracht wurde und ich nichts mit ihrem Tod zu tun hatte. Aber ich schenkte Claudia in jener letzten gemeinsamen Nacht auch reinen Wein ein, erzählte ihr alles über mein Doppelleben und versprach ihr, alle Brücken hinter mir abzubrechen, wenn sie mit mir fliehen würde. Und sie antwortete, mit Txema sei es für immer aus und vorbei und sie liebe nur mich. Wir wollten neu anfangen. Zusammen. Weit weg, irgendwo an einem sonnigen Plätzchen. Doch am nächsten Tag brachten die Idioten sie um, und ich flüchtete mich wieder hinter die Maske des Profikillers.

Bis jetzt. Bis Yolanda.

Die Wahrheit ist fast immer beschissen, sagte die alte Nummer Drei oft zu mir. *Es heißt, sie würde einen frei machen. Aber manche Wahrheiten können einen auch umbringen.*

Mich hat diese Wahrheit vor anderthalb Jahren beinahe umgebracht.

Txema hätte sie heute Nacht garantiert umgebracht.

Wir nehmen die Kurven ganz langsam. Wir haben keine Eile. In der Einsamkeit unserer Autos und in seltsamer Einmütigkeit müssen wir den Tod einer Frau beweinen, die in der Liebe und im Leben wild war wie eine Leopardin und wie ein kleines Kätzchen selig schnurrte, wenn die Erschöpfung und das Glück sie im Traum wiegten.

25

Ich parke vor dem Campingplatz und bedeute Txema durchs Fahrerfenster, dass ich noch eine Weile im Wagen sitzen bleibe, um nachzudenken, worauf er mir sachlich mitteilt, dass er noch ein paar Tage bleiben wird, um sich zu erholen; wenn ich mir aber *das andere* von der Seele reden wolle, wäre das ganz inoffiziell.

Das andere.

Ich würde es mir überlegen, erwidere ich und wünsche ihm dann mit einem festen Handschlag eine gute Nacht. Ich bin nicht beunruhigt über die langsame, aber sichere Rückkehr des Polizisten, der dieser Sache auf den Grund gehen muss, auch wenn wir Freundschaftsbande geknüpft haben. Das wird ihn nicht daran hindern, bei der nächsten Gelegenheit Jagd auf mich zu machen. Denn jetzt sind seine letzten Zweifel beseitigt.

Kaum ist er weg, klappe ich den Sitz nach hinten. Ich will nicht ins Zelt zu Yolanda oder mich gar auf die Suche nach ihr machen, falls ich sie dort nicht antreffe. In dieser Nacht will ich nicht neben ihr schlafen, denn uns würde der Schatten einer anderen unvergesslichen Frau bewachen, die ich seit bald zwei Jahren aus meiner Erinnerung zu löschen versuche.

Außerdem muss ich dringend nachdenken.

Ich würde Beltrán ja gern aus dem Kreis der Verdächtigen

ausschließen, aber der gelbe Regenmantel war vor *The End*, und das hatte sicher einen Grund, auch wenn er sich nicht wie ein Kollege bei einer 39 A verhalten hat, denn dann hätte er unsere Prügelei ausgenutzt und uns beide abserviert. Es sei denn, er hätte mitgekriegt, dass Arregui Polizist ist, und Anweisung erhalten, nicht einzugreifen. Aber nein ... er hat nicht telefoniert, sondern sich damit begnügt, zuzusehen, anfangs voller Unruhe, gegen Ende sogar fast mit Interesse. Er sah uns zu und rauchte. Und dann war er auf einmal verschwunden. Könnte ich mir doch nur dieses Gesicht unter der Kapuze ins Gedächtnis zurückrufen, diese flüchtige Blitzlichtaufnahme beim Aufflammen des Feuerzeugs. Es streicht um mein Bewusstsein herum, kommt näher, entwischt mir jedoch immer im letzten Moment. Aber vielleicht würde mir das auch nicht viel nützen. Ich kenne mehrere Nummern der FIRMA, aber längst nicht alle.

Ich bin hundemüde.

Das Schlafbedürfnis wiegt schwerer als meine Schuldgefühle, aber noch wehre ich mich dagegen, weil ich mich vor dem fürchte, was ich wohl träumen werde nach diesen seltsamen letzten Stunden; alle Fragen, vor denen man im Wachzustand davonlaufen kann, fallen im Dickicht der Träume nämlich immer über einen her.

Vielleicht gelingt es mir ja mit chemischer Hilfe.

Im Kofferraum habe ich legal erhältliche Beruhigungsmittel, auf die wir gelegentlich zurückgreifen, wenn ein Auftrag nicht wie ein Mord aussehen soll, sondern wie eine Überdosis Schlaftabletten. Ich beschließe also, das durch Prügel und Bourbon verursachte Schwindelgefühl mit ein paar roten Pillen zu betäuben, die aussehen wie Bonbons für einen Jungen, der einmal Piratenkapitän werden wollte, es aber nur zu einem Augenverband und einem Haufen Zweifel gebracht hat.

Ich zähle sorgfältig, ich will nicht zu viele nehmen, und während ich die letzte Tablette schlucke, schießt mir auf einmal durch den Kopf, dass ich so narkotisiert leichte Beute für meine Mörder bin. Und so treffe ich eine dieser cleveren, unumstrittenen Entscheidungen, die man immer trifft, wenn man nicht mehr klar denken kann: Ich muss aus dem Auto raus und mir einen abgelegenen Ort zum Schlafen suchen, einen Ort, wo mich niemand finden kann, bis ich wieder eine einigermaßen passable Killermaschine bin oder mich zumindest selbst zu verteidigen weiß. Kurz kommt mir Camilleris Höhle in den Sinn, aber angesichts des steilen Weges hinauf auf den Felsen verwerfe ich den Gedanken wieder. Ich ziehe mich aus, verstecke den Zündschlüssel und gehe in einem weiten Bogen um den Campingplatz herum in Richtung Küste. Von oben sehe ich die Bucht, in der ich erst vor ein paar Stunden mit Yolanda entdeckt habe, dass ich wieder fühlen und mich spüren kann wie damals in Claudias Armen. Die Menschen, denen man im Leben begegnet, sind normalerweise keine Spiegel, aber manchmal muss man sie nur ansehen, um zu erkennen, wer man wirklich ist. Erst jetzt wird mir bewusst, dass der Weg hinauf zu Camilleris Höhle weitaus weniger steil war, aber an eine Umkehr ist nicht zu denken, sie liegt genau in der entgegengesetzten Richtung, und deshalb muss ich weiter dem Pfad hoch über den Klippen folgen, während unter mir das Wasser gegen die Felsen klatscht und Worte aus Gischt formt, die ich längst vergessen glaubte, es sind die Namen meiner fünfzehn Toten. Sie rufen mich nun, lassen mich die Felsen hinunterklettern, an denen ihre Namen unablässig und verlockend wiederhallen, ein Blick hinab wird mir ein für alle Mal zeigen, wer ich bin – und plötzlich falle ich, falle von einer lächerlichen Höhe hinab ins Wasser, falle wie ein Stein von neununddreißig Jahren, und in den Fluten merke ich, dass ich das Schwimmen verlernt habe, weil ich wieder ein kleiner Junge namens Osvaldo bin, der ertrinken wird, während sein Vater und seine Mutter in einer galicischen Bucht miteinander eins werden. Bei jedem Wellenschlag gegen die Felsen, mit jedem Schnappen nach Luft schreie ich einen der vergessenen Namen, bis keiner meiner Toten mehr übrig ist und ich die Lebenden anrufe, Wasser und salzige Tränen schluckend, Leticia, Leti, Antonio, Tony, Yolanda und Claudia, deren Namen sich vermischen und gleich wieder trennen, während die frühere Nummer Drei, mein Toter Nummer fünfzehn, mich daran erinnert, dass ich zwar immer gern geschwommen bin, mich dabei aber nicht nass machen wollte, *und das ist nun mal unmöglich, mein Junge.*

Und dann gehe ich unter.

Ich gebe auf, komme aber nicht auf den Gedanken, dass ich diesen Tod verdient habe, denn mir bleibt keine Luft mehr für eine späte Reue. Die Strömungen zerren an mir, sind so stark, dass ich mich am liebsten mitreißen lassen würde, es gibt nichts Mächtigeres als sie, nichts, das mich diesen Strudeln entreißen könnte, die mich immer tiefer hinabziehen … bis mich auf einmal eine andere mächtige Strömung packt, mich umklammert, mit mir an Land schwimmt und mich dort im Morgengrauen aus dem Wasser zieht. Und bevor ich ohnmächtig werde, sehe ich Kommissar Arregui in die Augen und sage:

»Danke, Papa.«

Es riecht nach Kaffee, als ich langsam wieder zu mir komme. Ich bin in einer Hütte, aber es ist nicht die von Yolanda, sie sieht zwar fast genauso aus, bietet aber doch etwas mehr Komfort, wie man ihn den Angestellten sicher nicht zugesteht. Trotz der geschlossenen Vorhänge verrät der hereindringende Lichtschein, dass die Sonne bald untergeht. Arreguis Gesicht, das sich über mich beugt, gleicht inzwischen nicht mehr dem meines Vaters, trotzdem flößt es mir Vertrauen ein, weshalb ich beinahe noch einmal wegdämmere.

Hier bin ich also wieder.

Die Gegenwart des Polizisten rät mir allerdings, so zu tun, als sei ich noch ganz schwach. Er reicht mir einen Becher Kaffee, ohne etwas zu sagen.

»Ich wollte mich nicht umbringen«, sage ich nach ein paar Minuten mit einer Stimme, die schon fast wieder wie meine eigene klingt.

»Ich weiß. Du bist kein Mensch, der Selbstmord begeht, Juan. Für dich gibt es nur eine Lösung: Du musst dich an deinem eigenen Schopf aus dem Sumpf ziehen.«

Ich nicke und frage ihn dann, wie spät es ist. Halb sieben. Ich habe Hunger, und Arregui bietet sich an, im Restaurant einen Imbiss zu holen. Ich nehme dankend an und schließe gähnend die Augen.

Als ich sie wieder aufmache, ist er fort.

Schnell springe ich auf und beginne den Schrank zu durchsuchen.

Unter den Schubladen werde ich fündig.

Ein vergilbter Umschlag mit etlichen Fotos.

Manche sind alt, andere ganz aktuell, und ich bin auf allen drauf, auch wenn ich manchmal Perücken trage, eine andere Nase, Augen- oder Haarfarbe habe. Die ältesten Fotos beunruhigen mich nicht, sie zeigen mich mit Claudia, wie wir aus einer Kneipe kommen oder gerade ein Theater oder ihren Wohnblock betreten. Die neueren Fotos hingegen zeugen von einer professionellen Observierung; soweit ich feststellen kann, beweisen sie nichts, doch gibt es genug Verdächtiges darauf, damit ein scharfsinniger Kommissar sich Fragen stellt.

Viele Fragen.

Schnell verstecke ich den Umschlag wieder und lege mich ins Bett, denn er wird bald zurück sein. Aber etwas lässt mir keine Ruhe, und so stehe ich nochmals auf und werfe einen Blick in den Kühlschrank. Wie vermutet, ist genug da, um etwas Schmackhaftes zu zaubern. Und im Küchenschrank finde ich zudem noch etliche Konserven. Arregui stammt aus dem Norden Spaniens und hat einen feinen Gaumen. Und er kann kochen. Er hätte nicht ins Restaurant gehen brauchen. Nicht jetzt.

Er hat mich allein gelassen, damit ich seine Sachen durchwühle.

Damit ich die Fotos finde.

Und damit ich weiß, dass er alles weiß oder mich zumindest im Verdacht hat.

Ich lege mich wieder hin und nutze die Minuten bis zu seiner Rückkehr zum Nachdenken. Doch ich komme zu keinem Schluss, und so versuche ich mich an meine Träume zu erinnern, die ich kurz vor dem Aufwachen hatte; es waren keine wirren Träume, sondern Erinnerungen, von denen ich gar nicht wusste, dass ich sie habe, Schemen eines unmittelbar bevorstehenden Geistesblitzes und das Aufflammen eines Feuerzeugs, an dem jemand im Schutz einer gelben Kapuze eine Zigarette anzündet.

Arregui kommt zurück. Wir essen wortlos.

Ich bedanke mich, und da er mich unverwandt anschaut, sage ich:

»Es könnte sein, dass ich bald mit dir reden will, Txema. Zuerst mit dir. Und danach vielleicht mit Kommissar Arregui.«

Er nickt, das genügt. Ich muss mich der Realität stellen, die mich immer noch bedroht, und sie zwingen, mir ihr wahres Gesicht zu zeigen. Plötzlich ist mir meine Nacktheit peinlich, an die ich mich schon fast gewöhnt hatte, und ich bitte Arregui um eine Trainingshose. Sich splitterfasernackt dem Leben oder dem Tod zu stellen mag sehr symbolisch sein, ist aber auch verdammt unangenehm.

Draußen schlendere ich dann ohne konkretes Ziel umher, denn mein Kopf muss die Erinnerungsfetzen ordnen, die sich in meinem letzten Traum beinahe zusammengefügt hätten.

Es ist alles da, wenn auch noch verschwommen, ich muss die Kamera in meinem Kopf nur scharf stellen, so wie ich vor ein paar Minuten das schemenhafte Gesicht unter der gelben Regenkapuze auf einmal klar und deutlich vor mir gesehen habe.

Ich kann fast das gesamte Bild sehen.

Aber eben nur fast.

So umrunde ich Yolandas Hütte, Tonys Wohnwagen, die Zelte unserer Patchworkfamilie und zögere nur in der Nähe von Professor Camilleris Bungalow, der mir mit seinem Händchen für einen spannenden Plot sicher weiterhelfen könnte. Aber das würde mir jetzt nicht viel bringen. Wie er selbst sagte, nützen Bücher in bestimmten Situationen gar nichts.

Etwas muss geschehen, und zwar bald, etwas, das diesen gordischen Knoten entwirrt und mir den roten Faden offenbart.

Und es ist bereits geschehen.

Das kann ich an Leticias erschrockener Miene ablesen, die mir auf dem steinigen Pfad entgegenläuft, ohne sich um das Hüpfen ihrer Brüste, ihre aufgelöste Frisur oder die Tränen zu kümmern, die ihr über die Wangen laufen. Sie ist nicht mehr sie selbst, mit allem, was ich einmal an ihr geliebt und später gehasst habe, sondern der Inbegriff einer zu Tode erschrockenen Mutter.

»Sie haben die Kinder entführt, Juan! Juan, unsere Kinder!«

26

»Selbstbeherrschung ist gut, aber nur in Maßen, mein Junge«, sagte die ehemalige Nummer Drei immer zu mir. »Jemand, der im Alltag nie unsicher wird und seine Energie darauf verwendet, stets eine gute Figur zu machen, selbst wenn er Zigaretten holen geht oder den Müll rausträgt, wird sich im Notfall garantiert in die Hose machen. Und es ist schwer, den Kopf aus der Schlinge zu ziehen, wenn man die Hosen voll hat, weil man erst dann merkt, dass das eigene Leben furchtbar stinkt.«

Wie in fast allem hatte die alte Nummer Drei auch hiermit recht. Die Tage voller Zweifel und Anspannung liegen hinter mir. Jetzt sehe ich klar, alles passt zusammen, und was nicht ins Bild passt, ist nicht so wichtig.

Ich führe Leticia ein wenig abseits unter die Bäume und zwinge sie, mir in die Augen zu sehen.

»Hast du darüber sonst noch mit jemandem gesprochen?«

»N-nein. Ich darf es nur dir sagen, haben sie gesagt, und wenn ich die Polizei verständige, würden die Kinder es büßen, ich ...«

»Wann haben sie das erste Mal angerufen?«

»Vor etwa einer Stunde. Davor habe ich mir keine Gedanken gemacht, ich dachte, sie sind am Strand oder ...«

»Ist Beltrán schon zurück?«

»Er muss jeden Moment kommen. Er hatte gestern Abend einen Zwischenfall mit dem Auto, deshalb ...«

»Ruf ihn an. Sofort.«

Ohne Fragen zu stellen, tut Leticia wie geheißen; sie wählt die Nummer des Richters, und als er sich meldet, reicht sie mir das Handy.

Ich gehe ein paar Schritte beiseite, damit sie die Details des Gesprächs nicht hören kann, aber sehr wohl den entschiedenen Ton, den ich garantiert beibehalte, bis meine Kinder in Sicherheit sind. Ich gehe keine Zigaretten holen und bringe auch nicht den Müll raus, es steht etwas Wichtigeres auf dem Spiel als mein eigenes Leben, und ich habe nicht vor, mir in die Hose zu machen. Und wie Camilleri sagte, nützen einem in gewissen Situationen auch keine Bücher. Ich muss das Handbuch der FIRMA vergessen und meinem eigenen Drehbuch folgen.

Mir genügen wenige Sätze, um dem Richter begreiflich zu machen, dass die Lage ernst ist und er nicht die Polizei einschalten darf. Schließlich werden Leti und Antonio demnächst quasi seine eigenen Kinder sein.

»Bevor du auf den Campingplatz kommst, Gaspar«, sage ich zu ihm, »häng deine Bodyguards ab.«

»Ich habe im Urlaub keine Bodyguards, Juan. Das haben Leticia und ich so entschieden, wir wollten Intimität ...«

»Aber das garantiert nicht, dass sie auf dich aufpassen, ohne dass du es weißt. Verhalte dich also ganz normal. Kauf irgendwo einen Koffer und nimm zwei Zimmer in einem namhaften Hotel in Cartagena, so, als wolltet ihr dort ein paar Tage mit den Kindern verbringen. Dreh dann so lange eine Runde, bis du alle potentiellen Verfolger abgehängt hast. Danach fahr in eins der Dörfer im Umland und miete eines der Wochenendhäuser, die hier in der Gegend direkt vom Besitzer vermietet werden. Sobald du etwas Passendes gefunden hast, rufst du Txema Arregui auf dem Handy an und sagst ihm, wo du bist. Er wird Leticia und die Kinder zu dir bringen.«

»Und warum rufe ich nicht direkt diese Nummer an, die von Leticia?«

»Weil dieses Telefon eine wichtigere Mission zu erfüllen hat.«

Ein leiser Piepton und ein Hinweis auf dem Display zeigen mir, dass gerade jemand anders mich anrufen will, aber ich spreche weiter. Ich weiß, warum sie anrufen, doch sie sollen warten.

Der Richter ist hin- und hergerissen zwischen blindem Gehorsam, zu dem ihn mein Ton nötigt, und der Furcht, irgendeine Schuld auf sich zu laden. Moralisch integre Leute bilden sich vorsichtshalber immer irgendeine Schuld ein.

»Ich werde tun, was du sagst, Juan. Aber glaubst du nicht, sie haben sie vielleicht wegen mir entführt?«

»Du hast damit nichts zu tun, Gaspar. Hier geht es um mich. Txema wird es dir später erklären. Übrigens, du hast doch eine Dienstpistole, oder?«

»Ja. Ich habe schon viel geübt, aber ich weiß nicht, ob ...«

»Ich hoffe, es kommt nicht zum Ernstfall, Gaspar.« Ich gehe noch ein paar Schritte, damit Leticia mich nicht hören kann. »Und noch etwas: Ich habe dich immer bewundert, aber wenn du kneifen willst, dann sag's lieber gleich. Wenn du meine Familie im Stich lässt und ich mit heiler Haut davonkomme, können dich nicht einmal die besten Bodyguards der Welt schützen, Star-Richter ...«

»Red keinen Quatsch, Juan. Ich habe zwar keine Ahnung, was los ist, aber du weißt genau, was du tust ... Und übrigens, vielleicht ist das jetzt nicht der richtige Moment, aber nach allem, was du sagst, ist es vielleicht die letzte Gelegenheit.«

»Spuck's aus, Gaspar.«

»Gestern Abend in der Kneipe ... ich wollte dir erzählen, dass ich Leticia einen Antrag machen will. Du solltest es als

Erster erfahren, und ich wollte dich fragen, ob du was dagegen hast.«

»Ganz im Gegenteil, Gaspar. Das zeigt mir, dass du für meine beziehungsweise unsere Familie kämpfen wirst. Du hast meinen Segen oder was immer man da sagt, Gaspar. Aber bitte mich nicht, euer Trauzeuge zu werden – auf Hochzeiten heule ich immer wie ein Schlosshund«, sage ich und drücke dann auf den roten Knopf.

Leticia sieht mich mit so großen Augen an, dass ich mir Erklärungen spare.

»Später erzähle ich dir alles. Und wenn nicht von mir, erfährst du es von anderen. Jetzt müssen wir in erster Linie pragmatisch sein. Wann haben sie das letzte Mal angerufen?«

»Vor einer Viertelstunde. Sie waren nervös, es war das vierte Mal, dass ...«

Das Handy klingelt wieder, und diesmal bleibe ich stehen. Leticia hat das Recht, mitzuhören.

»Juan Pérez Pérez«, sage ich in den Apparat.

»Endlich!«, ruft die Stimme mit einem seltsamen Akzent. »Wir meinen es ernst, Señor Pérez.«

»Schluss mit diesem Schwachsinn! Gib mir eins der Kinder, sonst schalte ich das Handy aus.«

»Aber ... Offenbar begreifst du den Ernst der Lage nicht, wir ...«

»Meinen Sohn«, unterbreche ich die Stimme energisch. »Gib mir meinen Sohn, sonst läuft hier gar nichts. Und wenn er nicht bei dir ist, hol ihn ans Telefon und ruf dann noch mal an. Dann können wir verhandeln.«

»Die Bedingungen stellen immer noch wir ...«

Ich lege auf.

Leticias Augen sind zwei Vollmonde: Entweder wird sie sich gleich wie eine Furie auf mich stürzen oder das tun, was ich ihr sage. Mit einer Geste bitte ich sie um eine Zigarette, und sie läuft augenblicklich zum Zelt. In Wirklichkeit ist mir gar nicht nach Rauchen zumute, aber ich wollte testen, ob sie sich querstellen wird. Sie kommt mit zwei brennenden Zigaretten zurück und setzt sich neben mich ins Gras. Von Weitem sehen wir bestimmt aus wie ein vertrautes Paar, das die Sonnenstrahlen der letzten Abendstunden genießt, bevor es sich ins Zelt zurückzieht, um sich mehr lustvoll als routiniert zu lieben. Und irgendwann waren wir sicher auch so.

»Und wenn sie nicht mehr anrufen?«

»Sie werden anrufen, Leticia, ganz sicher, und zwar bald. Im Grunde lechzen sie nämlich nach Anweisungen. Das hier hat mit meinem wahren Beruf zu tun, nicht mit dem, den du kennst. Und in meinem Metier bin ich der Beste. Ich weiß, dass ich dich in der Vergangenheit enttäuscht habe, aber ...«

»O nein, Juan, *ich* war diejenige, die dir einen Schatten andichten wollte, der noch größer war als der meines Vaters. Du hast mir nie etwas versprochen, Juan.«

»Stimmt. Aber jetzt verspreche ich dir etwas: Ich werde die Kinder da heil rausholen.«

»Weißt du denn, wo sie sind?«

»Möglicherweise. Aber vor allem weiß ich, wer sie in seiner Gewalt hat und was er dafür will.«

»Wirklich?«

Bevor ihr neu erwachtes Vertrauen Risse bekommt, klingelt das Handy, und ich gehe ran. Antonios Stimme. Er klingt nicht verängstigt. Und er will auch nicht verängstigt sein. Bravo, mein Junge.

»Hallo, Papa. Keine Sorge, sie haben uns nichts getan. Sie haben aber richtige Pistolen. Ich darf dir nicht sagen, wo wir sind, aber ich bin mir sicher, dass du uns retten wirst. Weißt du, in den letzten Tagen habe ich gemerkt, dass du jemand Besonderes für mich bist. Jemand ganz, ganz Besonderes ...«

Jemand reißt ihm das Telefon weg, und auf einmal ist wieder die Stimme von vorhin zu hören, die mit einem so starken ausländischen Akzent spricht, dass es sich nach Operette anhört.

»Nachdem du deinen Willen bekommen hast, nun also zu uns. Hast du es?«

»Ja, aber nicht hier. Vielleicht hast du es noch nicht gemerkt, du Schlaumeier, aber ich bin auf einem FKK-Campingplatz.«

Er schnaubt. Man kann geradezu die Rädchen in seinem Gehirn hören. Und die sind nicht gut geölt.

»Wann hast du es dann?«

»Um Mitternacht. Keine Minute vorher. Um Mitternacht rufst du mich an, und wir organisieren die Übergabe. Und ich warne dich: Wenn du meinen Kindern auch nur ein Haar krümmst, wirst du so langsam und qualvoll sterben, dass du genug Zeit hast, zu lernen, wie man auf Spanisch und noch einem Dutzend anderen Sprachen flucht.«

Ich drücke auf die rote Taste, und Leticia streckt ihre Hand nach dem Telefon aus, aber jeder Protest verflüchtigt sich, als ich sage: »Ich weiß jetzt, wo sie sie festhalten.«

»Wir müssen Gaspar informieren und die ...«

»Weder Gaspar noch sonst jemanden. Dein Richter weiß schon, was er zu tun hat, und du wirst jetzt die beiden Zelte abbauen und alles in dein Auto packen. Und dann wartest du auf Gaspars Anruf; er wird dir sagen, was du tun sollst. Und wenn die Kinder kommen, machst du dich mit ihnen sofort auf die Socken. Verstanden?«

Sie umarmt mich und läuft zu unseren Stellplätzen, um meine Anweisungen zu befolgen. Während ich ihr hinterhersehe, schießt mir durch den Kopf, dass unsere Ehe vielleicht funktioniert hätte, wenn ich mich, statt in mich selbst zu verkriechen, Leticia ganz ohne Maske gezeigt hätte.

Aber für solche Gedanken ist es jetzt zu spät. Für fast alles ist es jetzt zu spät. Mir bleibt nur noch Zeit, um ein paar zweifelhafte Bündnisse einzugehen und mich von jemandem zu verabschieden, bevor ich das einzige Versprechen einlöse, an dem mir je etwas gelegen hat.

Während ich zu Arreguis Bungalow gehe, denke ich an meinen Sohn und gestatte mir die Schwäche, stolz auf ihn zu sein. Auch wenn ich nicht mit dem Leben davonkomme: Antonio wird vor meinen Schwächen gefeit sein.

Und außerdem hat er mir gesagt, dass ich jemand ganz Besonderes für ihn bin.

Und das nicht nur einmal.

27

Txema Arregui alles zu erzählen ist ein kalkulierbares Risiko. Zum einen hat er mich sowieso schon in Verdacht, und zum anderen habe ich beschlossen, dass ich ihn, sollte er den Kommissar rauskehren, außer Gefecht setze, ehe er bis drei zählen kann. Denn jetzt geht es nicht um eine Frau, die mehr seine als meine war, sondern um meine Kinder; zwar hört sich das jetzt nach Soap-Opera an, ist aber so wahr wie die Tatsache, dass ich nicht nervös bin. Das kann ich mir gar nicht leisten.

Er empfängt mich, als hätte er mich erwartet, und nachdem er uns zwei Bourbon Four Roses eingeschenkt hat, hört er sich schweigend die Zusammenfassung meiner Aktivitäten und meines Plans an. Es ist eine unvollständige Zusammenfassung, aber nach so vielen Jahren, in denen ich nie eine Wahrheit in den Mund genommen habe, sind ein paar Halbwahrheiten gar nicht mal so schlecht.

Nachdenklich sieht er mich danach an.

»Das Wichtigste sind jetzt die Kinder. Wenn du weißt, wo sie sie festhalten, könnte ich die Kollegen ...«

»Nein, Txema. Sie haben meine Kinder in ihrer Gewalt. Ein Haufen Bullen, die sich zu viele Actionfilme reingezogen haben und wie eine SWAT-Spezialeinheit bis an die Zähne bewaffnet sind, wäre das Letzte.«

Kurz überlegt er und trinkt dann noch einen Schluck.

»Okay. Aber dann gehe *ich* mit dir.«

»Nein, Txema, da muss ich allein durch. Aus irgendeinem Grund brauchen sie mich lebend, sonst hätten sie mich schon längst kaltgemacht. Das verschafft mir einen winzigen Vorteil, und mehr brauche ich nicht. Du wärst mir nützlicher, wenn du die Kinder danach mit Leticia zu Beltrán bringst und bei ihnen bleibst.«

»Ja, aber ...«

»Der Showdown ist um Mitternacht. Wenn die Kinder um halb eins noch nicht hier sind, ist die Sache schiefgegangen. Dann hast du freie Hand.«

»Einverstanden. Vermutlich würde ich mich genauso verhalten, wenn es um meine Kinder ginge. Wenn ich denn welche gehabt hätte ...«

Fast gleichzeitig setzen wir die Gläser zum Trinken an und nippen, Auslassungspunkte in einem Gespräch, in dem noch nicht alles gesagt ist.

»Wenn dein Plan funktioniert ... Ich weiß nicht, ob ich dann einen Deal mit dir machen kann, Juan.«

»Das erwarte ich auch nicht, Txema. Wenn meine Familie erst einmal in Sicherheit ist, gib mir vierundzwanzig, nein, besser achtundvierzig Stunden, für den Fall, dass sie mich beschatten. So lange brauche ich, um sie abzuhängen und mir das zu holen, hinter dem sie her sind. Sobald ich es Beltrán ausgehändigt habe, kannst du mit mir machen, was du willst, Kommissar Arregui.«

»Die Rolle des Märtyrers passt nicht zu dir, Juan. Rette deine Kinder und nutz die achtundvierzig Stunden, um deine Theorie zu überprüfen und zu verschwinden. Wenn du nach dieser Frist noch in Spanien bist, muss ich Jagd auf dich machen.«

Wir sehen uns sieben Herzschläge lang in die Augen.

»Warum?«, frage ich ihn dann, obwohl ich die Antwort längst kenne.

»Wegen Claudia ... Und weil ich die Schnauze voll davon habe, zu entscheiden, wer die Guten und wer die Bösen sind, und weil die Bosse deiner FIRMA womöglich für meine Chefs arbeiten oder umgekehrt. Eines schönen Tages schmeiße ich den ganzen Bettel hin und mache ein Detektivbüro auf. Seitensprünge aufzudecken ist sicher nicht so kompliziert ...«

Schweigend trinken wir noch einen Schluck, denn es gibt nichts mehr zu sagen.

»Bis Mitternacht bleiben dir noch fast zwei Stunden, Juan. Willst du dich eine Weile hinlegen?«

Ich stehe auf, strecke ihm die Hand hin, und zu meiner Überraschung drückt er sie fest.

»Danke, Txema, aber ich habe vorher noch etwas zu erledigen. Ich muss mich von einem Traum verabschieden.«

Kaum ist die Tür auf, wirft sie sich mir in die Arme. Ihre Erleichterung kann unmöglich gespielt sein. Selbst wenn das andere es vielleicht doch ist. Sie ist nackt wie an jenem ersten Abend am Strand, aber sie sieht mich genauso an wie am Morgen danach in meinem Zelt: Sie will mehr, obwohl sie weiß, dass das nicht geht. Sie hört nicht auf, mich zu küssen, und ich frage mich, ob sie das tut, um meine Zweifel in Wollust zu ertränken oder um die Zeit anzuhalten. Ich gehe darauf ein, obwohl es in dieser Situation absurd ist. Aber etwas anderes kann ich in den nächsten zwei Stunden sowieso nicht tun. Und ich will auch nichts anderes, als mich auf Yolanda einlassen, auf ihren geheimnisvollen Körper, während ihre anderen Geheimnisse, welche auch immer das sein mögen, sich verschämt in eine Ecke der Hütte verkriechen und uns den Rücken kehren, im Spiegel spionieren, wie wir miteinander verschmelzen und eins werden ohne jegliche Falschheit.

Ich verzichte diesmal bewusst auf die während des Trainings erlernten Tricks, ich will sie ganz bewusst spüren, mir ihren Geruch und ihr Stöhnen mit der vollkommenen Unvollkommenheit eines Verliebten einprägen, der ahnt, dass es das letzte Mal sein wird.

Als wir danach wieder zu Atem kommen, will sie mir etwas sagen, aber ich lasse es nicht zu, verschließe ihren Mund mit meinen Lippen, erfinde ein neues, kindliches Spiel, um die Geständnisse hinauszuzögern, vielleicht aber auch, weil ich eine weitere Lüge fürchte. Ich nehme an, sie begreift meine Absicht oder ihr Organismus erzwingt einen Toilettenbesuch. Ein Blick auf ihren Wecker verrät, dass mir noch dreißig Minuten bleiben, und der Teil von mir, der noch ganz von Yolanda durchdrungen ist, drängt darauf, den Abschied, feucht wie eine heiße Träne, zu wiederholen.

Aber es wird Zeit, den Kopf zu benutzen, und zwar nicht *den* Kopf.

Als Yolanda noch nass vom Duschen aus dem Bad zurückkommt, bin ich bereits aufgestanden und habe die Trainingshose angezogen.

»Warum?«, fragt sie wie ein kleines Mädchen, das an seinem ersten Ferientag hinauf in den Himmel sieht und lauter dunkle Wolken entdeckt.

»Weil wir dieses Spiel nicht weiterspielen können, Yolanda. Falls du überhaupt Yolanda heißt. Ich weiß, dass du nicht zu ihnen gehörst, aber ich weiß nicht, wer du bist. Und es bleibt keine Zeit mehr, das herauszufinden. Du musst verschwinden. Sofort. Jetzt wird es für alle brenzlig, aber sie und ich wissen zumindest, was gespielt wird.«

»Juan, ich ...«

Leise weinend umarmt sie mich, und ihre Tränen sind echt. Ich schiebe sie sanft von mir weg und hole aus ihrem Schrank das, was ich gefunden habe, als sie im Bad war. Ein gelber Regenmantel, in dessen Falten sich noch ein paar Regentropfen von der Nacht vor dem *The End* verstecken.

»Letzte Nacht habe ich dich gesehen. Aber ich konnte mich später nicht erinnern, oder vielleicht wollte ich es auch nicht wahrhaben, dass du das warst. Du hattest gute Lehrer, aber es waren ganz offensichtlich keine aus der FIRMA. War das Zufall, dass du dir unter der Kapuze eine Zigarette angezündet hast, oder wolltest du, dass ich dich erkenne?«

»Das weiß ich selbst nicht. Ich bin dir gefolgt, weil ich Angst hatte, dass sie dich in einen Hinterhalt locken, aber dann sah ich euch raufen und hörte, wie der andere immer wieder den Namen einer Frau schrie ... Das musst du mir glauben, Juan.«

»Ich glaube dir, aber das ist jetzt nicht mehr so wichtig. Du musst los. Deine Mission, wie auch immer sie gelautet hat, ist zu Ende. Und ich habe hier ein paar Dinge zu erledigen, von denen mein Leben abhängt, aber vor allem das Leben von den für mich wichtigsten Menschen überhaupt. Ich kann es mir nicht leisten, jemanden Gefährlichen im Rücken zu haben, den ich nicht töten kann.«

Sie tritt einen Schritt zurück, um mir in die Augen zu sehen. Ganz tief.

»Dann bist du auch ...?«

»Ja, das bin ich. Aber das tut jetzt nichts zur Sache. Versprich mir, dass du spätestens in einer halben Stunde verschwunden bist. Versprich es mir, wenn dir wirklich etwas an mir liegt.«

»Versprochen. Und ich heiße wirklich Yolanda und will nach wie vor mehr.«

Ich öffne die Tür und sehe sie ein letztes Mal an. Zum ersten Mal, seit diese ganze Geschichte begonnen hat, weiß ich, dass etwas über jeden Zweifel erhaben ist. Aber es ist mir trotzdem verschlossen.

»Ich hätte auch gern mehr, Yolanda«, sage ich. »Aber ich glaube nicht, dass ich noch die Gelegenheit dazu bekomme.«

28

Es ist fünf vor elf. Ich lehne an einem Baum und rauche, während ein paar Camper an mir vorbei zu ihren Zelten gehen, in Farben gekleidet, die sie von der Nacktheit des zu Ende gehenden Tages abheben sollen. Selbst ich habe mich, wenn auch aus anderen Gründen, dieser Kleiderordnung angepasst. Ich trage Turnschuhe und ein weites Hemd, das ich aus dem Kofferraum gefischt habe, dazu immer noch die Trainingshose, die Arregui mir geliehen hat, im naiven Aberglauben, dass der Kommissar deshalb unsere Abmachung einhalten wird. In der Gürteltasche habe ich alles, was ich für meinen Plan brauche, ein armseliges Arsenal. Ich höre auf, meine Strategie durchzugehen, denn je öfter ich sie analysiere, desto mehr Schwächen entdecke ich. Ich habe die Hilfe eines hartgesottenen Polizisten und die einer durchtrainierten, verliebten Frau abgelehnt, um einen siebzigjährigen Schriftsteller um Unterstützung anzubetteln. Falls es mir überhaupt gelingt, Camilleri zu überreden. In Kürze wird er vom Abendessen im Restaurant und dem Digestif zu seiner Hütte zurückkehren. Ich hoffe, es ist bei einem Schnäpschen geblieben, ich brauche ihn nüchtern.

Aber der gutmütige Professor wäre nicht so alt geworden, wenn er das Trinken immer bis zum Exzess treiben würde. Gedankenverloren kommt er den Pfad entlang, vielleicht denkt er sich ja gerade einen neuen Romanplot aus. Ich lasse ihn den Bungalow betreten und klopfe dann an die Tür.

»Juan, was für eine Überraschung!«, begrüßt er mich. »Kommen Sie rein, kommen Sie rein. Was ist mit Ihrem Gesicht passiert?«

»Ich bin mit der Vergangenheit zusammengerauscht, Professor. Einer ziemlich harten Vergangenheit.«

Er sieht mich fragend an, doch als er begreift, dass ich mich nicht weiter darüber auslassen werde, sucht er, ganz aufmerksamer Gastgeber, im Küchenschrank nach einer Flasche Grappa.

»Was macht Ihr Roman?«, fragt er, als er mit zwei Gläsern zurück an den Tisch kommt.

»Es ist kein Roman, Professor. Es ist mein Leben. Und das ist keine Metapher.«

Es dauert eine ganze Weile, bis er versteht, er schnappt nach Luft und gießt erst mal Grappa ein. Ich schiebe mein Glas weit von mir. Kein Alkohol heute Nacht.

»Erzählen Sie, erzählen Sie«, bittet mich der Professor schließlich, nachdem er sein Glas in einem Zug geleert hat.

Und ich erzähle es ihm. Nicht die ganze Geschichte, nur das, was er wissen muss: meine Rolle in der FIRMA, die Falle, in die man mich in den letzten Tagen gelockt hat, die Entführung von Antonio und Leti. Nach den Gesprächen mit Beltrán, Leticia, Arregui und Yolanda habe ich das Gefühl, eine Figur in einem Theaterstück zu sein, die jeden Abend denselben Dialog sprechen muss und in jeder Aufführung etwas hinzufügt oder weglässt, um keine Langeweile aufkommen zu lassen; nur dass ich es tue, damit jeder Einzelne von ihnen seinen Part in meinem Stück übernimmt, und wenn der letzte Vorhang fällt, ich wahrscheinlich nicht wieder aufstehe.

»Ich bin sprachlos, lieber Juan«, erklärt der Professor, als ich geendet habe, und schenkt sich einen weiteren Grappa ein. »Das Schlimmste ist, dass alles zusammenpasst. Wenn ich so etwas in einem meiner Romane geschrieben hätte, würden die Kritiker mir vorwerfen, dass die Fantasie mit mir durchgegangen ist.«

»Meine Selbstkritik wirft mir genau dasselbe vor, Professor.«

Zum Glück hat sich Camilleri wieder gefasst und überlegt nun angestrengt.

»Fassen wir also noch einmal zusammen und korrigieren Sie mich, wenn ich mich irre, Juan. Also, sie, ich meine, die von dieser ... FIRMA, Ihrer Firma, haben Ihre Kinder entführt und verlangen dafür etwas von Ihnen.«

»Korrekt.«

»Und Sie haben das, was die wollen.«

»Genau«, behaupte ich, ohne zu zögern, denn in Wirklichkeit habe ich nur einige Vermutungen, Puzzleteile, die vor ein paar Stunden in Arreguis Bungalow an die richtige Stelle gerückt sind. Aber wenn man einen alten Mann bitten will, sich auf eine höchstwahrscheinlich selbstmörderische Mission einzulassen, muss man ihm nun mal irgendeine Sicherheit bieten.

»Und warum kaufen Sie Ihre Kinder dann nicht damit frei? Ich weiß, das ist nicht die literarischste Lösung, aber ...«

»Das geht nicht, Professor. Ich traue ihnen nicht über den Weg. Wenn ich es ihnen jetzt gebe, bringen sie nicht nur mich, sondern auch meine Kinder um.«

»Und was wollen Sie dann tun?«

»Sie kriegen, was sie wollen, aber zuerst befreie ich die Kinder. Und Sie, Professor, sollen mir dabei helfen.«

Er verschluckt sich an seinem Grappa. Ein Blick hat ihm genügt, um zu wissen, dass ich es ernst meine.

»Ich brauche Sie, Camilleri. Vielleicht begeben Sie sich in

Gefahr, aber wenn Sie sich an meine Anweisungen halten, wird Ihnen hoffentlich nichts passieren. Bitte, Professor.«

Da seufzt Camilleri auf und schiebt das Glas beiseite, das er sich gerade noch einmal vollgeschenkt hat.

»In Ordnung, Juan. Vielleicht ist es jetzt wirklich an der Zeit, das am eigenen Leib zu erleben, worüber ich seit Jahren schreibe. Ich stelle nur eine Bedingung: Wenn alles vorbei ist, darf ich die Geschichte für einen Roman benutzen. Von so einem Stoff habe ich schon immer geträumt. Eine reale Geschichte, die völlig unglaubwürdig klingt, man stelle sich das mal vor! Also, was muss ich tun?«

Wenn jemand uns beobachten würde und wüsste, was wir vorhaben, würde er sicher nicht an einen Actionfilm denken, sondern eher an eine Krimikomödie: ich mit meinem verbundenen Auge, dem von Arreguis Schlägen noch geschwollenen Gesicht, einer zu langen Trainingshose, da Arregui ein ganzes Stück größer ist als ich, und dazu noch leicht hinkend, was ich erst jetzt merke, und Camilleri, der den genretypischen Klischees nicht widerstehen konnte und trotz der Hitze eine schwarze Hose und einen Rollkragenpullover angezogen hat, weil er unbedingt wie ein erfahrener Dieb oder ein pensionierter, aber noch attraktiver Spion aussehen will. Seine weißen Haare und sein Gesicht scheinen in der Dunkelheit zu schweben, während wir leise und ohne Hast den Pfad zur Höhle hinaufsteigen.

Anfangs reagierte er entrüstet, als er erfuhr, dass sein Schlupfwinkel nicht ganz so geheim ist, wie er dachte, lobte dann aber Antonios Gerissenheit, mir verschlüsselt mitzuteilen, wo er und Leti gefangen gehalten werden, und regte sich über die Dummheit der Entführer auf; ja er hätte sogar beinahe laut gelacht, als ich ihm sagte, dass es vielleicht Killerpraktikanten wären, blutige Anfänger, die zum Mindestlohn angeheuert worden waren, um in den Sommerferien erste Erfahrungen zu sammeln. Das glaube ich zwar nicht, aber ich kann ihm nicht alles erzählen; ich vermute nämlich, dass jemand aus der FIRMA Mist gebaut hat. Jemand, der so weit oben steht, dass er die Sache zwar verschleiern kann, aber nicht mit den besten Killern, denn das würde den Oberbossen zu Ohren kommen. Jemand mit genügend Macht und Kaltblütigkeit, um dieses Spinnennetz um mich herumzuweben. Jemand wie Nummer Zwei. Und das ist keine bloße Vermutung, sondern eine Feststellung. Dieses Wissen verschafft mir einen weiteren kleinen Vorteil. Zwar nur einen unbedeutenden, aber immerhin.

Am Fuß des Felsrückens drehe ich mich noch einmal zu Camilleri um.

»Wissen Sie noch, was Sie zu tun haben, Professor?«

»Ja, es ist nicht so schwierig. Und das Risiko tragen ja Sie.«

»Nicht das ganze, wozu soll ich Ihnen was vormachen«, flüstere ich zurück und lege ihm dann mein Messer-Handy in die Hand. »Wenn's brenzlig wird, drücken Sie die Tasten zwei, fünf und Sternchen, dann schnappt an der Seite eine Klinge heraus, mit der Sie sich verteidigen können. Aber stecken Sie es jetzt ein, nicht dass Sie die Telefone verwechseln.«

Wir lachen nervös wie vor einem Studentenstreich. Und dann bedeute ich Camilleri, hinter einem Baum zu warten, bis ich überprüft habe, ob sie jemanden als Wache postiert haben. Es ist jedoch keine Menschenseele zu entdecken. Am Ende hat Nummer Zwei tatsächlich Praktikanten angeheuert. Während wir so leise wie möglich zur Höhle hinaufklettern, vernehmen wir die hellen Stimmen meiner Kinder, vermischt mit tieferen, gereizt klingenden. Die Kinder hören sich nicht verängstigt an, wahrscheinlich raubt Leti ihren Entführern gerade den letzten Nerv, es sind jedoch nur noch wenige Minuten bis Mitternacht, sodass die Stimme mit dem ausländischen Akzent ihnen nun herrisch befiehlt, den Mund zu halten.

Kaum sind wir auf dem Plateau angelangt, bleibt Camilleri wie geplant etwa zehn Meter vom Höhleneingang entfernt stehen, während ich mich hinter einen Felsen ducke. So warten wir. Der Professor hat ein Handy in der Hand.

Das, dessen Nummer gerade jemand in der Höhle wählt.

Fünf Sekunden später klingelt es mit einer irritierenden Melodie, die in der Höhle widerhallt.

»Mama?!«, schreit Leti auf, die Leticias Klingelton wiedererkannt hat.

Genau das ist mein Plan gewesen, so simpel, dass er funktionieren könnte – und tatsächlich funktioniert.

Wenn ein blutiger Anfänger per Telefon Lösegeld einfordert, und das Handy, das er anruft, direkt vor dem eigenen Versteck klingelt, rennt er, dumm und unerfahren, wie er ist, hinaus, um nachzusehen. Völlig perplex bleibt Sven stehen, als er den alten Mann mitten auf dem Plateau entdeckt, aber noch mehr überrascht ihn der Schlag auf den Kopf, den ich ihm mit einem flachen Stein von hinten verpasse. Mit einem Aufschrei geht er zu Boden, und ich ziehe ihn schnell beiseite, denn schon taucht Sofía mit einer Pistole in der Hand auf, und sie auszuknocken wird sicher nicht so einfach werden wie bei dem Schweden.

Und in der Tat: Sie ahnt meine Gegenwart und dreht sich, aber mein Stein trifft zumindest ihre Waffe, wenn schon nicht die Hand, worauf die Pistole in einem hohen Bogen ein paar Meter weit wegfliegt. Wutentbrannt will Sofía sich auf mich stürzen, doch ich weiche zurück und tue so, als wolle ich fliehen. Mich trifft ein Schlag in den Nacken, der nur einen Tick zu schwach war, um mich zu Boden zu strecken, dennoch lasse ich mich mit einer halben Drehung fallen, sodass ich ihre Beine zu fassen kriege und sie so zu Fall bringe. Miteinander ringend wälzen wir über den Boden, weg vom Höhleneingang. Sie ist so aufgebracht, dass sie mein Ablenkungsmanöver nicht begreift, meine Kinder hingegen schon, denn während einer der Drehungen sehe ich aus den Augenwinkeln, wie Antonio seine große Schwester hinter sich herzieht. Camilleri starrt mich hingegen wie hypnotisiert an, sodass ich, während ich Sofía mit der einen Hand einen Kinnhaken verpasse, ihm mit der anderen bedeute, schleunigst Fersengeld zu geben, und endlich reagiert er und läuft hinter den Kindern her zu der Stelle, von wo aus man den Felsen hinunterklettern kann. Noch ein Hieb, ich tue ihr nicht sonderlich weh, aber ihr Zorn wächst, und solange sie nur daran denkt, mich umzubringen, wird sie die Flucht nicht bemerken. Nur noch ein paar Sekunden muss ich durchhalten, die Kinder klettern schon nach unten, und so verpasse ich Sofías linker Brust einen gewaltigen Faustschlag, der ihr jedoch nichts auszumachen scheint. Nicht einer meiner Hiebe scheint ihr weh zu tun, aber Camilleri ist zum Glück schon fast in Sicherheit. Jedoch nur fast, denn in diesem Moment rappelt sich Sven auf und rennt hinter ihnen her, während die Ungarin mein Schienbein mit wütenden Tritten traktiert. Mit beiden kann ich es nicht aufnehmen, nicht unter diesen Bedingungen, die Rettung der Kinder hängt von Camilleri ab, das heißt, sie sind verloren – doch nein, der Professor muss die Tasten meines Schnappmesser-Handys betätigt haben, denn jetzt schnellt er herum und schlitzt mit einer einzigen Bewegung dem Schweden die Kehle auf, sodass dieser augenblicklich zu Boden stürzt und diesmal für alle Ewigkeit liegen bleibt. So wird es mir auch bald ergehen, ich sehe nur noch einzelne Standbilder, garniert mit den Sternen, die Sofías Handkantenschläge vor meinen Augen tanzen lassen, aber das ist nicht so wichtig, denn die Kinder und der alte Mann werden in wenigen Minuten bei Arregui sein, und bis dahin muss ich Zeit schinden und auf Sofía einschlagen, was sie nur noch mehr in Rage bringt. Ihre Faust sucht mein verbundenes Auge, sodass ich mich zur Seite drehe, meine Schläge so aber kaum noch effektiv sind. Zudem bin ich es einfach müde, nicht wegen dieses Kampfes, sondern wegen aller bisherigen Kämpfe in meinem Leben, ich bin es müde, nur zum Töten gut zu sein und nie zum Leben, ich bin es müde, hinter allen meinen Masken bloß Juanito Pérez Pérez zu sein. Als Sofía merkt, dass ich am Ende meiner Kräfte bin, streckt sie mich mit einem letzten Fausthieb nieder, sodass ich in die Knie gehe, und läuft dann mit Triumphschrei dahin, wo Camilleri das Messer-Handy hat fallen lassen.

»Meinst du, das war's?«, zischt die Ungarin, ohne noch ihren Akzent zu überspielen, als sie damit langsam auf mich zukommt. »Ich scheiß auf den Auftrag, ich bring dich um. Erst dich, und dann deine Kinder.«

Genüsslich erzählt sie mir dann, wie sie sie zu Tode foltern will, und dass sie mich schon seit unserer ersten Begegnung kaltmachen wollte, bloß noch nicht durfte. Aber jetzt werde sie es tun, und das auch ohne Bezahlung.

Ich habe den Kopf und die Fäuste benutzt. Es hat mir wenig geholfen. Deshalb wäre es der früheren Nummer Drei zufolge jetzt an der Zeit, die Eier zu benutzen, doch stattdessen flehe und wimmere ich um Gnade. Vom Boden aus sieht Sofía ziemlich imposant aus. Man sieht ihr an, dass sie sich für unbesiegbar hält. Und das ist ihr Verderben. Ich stütze mich auf meinem guten Bein ab, schwinge das verletzte gestreckt gegen ihr Standbein, was sie zum Straucheln bringt, sodass ich ihren anderen Fuß attackieren kann, während ich gleichzeitig die Arme hochreiße, um ihren Arm mit dem Messer zu packen, den ich als Hebel benutze. Ihr Ellbogen knackt beim Splittern, und wenn das hier einer von Camilleris Kriminalromanen wäre, würde Sofías Eigengewicht ihr jetzt im Fallen die Klinge in die Brust rammen, sodass sie sich in einem Akt poetischer Gerechtigkeit unfreiwillig selbst tötet. Aber das hier ist leider keiner seiner Romane, und so nutze ich das Trägheitsmoment ihres Körpers, um ihr das Messer in die Silikonbrust zu stoßen, die von Natur aus ganz klein war.

Mit Fußtritten befördere ich sie dann an den Rand des Plateaus, von wo aus ihre Leiche in die Tiefe stürzt, natürlich nicht auf der Seite, wo meine Kinder hinuntergeklettert sind, sondern auf der anderen. Eine symbolische Handlung. Und dann wird mir schwindlig, ich kriege kaum noch Luft, weshalb ich mitten auf dem Plateau in die Knie gehe. Wenn Arregui meiner Bitte Folge geleistet hat, müsste er mit den Kindern und Leticia bereits auf dem Weg zu Gaspar sein. Irgendwie bin ich stolz. Auf mich und auf sie, ja sogar auf den alten Professor. Unser Showdown war nicht gerade hollywoodreif, aber wenn jemand ihn gefilmt hätte, wären wir gar nicht so schlecht weggekommen.

Und ich bin nicht der Einzige, der so denkt.

Das bestätigt ein Händeklatschen. Dreimal hintereinander, langsam, gemessen und voller Ironie.

Ich drehe mich in Zeitlupe um, weil ich die Überraschung eigentlich nicht sehen will.

Ich dachte, ich hätte die ganze Sache durchschaut, aber ich habe mich getäuscht.

Der privilegierte Zuschauer am Höhleneingang applaudiert nicht mehr, sondern hält jetzt eine Pistole in den Händen, mit der er auf mich zielt, während ich langsam aufstehe.

Der Mann, der meinen Tod und dieses ganze raffinierte Blendwerk in Auftrag gegeben hat.

Der Erste Offizier des Piratenschiffs, das ich nie besitzen werde.

Tony. Mein bester Freund.

29

»Da soll noch mal einer sagen, es gäbe nicht so etwas wie ausgleichende Gerechtigkeit. Sieh nur uns an, Juan. So viele Jahre bin ich nun schon halbblind und hinke. Momentan hast du zwar nur ein verbundenes Auge und einen humpelnden Gang, aber damit wird es gleich endgültig vorbei sein. Weißt du, ich habe ja schon immer geglaubt, dass mit dem Tod alles stillsteht. Wer mit einem Lachen stirbt, an dessen Gesicht wird es für alle Ewigkeiten kleben, selbst wenn er es im Jenseits hassen oder insgeheim darüber weinen wird. Und der, der im Kampf stirbt, wird bis in alle Ewigkeit ein Verlierer sein. Und deshalb wirst du jetzt nach dieser Was-bin-ich-doch-für-ein-toller-Papi-Show besiegt, humpelnd und halbblind das Zeitliche segnen.«

»Dann hast du also schon immer gewusst ...?«

»... dass du mir mit einem Stein ein Auge und mit einer Kugel ein Bein weggeschossen hast? Selbstverständlich.«

»Aber ich wollte dich ...«

»... beschützen und mir helfen, ich weiß, Juan, ich weiß, du wolltest mir immer helfen.« Er spricht mit mir wie mit einem kleinen, hilflosen Kind. »Glaubst du etwa, ich würde dich wegen meines Auges und der Beinprothese hassen? Da täuschst du dich gewaltig. Ich habe dich nämlich schon vorher gehasst, von Anfang an, du warst schon als Kind vollkommen, der Flinkste, der Stärkste, der geborene Anführer!

Was blieb mir denn da noch? Ha! Gerade mal der Posten des Ersten Offiziers an Bord, des tollpatschigen, schwächlichen Freunds!«

»Du spinnst, Tony, wir waren noch Kinder …«

Zu gerne hätte ich ihm jetzt erzählt, wie ich all die Jahre für die zwei danebengegangenen Schüsse gebüßt habe, doch sein Hass ist so unbändig, dass es nichts nützen würde, er währt schon so lange und ist so bitter und unversöhnlich, dass ich deswegen sterben werde. Er kann mit der Pistole umgehen, und auf diese Entfernung und in diesem jämmerlichen Zustand kann ich nichts mehr ausrichten.

Nur noch versuchen zu begreifen.

»Ich verstehe nicht, du, die FIRMA, wie …?«

»Ach Juan, Juanito. Du warst schon immer ein bisschen begriffsstutzig, auch wenn das außer mir niemand weiß. Glaubst du denn an Zufälle? Als dein Geschoss mir damals das Bein zerschmettert hat, habe ich gerade für einen Pharmakonzern gearbeitet, erinnerst du dich? Und als sie dich für die FIRMA anwarben, welchen Deckmantel boten sie dir da an? Einen Job in ein und demselben Pharmakonzern. Ist dir das nie seltsam vorgekommen? Der Vorschlag, dich anzuwerben, kam von mir, denn ich konnte deine ansonsten legendäre Treffsicherheit bezeugen. Ich arbeite für dieselbe FIRMA wie du, Juanito, nur in einer anderen Abteilung.«

»In einer anderen Abteilung?«

»Ja, und dafür müsste ich mich eigentlich bei dir bedanken, denn nach der Sache im Retiro interessierten sie sich für meine Erfindungen und nahmen mich unter Vertrag. Ich leite die Forschungs- und Entwicklungsabteilung. Die meisten Mordinstrumente, die du seit Jahren benutzt, sind Erfindungen von mir oder einem meiner Leute. So wie der Taschenrechner, den du in der Hand hältst.«

Überrascht blicke ich an mir hinunter, nur um festzustellen, dass es stimmt, keine Ahnung, in welchem Moment ich ihn aus der Gürteltasche gezogen habe. Tony wirkt nicht erschrocken, im Gegenteil, er lächelt zufrieden und voller Stolz.

»Diese Luftpistole ist eine meiner besten Erfindungen: Sie löst am Flughafen keinen Alarm aus, und ihre winzigen Giftpfeile sind tödlich und präzise ... jedoch nicht auf diese Entfernung. Nicht auf diese Entfernung, Juanito, und das weißt du genau. So wie du auch weißt, dass du bei mir immer danebenschießt.«

Er hat recht. Ich hänge nicht sonderlich am Leben, doch wegen einem seit Kindertagen gehegten Groll sterben zu sollen, ist einfach zu grotesk. Bereits die alte Nummer Drei wies mich darauf hin, dass die eigentliche Gefahr darin besteht, sich lächerlich zu machen. Und ich muss in den letzten Tagen ziemlich lächerlich gewirkt haben, so verknallt, wie ich in Yolanda war, und bemüht, den verständnisvollen, modernen Vater zu spielen. Tony wird sich über mich kaputtgelacht haben.

»Du hast also die Firma beauftragt, mich ... Warum gerade jetzt? Warum nicht früher?«

»Weil ich darauf gewartet habe, dass du mürbe wirst. Du hast ziemlich lang durchgehalten. Ich hatte es zwar schon mehrfach vorgeschlagen, aber du warst ihnen einfach zu nützlich, der verdammte Star der Firma, so wie immer. Ich musste also einen weit höheren Preis als üblich bezahlen, um sie so weit zu bringen, und zudem deinen Untergang ein wenig ... forcieren. Ein Posten wie meiner in der Firma ist unauffällig, und man kommt an viele nützliche Informationen, mit denen man Leute manipulieren kann. Deine Frau zum Beispiel. Vor zwei Jahren habe ich ihren Computer angezapft und kenne deshalb ihre Vorlieben genau, nicht so wie du. Von der ersten E-Mail an, die sie und der Richter sich geschrieben haben, habe ich den Braten gerochen. Und es hat mir dann keine Mühe gemacht, sie mit einer gefälschten, auf Juan Pérez Pérez und Gattin ausgestellten VIP-Einladung hierherzulocken. Ich wusste, dass sie dir nichts davon erzählen und ihren neuen Lover mit auf den Campingplatz nehmen würde. Was habe ich gelacht, als ich mir dein Gesicht vorstellte, wenn du sie hier triffst, im Nachbarzelt ...«

Spöttisch grinsend wechselt er sein Standbein, die Pistole weiterhin auf mich gerichtet. Er genießt die Situation.

»Und das mit dem Auto?«

»Noch so ein ›Zufall‹. Als sie den Mercedes annonciert hat, habe ich mich als Erster gemeldet und gleich einen hohen Preis geboten. Aber jetzt reicht es mit der Fragerei, Juan. Kommen wir zur Sache. Hinkebein gegen Hinkebein, Einäugiger gegen Einäugiger, alle beide bewaffnet – und trotzdem steht fest, wer gleich dran glauben wird. Und weißt du auch, wie?« Auf seinem Gesicht zeigt sich ein breites Grinsen. »Nun, wie ein Pirat, der Verrat begangen hat: Du wirst kielholen, mein Kapitän.«

Ich begreife sofort. Er will mich dazu zwingen, vom Felsvorsprung in den Abgrund zu springen, sodass mein Körper an den vom Wasser gepeitschten Klippen zerschmettert. Offenbar ist mir dieser Tod vorherbestimmt und die beiden vorherigen Male in meiner Kindheit und vor ein paar Stunden waren wohl die Generalprobe dazu. Er macht einen Schritt auf mich zu und bleibt wieder stehen, er kennt den Wirkungsbereich der im Taschenrechner verborgenen Luftpistole genau, ab fünf Meter Entfernung ist sie nur noch halb so treffsicher.

»Es sei denn, dir ist es lieber, ich schieße dir in den Bauch und rolle dich eigenhändig runter, Juan. Du hast die Wahl.«

»Du hast recht, Tony.«

»Womit?«

»Ich hatte als Kind Mitleid mit dir, wegen deiner Minderwertigkeitskomplexe und deinem Drang, auf Teufel komm raus aufzufallen, deiner draufgängerischen Art, damit keiner merkt, dass du ein riesengroßer Feigling bist ... Wegen all dem hast du mir unendlich leidgetan. Und das tust du mir heute noch.«

Er verlagert sein Gewicht jetzt auf beide Beine und hält die Pistole, die auf meinen Magen zielt, nun mit beiden Händen. Er zittert vor Wut.

»Ach ja? Und wer ist jetzt der Verlierer, Juan? Wer ist jetzt zu bemitleiden?«

Er wird gleich schießen.

»Du, Tony. Jetzt und in alle Ewigkeit.«

Ich drücke die Tastenkombination des Taschenrechners. Ich habe nur eine Chance, und ich schieße immer daneben, wenn's um Tony geht und es mir wirklich wichtig ist.

Aber diesmal nicht.

Der Pfeil trifft ihn am Hals, er merkt es kaum, während er abdrückt und ich mit letzter Kraft zur Seite hechte. Er sieht es, hat aber keine Zeit mehr für einen zweiten Schuss. Das Gift wirkt augenblicklich, Tony kippt um wie ein gefällter Baum und ist tot, noch bevor er den Boden berührt.

Stöhnend rappele ich mich auf, mir tun sämtliche Knochen weh. Ohne Tony noch eines Blickes zu würdigen, will ich mich schon auf den Weg hinab zum Campingplatz machen, als ich es mir noch einmal anders überlege.

Ich trete zu Tonys leblosem Körper, rolle ihn auf den Felsvorsprung und gebe ihm dort einen Schubs.

Es ist keine Rache.

Es ist die Seebestattung meines Ersten Offiziers.

Als ich ihm aber mit einem militärischen Gruß noch die letzte Ehre erweisen will, haut meine Hand versehentlich gegen das verbundene Auge.

Zu meiner großen Überraschung sind sie noch nicht fort. Die Kinder kommen mir entgegengelaufen und umarmen mich, Leticia lächelt dankbar und Arregui sieht mich spöttisch, aber auch erleichtert an. Camilleri hält sich abseits, er will die Familienzusammenführung nicht stören, die für jeden anderen Camper sicher vollkommen banal wirkt: der Vater, der mitten in der Nacht auf den Campingplatz kommt, weil die Arbeit ihn ein paar Tage länger in der Stadt zurückgehalten hat. Niemand hat gemerkt, was gerade in wenigen hundert Metern Entfernung geschehen ist.

»Warum bist du mit ihnen noch nicht über alle Berge?«, frage ich Txema ohne Verärgerung.

»He, du hast gesagt, ich soll bis halb eins warten«, erklärt er mit geheuchelter Unschuld.

Insgeheim bin ich froh, dass er nicht auf mich gehört hat. Ich lächle dem Professor zu und bedanke mich mit einer Geste, die nicht nach Erklärungen verlangt. Er hat Sven getötet, um meine Kinder zu retten, das spricht für ihn und ist nicht mit Geld aufzuwiegen. Dann erkläre ich den Kindern, dass sie mit Mama und Señor Arregui zu Gaspar fahren und wir uns eine Weile nicht mehr sehen werden und dass sie in den nächsten Wochen unter Umständen ziemlich hässliche Dinge über mich hören.

»Brasilien«, flüstert Leti mir zum Abschied ins Ohr, als hätte sie mir nicht zugehört.

»Was?«

»Unsere Reise an Weihnachten, Papi. Sie soll nach Brasilien gehen. Und von dort aus nach Peru, ich will unbedingt den Machu Picchu sehen, und dann vielleicht noch nach Buenos Aires. Dort kannst du mir dann das Tangotanzen beibringen, das kannst du bestimmt auch.«

»Abgemacht.«

»Ah, und noch was: Ich hab's nicht getan.«

»Was denn, Leti?«

»Na, das mit dem Sex. Borja ist ein Dummkopf, und wie du gesagt hast, es hat keine Eile ...«

Erleichtert will ich schon aufatmen und irgendeinen väterlichen Spruch aus dem Ärmel schütteln, doch Leti ist noch nicht fertig:

»... ich mach's dann einfach in Brasilien. Du weißt ja, was man den Schwarzen nachsagt, sie ...«

Sie wird von Antonio zur Seite geschoben, der inzwischen um einiges älter wirkt als zu Beginn dieser Ferien.

»Mir ist es egal, was sie über dich erzählen«, sagt er und schlingt die Arme um meinen Hals. »Du bist und bleibst mein Papa.«

»Vorhin am Telefon, Antonio«, sage ich voll väterlichem Stolz, »das war super, wie du mir da indirekt gesagt hast, wo sie euch festhalten.«

»Es stimmt aber auch, Papa: Du bist für mich jemand ganz, ganz Besonderes.«

Feierlich reicht er mir seine kleine Hand, was nicht einmal komisch wirkt, und ich schüttle sie und flüstere ihm zum Abschied noch den besten Rat ins Ohr, den ich je bekommen habe:

»Wenn du je in der Klemme stecken solltest, mein Sohn, dann benutz als Erstes den Kopf, danach die Fäuste, und wenn alles nichts hilft, dann benutz die Eier.«

Meine Kinder klettern in Arreguis Wagen, während Leticia die letzte Tasche in den Kofferraum hievt und dann auf mich zutritt. Sie hat für mich keine Abschiedsworte, dafür aber einen langen, leidenschaftlichen Kuss, einen so wie früher, der jedoch keine Tür mehr öffnet, sondern sie nur noch sacht und ganz ohne Knall schließt.

Bevor der Kommissar sich hinters Steuer setzt, zieht er mich noch einmal beiseite, doch ich komme ihm zuvor.

»Ich weiß, Txema, ich habe genau achtundvierzig Stunden, keine Minute länger, bevor du mich zur Fahndung ausschreibst. Wenn du bis dahin nichts von mir gehört hast, dann bitte meinen Sohn, dir einen Rat zu geben.«

Er sieht mich schweigend an, mehr Arregui denn je.

»Und danke. Danke für alles, Txema«, sage ich bewegt.

»Tu's nicht und setz dich gleich ab, du Idiot.«

»Wie? Sie raten mir, meine Bürgerpflicht nicht zu erfüllen, Kommissar?«

»Leck mich am Arsch«, brummt er darauf und umarmt mich fest. »Sei vorsichtig, Juan.«

Ich bleibe mitten auf dem Weg stehen, bis die Lichter seines Wagens zwischen den Hügeln verschwunden sind, und drehe mich dann um.

Camilleri lehnt an einem Baum.

»Haben Sie eigentlich zu Abend gegessen, mein lieber Juan?«

»Jetzt wo Sie es sagen, Professor, nein. Meinen Sie, im Restaurant bekommen wir noch etwas?«

In ein paar Stunden muss ich los, aber jetzt habe ich Lust auf ein Abendessen und vielleicht ein paar Drinks mit Camilleri. Während wir aufs Restaurant zusteuern, lege ich ihm den Arm um die Schulter.

»Wissen Sie was, Professor? Ich denke, das ist der Beginn einer wunderbaren Freundschaft.«

»Diesen Satz habe ich irgendwo schon mal gehört, mein lieber Freund. Aber nach dem heute Nacht bezweifle ich sehr, dass sie uns wegen so einem simplen Plagiat töten wollten.«

Epilog

Als der Himmel sich auftat
landete in meinem Schoß etwas
Wabbeliges wie eine Chipstüte.
Darin ein Rubbellos und darin
»Try it again«.
Und genau das werde ich jetzt tun.
Víctor Sierra Matute, ›Mein Schicksal in einer Chipstüte‹

Ich erreichte Madrid gegen Morgen, als der wenige sommerliche Verkehr gerade die Straßen zu beleben begann, und fuhr zu der Wohnung, die ich seit ein paar Jahren unter falschem Namen gemietet hatte und von der die FIRMA nichts wusste. Dort duschte ich, verband meine Wunden, schlief die dreieinhalb Stunden, die ich mir gerade noch erlauben konnte, und packte dann Waffen, Pässe, Kleidung und alles, was ich brauchte, um ein halbes Dutzend Mal mein Aussehen zu ändern, in eine Sporttasche.

Obwohl es noch relativ früh war, herrschte unten auf der Straße schon eine Bullenhitze. Yolanda kam mir in den Sinn: Bei Hitze würde ich immer an sie denken. Aber natürlich auch bei Kälte und überhaupt bei jedem Wetter.

Doch heute blieb keine Zeit dafür, und so schüttelte ich den Kopf, um die Gedanken an sie zu verscheuchen, und fuhr dann mit der U-Bahn zur Gran Vía. Ohne die Schaufenster eines Blickes zu würdigen, in denen sich der neueste Bestseller stapelte, dessen reißerischer Titel nach purem Marketing klang, betrat ich die riesige Buchhandlung und ging zu den Tischen mit den Neuerscheinungen, deren Umschläge darum wetteiferten, potentielle Leser anzuziehen, Ich rächte mich für so viel Werbeaufwand, indem ich mich für ein unscheinbares Buch mit dem Titel ›*Camino de ida*‹ entschied, das Romandebüt eines gewissen Carlos Salem, der dem Klappentext zufolge schon alle möglichen Jobs hatte und ein ziemlicher Spinner sein musste. Wenigstens war der Typ kein Schauspieler, TV-Moderator oder Politiker, der sich zum Romancier berufen glaubte, und auch keine Yellow-Press-Barbie, deren Memoiren davon kündeten, welchen VIPs sie schon einen geblasen hatte, so, als wären das große Heldentaten. Salems Roman hatte das richtige Format für den wattierten Umschlag, den ich mit meiner eigenen Adresse und einem erfundenen Absender versah und dann einem Kurierdienst anvertraute, der ihn innerhalb der nächsten zwei Stunden zustellen wollte. Nachdem ich mich vergewissert hatte, dass mir niemand folgte, stieg ich in ein Taxi und gab dem Taxifahrer die Adresse einer Cafeteria am Ende der Straße, in der mein Singleapartment lag. Obwohl ich in dem Lokal schon bald seit zwei Jahren frühstückte, erkannte der Kellner in mir nicht den Stammkunden aus dem Wohnblock gegenüber, der seinen Kaffee immer ohne Zucker trank: Meine Verkleidung war aber auch zu gut und vor allem nagelneu, ich hatte sie noch nie für eine Mission der FIRMA benutzt. Ich setzte mich an einen Tisch am Fenster, und während ich auf den Paketboten wartete und meinen Hauseingang nicht aus den Augen ließ, musste ich wieder an mein Gespräch mit Professor Camilleri am Abend zuvor denken.

Während wir uns das Essen schmecken ließen und den Wein mit der Langsamkeit des bevorstehenden Abschieds tranken, plauderten wir über Bücher, die Kunst und die Frauen und kamen so schließlich auch auf Yolanda zu sprechen.

»Ein wirklich schönes Gemälde, diese junge Frau, mein lieber Juan.« Der Professor sah mich schmunzelnd an. »Aber ich glaube, das habe ich Ihnen bereits gesagt.«

»Ja, ein schönes Gemälde, auf dem ich allerdings keinen einzigen Pinselstrich mehr setzen kann, Professor. Wir haben uns vor ein paar Stunden Lebewohl gesagt. Für immer.«

»Hatte sie denn etwas damit ...?«

»Nein«, sagte ich. »Sie war nur eine Sommerliebe, die durch Zufall in diese unselige Geschichte verwickelt worden ist. So wie Sie.«

Wir stießen auf sie an, wonach Camilleri mit seiner Besorgnis nicht mehr länger hinter dem Berg halten konnte.

»Heute Nacht haben wir Glück gehabt, Juan. Aber die Hintermänner werden sich gewiss nicht so leicht geschlagen geben. Werden Sie ihnen geben, was sie wollten, jetzt wo Ihre Kinder in Sicherheit sind?«

»Ich weiß es nicht, Professor, ich weiß es wirklich nicht.«

»Das wäre sicher das Vernünftigste. Sie sind erfahren in dem Versteckspiel, Ihre Kinder aber nicht. Sollen sie ihr Leben lang unter falschen Namen leben?«

Ich schwieg einen Augenblick lang nachdenklich.

»Sie haben recht, Camilleri«, sagte ich entschlossen. »ich werde mich mit dem Gewünschten vor Nummer Zwei aufbauen, ihm in die Augen sehen und sagen: ›Hier hast du, was du wolltest, jetzt sind wir quitt.‹«

Er nickte und sah dann verwundert zu, wie ich in der Gürteltasche zu kramen begann.

Nach einer Weile seufzte ich, blickte hoch und sah dem Professor in die Augen.

»Tut mir leid, ich kann's nicht finden. Wir sind doch noch nicht quitt, Nummer Zwei.«

Der Bote kam pünktlich. Ich sah, wie er mehrmals auf eine Klingel drückte, da jedoch niemand öffnete, klingelte er wohl beim Pförtner, denn kurz darauf erschien der alte Alberto in der Tür. Er nahm den Umschlag mit gleichgültiger Miene entgegen, wie man das von ihm gewohnt war, und der Bote fuhr wieder auf seinem Moped davon.

Weder in der Cafeteria noch in den geparkten Autos hatte ich irgendeine besondere Bewegung wahrgenommen. Nichts deutete darauf hin, dass mein Haus beschattet wurde, offenbar war die Luft rein, ich wartete aber trotzdem noch eine Weile, bis der Pförtner Mittag machte.

Eine Viertelstunde später fiel die Tür meines Apartments hinter mir leise ins Schloss. Ich hielt den Atem an. In der Wohnung war es totenstill. Hatten sie sich versteckt, um mich in die perfekte Falle locken zu können? Erwartete mich in meinen eigenen vier Wänden der Tod?

Aber es erwartete mich niemand. Und es hatte auch niemand in meinen Sachen gewühlt, alles stand noch an seinem gewohnten Platz. Auf dem Weg ins Wohnzimmer musste ich beim Gedanken an die frühere Nummer Drei lächeln. Camilleris Gesicht, als er sich enttarnt sah, hätte ihn hoch erfreut.

Eine Sekunde lang überlegte er wohl, ob er eine überraschte oder entrüstete Miene aufsetzen sollte, begriff aber, dass ich ihm das nicht mehr abnehmen würde, und entschied sich deshalb für ein feines Lächeln.

»Du bist schlauer, als ich dachte, Nummer Drei. Wie hast du Verdacht geschöpft?«

»Es wäre mir lieber, wenn wir uns weiterhin siezen würden, so wie vorher, als wir uns noch sympathisch waren.«

»Gerne, Juan. Allerdings war meine Wertschätzung nicht geheuchelt, in den vergangenen Tagen sind Sie mir sehr ans Herz gewachsen.«

»Liebe kann tödlich sein, Nummer Zwei. Ich habe allem und jedem misstraut, von Anfang an. Und war nicht genau das Ihre Absicht? Sie wollten mich so verwirren, dass ich auf Sie zukomme und versuche, mich freizukaufen. Als das dann nicht klappte, fiel Ihnen nichts Besseres ein, als meine Kinder zu entführen, was – das müssen Sie zugeben – der reinste Pfusch war.«

»Sie haben recht, aber mitten im Hochsommer sind einfach keine fähigen Leute zu finden ...«

»Von allen Campern waren Sie der Einzige, der mich nicht auf die eine oder andere Weise zu bedrohen schien. Deshalb mussten Sie der Drahtzieher des Ganzen sein. Außerdem hat die FIRMA *zu jedem Einzelnen von uns ein umfassendes Dossier mit seinem psychologischen Profil. Mein Schwachpunkt ist eindeutig das Fehlen einer Vaterfigur. Und wer war väterlicher als der verehrte Professor Andrés Camilleri? Apropos, das ist doch sicher nicht Ihr richtiger Name, oder?«*

»Nein. Ich habe mir den Namen eines ausgezeichneten sizilianischen Krimiautors ausgeliehen. Ich dachte, den kennen Sie bestimmt nicht.«

»›Die Form des Wassers‹, ›Das Spiel des Patriarchen‹, ›Der Kavalier der späten Stunde‹, ›Die Nacht des einsamen Träumers‹ ... Genügt das?«

Nummer Zwei grinste, wodurch er mir fast wieder sympathisch wurde.

»Wie gesagt, ich habe Sie unterschätzt. Sie sind im Übrigen ein großes Risiko eingegangen, als Sie mich heute Nacht in die Höhle mitgenommen haben ...«

»Ganz im Gegenteil. So war die Überraschung garantiert. Der Trick mit dem Handy gab nicht viel her, aber wenn Ihre Handlanger feststellten, dass der eigene Chef es in der Hand hielt ...

Deshalb ging ich erst in letzter Minute zu Ihnen und ließ Sie nicht mehr aus den Augen, bis wir zur Höhle hinaufstiegen: Damit Sie sie nicht warnen konnten. Falls ich mich in Ihnen täuschte, konnte ich zumindest auf die Unterstützung eines reizenden älteren Herrn zählen. Wenn ich hingegen richtig lag, würden Sie mein Spiel mitspielen, denn Sie würden mich erst töten, wenn Sie hatten, was Sie wollten.«

»Ich hätte Ihre Kinder hinterher in mein Auto verfrachten können und …«

»Um noch einmal dasselbe Spiel zu spielen?«, schnitt ich ihm das Wort ab. »Aber zumindest wären sie nicht mehr in der Hand dieser beiden Dilettanten gewesen. Und ich hätte genau gewusst, wer Sie sind.«

»Wie haben Sie das herausbekommen?«

»Als Sie dem Schweden die Kehle aufgeschlitzt haben. Ich habe Ihnen bei der Tastenkombination eine Ziffer zu wenig genannt, aber Sie haben das Messer-Handy trotzdem betätigen können.«

Er hob das Glas, und wir stießen an.

»Ich gebe zu, Sie haben mich überlistet, Nummer Drei. Und das ist nicht einfach.«

»Kommt drauf an, mit wem Sie es zu tun haben«, erwiderte ich. »Ich bin nämlich nicht der Einzige, der Sie täuschen kann.«

»Benutz als Erstes den Kopf«, hatte mir die alte Nummer Drei eingeschärft. »Dann die Fäuste, und wenn alles nichts hilft, die Eier. Anders geht es nicht.«

Ich befolgte seinen Rat.

Ich trat vor den hässlichen Holzgötzen, das letzte Geschenk, das er mir von irgendeinem Touristenziel in Afrika mitgebracht hatte, und wollte seinen Kopf drehen.

Er rührte sich nicht.

Ich schlang meine Hände um seinen Nacken, um ihn auszurenken, zog am bunten Kopfschmuck des Totems –

aber nichts geschah, nur ein kaum hörbares Knacken war zu hören.

Also inspizierte ich seine Arme mit den geballten Fäusten und entdeckte, dass sie zwar aus demselben Holz, aber nicht in einem Stück geschnitzt waren. Ich packte eine der Fäuste, versuchte, sie nach hinten zu drehen – und tatsächlich: Das Handgelenk bewegte sich, und es knackte erneut.

Da wusste ich endgültig, was zu tun war: Mit einem breiten Grinsen untersuchte ich die überdimensionalen Hoden des Götzen, packte sie dann resolut mit beiden Händen und zog. Diesmal war das Geräusch lauter, ich hörte, wie sich eine Zugfeder spannte, und auf einmal öffneten sich die wulstigen Lippen des Totems, und aus dem Mund sprang wie bei einem CD-Player ein Geheimfach heraus.

Darin lag eine digitale Speicherkarte und darunter eine Postkarte. Das Ansichtsfoto war schon ziemlich vergilbt; wer weiß, wann er die gekauft hatte. Der Tinte nach zu urteilen, war das Geschriebene auf der Rückseite jedoch eindeutig neueren Datums. Er hatte keine Unterschrift daruntergesetzt, aber ich erkannte seine Schrift natürlich sofort. Als ich den Text las, meinte ich die spöttische Stimme der ehemaligen Nummer Drei zu hören:

»Lass dir von ihnen nichts einreden, mein Junge: Als Toter lebt es sich echt spitzenmäßig.«

»Noch können wir zu einer Einigung gelangen, Nummer Drei. Ich kann Ihnen garantieren, dass die FIRMA *…«*

»Die FIRMA *wird mir gar nichts garantieren. Und Ihnen auch nicht. Dieser Auftrag geht nämlich nicht aufs Konto der* FIRMA, *sondern auf Ihres. Sie haben diese blutigen Anfänger engagiert und den Chefs gesagt, sie würden Tonys Auftrag übernehmen, weil …«*

»Welcher Tony? … Ah, Antonio Capitán! Wissen Sie, Juan, er lechzte geradezu nach Rache.«

Unwillkürlich verzog sich mein Gesicht zu einer schmerzlichen Grimasse. Welch Ironie des Schicksals: Nach so vielen Jahren rief mir jemand ins Gedächtnis, dass Tony, den ich dazu verdammt hatte, mein zweiter Mann zu sein, mit Nachnamen Capitán hieß. Doch ich hatte mich gleich wieder gefangen.

»... weil die diversen Nummer Eins der FIRMA *nämlich unter keinen Umständen erfahren durften, was man Ihnen gestohlen hatte. Nur deshalb haben Sie diesen ganzen Zirkus veranstaltet: Damit Sie selbst nicht dran glauben müssen, sollte die* FIRMA *Wind davon kommen.«*

Nummer Zwei atmete tief durch. »Ja, Sie haben recht. Vor einem knappen Jahr hat jemand die Firewall meines Computers geknackt und einen sehr wichtigen Ordner heruntergeladen. Ich habe lange gebraucht, bis ich herausgefunden habe, wer der Hacker war.«

»Die ehemalige Nummer Drei, der aussteigen wollte.«

»Genau. Auch wenn ich mir bis heute nicht erklären kann, wie er das angestellt hat. Er war ein verdammt guter Killer, aber ...«

»... von Computern verstand er nicht annähernd so viel. Und er war's auch nicht: Es war Antonio Capitán, Ihr Spielzeugerfinder. Er hat die vertraulichen Daten runtergeladen und die Zipdateien an die frühere Nummer Drei weitergereicht. Als der sich dann damit von der FIRMA *loskaufen wollte, befahlen Sie mir, ihn zu töten – nicht zuletzt, um sich zu vergewissern, dass ich nichts davon wusste. Da der Ordner danach jedoch nicht auftauchte, war es nur logisch, dass ich die geheimen Informationen haben musste. Schließlich wussten Sie ja, dass wir ein sehr enges Verhältnis gehabt hatten und er zwar ein ungehobelter Hurenbock, für mich aber dennoch wie ein Vater war. Außerdem wird Antonio Capitán garantiert noch den einen oder anderen Bericht über mich manipuliert haben; ihm war sicher jedes Mittel recht, um Sie davon zu überzeugen, dass man mich beiseiteschaffen musste.«*

»Er war ganz schön intrigant, Ihr Sandkastenfreund. Aber Schwamm drüber: Jetzt ...«

»Vergessen Sie's, Professor«, schnitt ich ihm wieder das Wort ab. »Vor der Höhle liegen drei Leichen. Deren Tod können Sie vor der FIRMA nicht vertuschen. Genauer gesagt sind es sogar vier, wenn wir Nummer Dreizehn mitzählen. Apropos, warum musste der eigentlich dran glauben?«

»Weil er mir beinahe auf die Schliche gekommen wäre. Auch wenn er nicht so viel ahnte wie Sie.«

Verwundert schüttelte ich den Kopf. Nummer Dreizehn war doch schlauer gewesen, als ich dachte. Aber das tat nun nichts mehr zur Sache.

»Außer den Toten gibt es zudem noch Arregui und Beltrán, die bereits eine ganze Menge wissen und nicht so leicht auszuschalten sind. Und selbst wenn Sie sie eigenhändig umbringen würden, über kurz oder lang kämen die diversen Nummer Eins doch dahinter. Nein, wir müssen aus dem Geschäft aussteigen, Professor. Und zwar alle beide. Warum ziehen Sie nicht endlich nach Sizilien und beginnen diese Krimis zu schreiben, von denen Sie so viel reden?«

Nummer Zwei nickte nachdenklich. »Vielleicht tue ich das, Juan, ja, vielleicht tue ich das wirklich. Wissen Sie, was der Witz an der ganzen Sache ist? Mit meiner Leidenschaft für die Schriftstellerei fing überhaupt alles erst an. So viele Fakten, all die geschickt eingefädelten Morde und Operationen ... Zehn Jahre lang sammelte ich auf meinem Rechner alles Material zu den Aufträgen, zu den ›Kunden‹ und den hohen Tieren auf der Gehaltsliste, weil ich es nach meinem Ausstieg zu einer Krimiserie verarbeiten wollte, natürlich mit geänderten Namen und Schauplätzen ... Keine Ahnung, wie Ihr Freund Capitán davon erfuhr.«

»Wahrscheinlich war's purer Zufall. Er wird Ihre Sicherheitscodes geknackt haben, um Ihre Berichte über mich lesen zu kön-

nen. Aber das ist jetzt egal. Hören Sie auf mich, Professor, noch haben Sie Zeit ...«

»Und wie viel?«

Ich sah auf die Uhr.

»Sechsundvierzig Stunden ... Oder sagen wir lieber fünfundvierzig, so können wir noch ein letztes Glas zusammen trinken. Was meinen Sie, Camilleri?«

Der alte Professor antwortete nicht, sondern winkte nur den Kellner herbei.

Das Internetcafé war halb leer, was in diesem Madrider Viertel nicht weiter verwunderlich war, da hier vorrangig Yuppies lebten, die werktags mit einem schicken Laptop ins Büro eilten und in ihren Wochenendhäusern das neueste Designermodell stehen hatten. Das Kartenlesegerät, das ich irgendwo unterwegs gekauft hatte, schloss ich an den Computer in der hintersten Ecke an.

Kaum hatte ich den Speicherchip eingelegt, wegen dem so viele Menschen gestorben waren, ploppte auf dem Bildschirm ein Fenster mit Hunderten von Dateien auf. Zunächst klickte ich wahllos einige an und überflog deren Inhalt. Camilleri hatte nicht übertrieben: Die Dokumente waren das reinste Dynamit. Exakte Ablaufpläne der einzelnen Geheimoperationen, Gehaltslisten, Unternehmensinterna, Observierungsprotokolle ... Mir blieb keine Zeit, alles genau zu studieren, weil ich unbedingt die Dateien finden musste, die vom Datum her mit meinen Aufträgen übereinstimmten. Hektisch löschte ich dann eine nach der anderen, so, als könnte ich die von mir begangenen Morde damit ungeschehen machen – bis ich plötzlich innehielt und dann nur noch Files mit vertraulichen Informationen über Persönlichkeiten des öffentlichen Lebens suchte, die von der FIRMA bestochen worden waren. Aber es waren einfach viel zu viele, weshalb ich Arreguis und Beltráns Namen schließlich in den Such-Assistenten eingab. Die Suche ergab keinen Treffer. Natürlich konnten die betreffenden Dateien auch in einem der Ordner abgelegt sein, für die man eine besondere Zugangsberechtigung brauchte – vielleicht aber auch nicht, vielleicht waren Arregui und Beltrán wirklich absolut integre Männer mit kleinen, verzeihlichen Schwächen. Jedenfalls beschloss ich, ihnen nun endgültig zu vertrauen.

Ich eröffnete zwei kostenlose E-Mail-Accounts, komprimierte die Dateien zu Zipdateien und verschickte sie dann als Attachment von einer der beiden Adressen zur anderen. Zwei Stunden später wählte ich Arreguis Handynummer.

Er war sofort am Apparat, und ich diktierte ihm die E-Mail-Adresse, an die ich alles geschickt hatte.

»Den Speicherchip verstecke ich gleich noch hinterm Spülkasten, falls die Zipdateien sich nicht öffnen lassen oder ein paar der E-Mails im virtuellen Nirwana verlorengehen. Obwohl ... hol ihn dir am besten gleich, der Laden hier kann jeden Moment Konkurs anmelden.«

»Okay«, erwiderte er und notierte sich Straße und Hausnummer des Internetcafés. »Und jetzt gib mir noch das Passwort für den Account.«

»H-o-d-e-n-b-r-u-c-h«, buchstabierte ich.

»Passt wie die Faust aufs Auge«, brummte er. »In der Presse wird's allerdings nicht besonders geschmackvoll rüberkommen, wenn Beltrán und ich deine FIRMA auffliegen lassen ...«

»Ach, Txema, mach dir bloß keine zu großen Illusionen. Du weißt doch, dass letztlich immer nur ein paar zur Rechenschaft gezogen werden können. So ist es doch immer.«

»Besser ein paar als gar keiner«, sagte der Kommissar entschieden und räusperte sich dann verlegen. »Und du, Juan? Was hast du jetzt vor?«

Ich betrachtete eine Weile die vergilbte Ansichtskarte, auf der ein feinsandiger Meeresstrand unter Palmen zu sehen war.

»Ich denke gerade über den Tod nach, Arregui. Vielleicht ist Sterben gar nicht so übel, wie immer behauptet wird.«

Und jetzt bin ich hier und blicke auf die Postkartenidylle.

Sie ist nicht vergilbt, nein, das Meer ist türkisfarben und voller goldener Sonnenreflexe.

Ich lasse es mir richtig gutgehen auf dieser Insel, deren Name nichts zur Sache tut. Ich gehe spazieren, trinke weißen Rum und sehe den jungen Mädchen zu, wenn sie splitternackt in den Buchten baden. Hier laufen viele nackt herum, aber ich trage meistens eine Badehose, weil ich mich geniere.

Seit der Geschichte auf dem Campingplatz sind drei Monate vergangen; hierhergereist bin ich allerdings erst vor einer Woche, als ich mir ganz sicher war, dass sich meine Spuren mithilfe diverser Verkleidungen und falscher Pässe ganz verloren hatten.

Währenddessen ist kaum eine Woche vergangen, in der die europäische Presse nicht mit überraschenden Fakten zu den Machenschaften der FIRMA aufgewartet hat, und so habe ich auch erfahren, dass der unerbittliche Starrichter Gaspar Beltrán zusammen mit mehreren europäischen Kollegen ein grenzüberschreitendes Ermittlungsverfahren eingeleitet hat, um der Hydra ihre vielen Köpfe abzuschlagen.

Vor Kurzem las ich auf der Internetseite einer spanischen Tageszeitung übrigens auch ein Feature über die Karriere des mehrfach ausgezeichneten Polizeikommissars José María Arregui, der in diesen Tagen in den vorzeitigen Ruhestand geht und dem der König gerade noch irgendeinen Orden verliehen hat.

Ah, und noch etwas habe ich gelesen. Über den Newsletter

einer Literaturzeitschrift hat man mich auf die Sensation des kommenden Weihnachtsgeschäfts aufmerksam gemacht: das Romandebüt eines mysteriösen sizilianischen Autors, der seine wahre Identität hinter einem so offensichtlichen Pseudonym wie Juan Pérez Pérez verbirgt und folglich spanischer Herkunft sein muss. So einen Allerweltsnamen hat nämlich kein Mensch. Nicht einmal mehr ich. Gut möglich, dass ich mir den Roman von Nummer Zwei irgendwann per Internet bestelle, denn vielleicht komme ich sogar darin vor. Und da ich schon mal von Debütromanen spreche: An jenem letzten Tag in Madrid packte ich auch den wattierten Umschlag in meine Reisetasche, den der alte Alberto in meinen Briefkasten gesteckt hatte. Vor ein paar Tagen habe ich den Roman ausgelesen; er gefiel mir ganz gut, auch wenn der Autor ziemlich durchgeknallt sein muss ... aber das sind ja eigentlich alle Schriftsteller. Jedenfalls gab es in dem Roman eine Figur, deren Wahlspruch ein Satz war, der mir seither nicht mehr aus dem Kopf geht: *Ein Soldat, der flieht, taugt noch für einen weiteren Krieg*. Tja, und den setze ich gerade in die Tat um. Bloß dass ich keine Kriege mehr führen will. Nicht einmal mehr mit mir selbst.

Deshalb habe ich vorgestern auch Verbindung mit Beltrán aufgenommen. Er hat sich sehr gefreut, meine Stimme zu hören, und mir gleich Straffreiheit zugesichert, falls ich zurückkommen will und als Kronzeuge der Anklage in seinem Prozess auftrete. Ich habe jedoch dankend abgelehnt. Der Grund für meinen Anruf war ein völlig anderer.

Jetzt fährt der Starrichter an Weihnachten mit Leticia und den Kindern zuerst nach Brasilien, dann weiter nach Peru und vielleicht noch nach Buenos Aires. Ich habe schon die Tickets besorgt. Für uns fünf. Der Richter und meine Ex haben sich eine Hochzeitsreise verdient, und ich kann so mit den Kindern zusammen sein und für Beltrán gleichzeitig Bodyguard spielen. Er ist ein anständiger Kerl, der mit Leticia wunderbar klarkommt, und ich werde nicht zulassen, dass sie ihn im Urlaub umlegen.

Mehr habe ich hier auf der Insel nicht zu tun. Nur in aller Ruhe den einen oder anderen Cocktail trinken, so wie jetzt, und warten.

Warten, bis irgendwann ein Auto angefahren kommt, aus dem mein Mörder steigt oder jemand, der mir meine allerletzte Frage beantworten wird.

Bis zum Schluss werde ich nicht wissen, welche der beiden Möglichkeiten das Schicksal mir zugedacht hat, denke ich gerade, als ein Taxi vor der Terrasse des Hotels hält, fast neben meinem Tisch.

Ich rühre mich nicht.

Ein dunkelhäutiger Typ steigt aus und kommt, ohne zu zögern, auf mich zu, spricht mich mit dem Decknamen an, den ich hier benutze, und fordert mich auf, in den Wagen zu steigen.

Während der Fahrt wechseln wir kein Wort. Wozu auch, wie's kommt, so kommt's. Vor einer netten, unauffälligen Villa setzt er mich schließlich wortlos ab und fährt davon.

Ich gehe einen Schotterpfad entlang, der um das Haus herum zu einem Pool führt.

Dort werde ich erwartet.

Doch nicht von einer Bande von Killern.

Nur von einem einzigen.

Dem allerbesten.

Mit strenger Miene sieht er mir entgegen. Seine Wiedersehensfreude kann er dennoch nicht verbergen. Plötzlich muss er husten, worauf wie aus dem Nichts eine dunkelhäutige Krankenschwester im Minirock auftaucht und ihm eine Arznei verabreicht. Mit einem Klaps auf den Po schickt er sie wieder weg.

»Du bist echt nicht der Schnellste, mein Junge. Ich war die Warterei schon langsam leid.«

Im selben Moment erscheint ein anderes, ebenfalls leicht bekleidetes Mädchen mit einem Servierwagen, auf dem eine Flasche Rum und noch ein paar andere Getränke stehen. Die ehemalige Nummer Drei mixt uns einen Drink, und wir stoßen an. Er nippt nur an dem Glas, auch wenn er noch immer den Eindruck macht, als könne er eine Menge vertragen.

»Du hättest mich ruhig einweihen können, statt zuzulassen, dass ich dich umbringe«, sage ich endlich.

»Mann, ich musste doch dafür sorgen, dass sie mir auf den Leim gehen. Und ich konnte sie nur täuschen, wenn du den Job erledigst; bei jedem anderen hätte ich die Kugeln nicht durch Platzpatronen ersetzen können, der hätte sich nämlich vergewissert, dass ich wirklich abgekratzt bin. Außerdem muss jeder aus eigener Kraft aus dem Sumpf herausfinden, mein Junge. Wie du das anstellst, war deine Sache, ich konnte dir nur die Flügel dafür leihen. Und über die kannst du nun wirklich nicht meckern, Yolanda ist schließlich allererste Sahne.«

Verlegen wechsele ich schnell das Thema.

»Wusstest du, dass hinter allem Capitán gesteckt hat, der sich an mir rächen wollte?«

»Ja. Er hat mir schon vor Jahren ein Sümmchen geboten, damit ich dich umlege. Nicht viel, der einäugige Fettwanst war nämlich ein Geizkragen. Beim zweiten Mal hat er es deshalb mit etwas versucht, das mich sehr wohl interessiert hat: Information. Ich habe in den letzten Monaten viel Zeitung gelesen, mein Junge. Wir haben der FIRMA wirklich ordentlich an die Karre gepinkelt! Der Deal war, dass er mir diese ganze Scheiße besorgen würde, mit der ich meinen Ausstieg absichern konnte, wenn ich dich dafür umlege. Aber ich hatte eine bessere Idee. Und die war genial, findest du nicht?«

Abermals schüttelt ihn ein Hustenanfall.

»Wie viel Zeit bleibt dir noch?«, frage ich, kaum ist seine junge Krankenschwester mit dem Aerosolspray verschwunden.

»Ein paar Monate. Wenn überhaupt. Das Klima, der Rum und die Frauen hier sind ja echt spitze, aber die Ärzte machen allesamt den Eindruck, als hätten sie nicht viel Ahnung. Von Autos verstehen sie sicher mehr.«

»Weiß sie Bescheid?«

»Glaubst du, man könnte dieser Frau irgendwas verheimlichen? Ihr kannst du nichts vormachen ...«

»Und wie hast du es geschafft, sie rechtzeitig auf den Campingplatz einzuschleusen?«

»Der Dicke wusste, dass mein Tod fingiert war, und hat mich informiert, wann und wo das Ganze steigen soll. Er hat ja immer noch geglaubt, dass ich mich an unsere Abmachung halte. So konnte ich ihm leicht den Bären aufbinden: Wenn der von der FIRMA beauftragte Killer es nicht schaffte, dich zu beseitigen, würde sich meine Tochter darum kümmern.«

»Yolanda ist deine ... Tochter?«, stammele ich völlig perplex. »Dann ist sie nicht deine Frau?!«

Prustend lacht er los, verschluckt sich fast, worauf er wieder husten muss.

»Du bist echt schwer von Kapee, Junge«, japst er. »Glaubst du im Ernst, ich hätte einem Ladykiller wie dir meine Frau geschickt?«

Ich antworte nicht, denn ich bin ganz damit beschäftigt, im Garten nach ihr Ausschau zu halten.

»Sie ist nicht hier, du Herzensbrecher.« Er lacht amüsiert. »Außerdem bist du doch meinetwegen hergekommen, oder etwa nicht?«

Wortlos nicke ich, worauf er sich in seinem Korbsessel zurücklehnt und in aller Ruhe Erinnerungen an unsere gemeinsamen Aufträge wachruft und Anekdoten erzählt, die Teil seiner eigenen Geschichte sind.

Ich höre ihm nur mit halbem Ohr zu.

Ich habe eine Entscheidung getroffen: Ich werde auf der Insel bleiben und ihm bis zu seinem Tod Gesellschaft leisten.

Und dann gehe ich.

Ich weiß nicht, wohin.

Aber ich verschwinde, so viel ist sicher.

Plötzlich bricht die alte Nummer Drei jedoch mitten im Satz in so schallendes Gelächter aus, dass es sich anhört, als würde er aus dem letzten Loch pfeifen. Ich springe auf, um ihm auf den Rücken zu klopfen – da gibt er mir fast zärtlich eins auf die Nuss: Für einen Todkranken ist er noch erstaunlich gut bei Kräften.

»Na geh schon, du Esel«, brummt er, als er wieder Luft bekommt, und deutet auf einen schmalen Pfad, der sich zwischen den Palmen verliert.

Ich laufe los, werde immer schneller, als ich am Ende des lichten Hains das Meer erahne.

Und dann sehe ich sie: Mitten auf dem ansonsten menschenleeren Strand, in einem leichten, bunten Kleid, blickt sie mir entgegen.

Yolanda.

Die Sonne der letzten Monate hat sie gebräunt, und sie ist noch schöner als vorher.

»Hallo, Juan«, begrüßt sie mich schüchtern. Sie ist genauso nervös wie ich und weicht meinem Blick aus. »Ich konnte es dir nicht sagen, ich ...«

Sanft lege ich ihr zwei Finger auf die Lippen.

»Pst, das ist jetzt egal. Wichtig ist nur eins: Willst du immer noch mehr?«

»Ja natürlich«, flüstert sie. »Und du?«

»Ich auch«, entgegne ich lächelnd. »Sag, bist du schon mal in Brasilien gewesen? Oder in Peru? Oder in Buenos Aires?«

»Nein, aber ich würde wahnsinnig gern Tango tanzen lernen. Bringst du es mir bei?«

»Mit Vergnügen. Allerdings wirst du dich hinten anstellen müssen.«

Das versteht sie nicht, aber es ist ihr auch egal. Strahlend sieht sie mich an, und dann rennt sie los, ins Wasser, streift noch im Laufen ihr Kleid ab.

Ich gehe ihr langsam nach.

»Dein Problem ist, dass du gern schwimmst, dich dabei aber nicht nass machen willst, mein Junge«, hat die alte Nummer Drei früher immer zu mir gesagt.

Ich ziehe mich aus und werfe meine Kleider weit von mir, in die Wellen, damit sie sie forttragen.

Ich habe nicht vor, noch mal jemanden umzubringen.

Und so schnell ziehe ich mich auch nicht wieder an.

Ich will nur noch schwimmen.

Und mich dabei so nass machen, wie es nur irgend geht.

Dank

›Wir töten nicht jeden‹ ist in Spanien genau ein Jahr nach meinem Romandebüt ›*Camino de ida*‹ erschienen. Seither ist viel geschehen, und dafür möchte ich von Herzen danken.

Großen Dank schulde ich Andrea Camilleri, einem wahren Meister des Kriminalromans und unfreiwilliger Namensgeber für eine Figur in dieser Geschichte: Mit seinen Romanen erinnert er mich stets daran, dass beim Schreiben der Weg der Einfachheit zwar der komplexeste, zugleich aber auch der amüsanteste ist.

Mein Dank gilt natürlich auch meinen »Entdeckern« in Spanien, Daniel Martínez und Pablo Mazo vom Verlag Salto de Página: Gemeinsam haben wir einen Traum zu leben begonnen, der immer spannender und großartiger wird.

Und last but not least danke ich Ilse Layer für ihre große Sorgfalt bei der Übersetzung.

Carlos Salem